イタリア女性文学史

中世から近代へ

望月紀子

五柳叢書102

五柳書院

イタリア女性文学史——中世から近代へ

目次

はじめに

「女性文学史」を書いてみようと思ったのは、一九七九年の『イル・モンド』誌での、二人の女性作家によるフェミニズム論争の記事を思い出したからである。ひとりはユダヤ系のイタリア人で、夫レオーネがファシズムの弾圧によって獄死したナタリーア・ギンツブルグ、相手は、若手のフェミニスト作家として果敢な活動をしていたダーチャ・マライーニである。ギンツブルグは、「差別も抑圧も性の問題である以前に階級の問題である。女の解放運動は無益である」と述べて、マライーニが反論をしていた。私が記憶にとどめていたのは、そのギンツブルグが、「イタリアの文学史をひもといてみると、女性作家がたくさんいるはずなのに、彼女たちについての記述が圧倒的に少ない。実際は存在するのに文学史家たちに無視されている。現代の女性作家たちも死後は歴史の闇に埋もれるのだろうか」と述べていたことである。

しかし、彼女の危惧は幸いにもはずれたようである。かつて哲学者で大評論家のベネデット・クローチェが率先して、歴史の闇に埋没していた女性作家たちを発掘して文学史のなかに位置づけたが、その後、フェミニズムの洗礼を受けた、イタリアはもとよりアメリカやフランスなどの女性研究者たちが、イタリアの古文書館や図書館の埃に埋もれていた多くの女性たちの作品を、自分たちの知の宝庫として新たな光をあてはじめ、徐々に出版しだしたのである。そして、イタリアの各大学の研究者たちと並んで、とくに、本書で扱うフランス革命までの歴史が自国にないアメリカの女性研究者たちの功績は驚くべきものである。

いうまでもなく、イタリアはルネサンス期の作品の宝庫である。女性研究者たちの地道で困難な研究に敬意を払いつつ、開けてみると、きらびやかな、驚くほど多様な才能が詰まっているイタリア女性文学史の一端を日本の読者にお届けしたい。

1　イタリア文学の夜明け

アッシージの聖女キアーラ（一一九三もしくは九四―一二五三）

イタリア文学は、はるかな古代ギリシア文学を継承し、ローマを中心とする古代ラティウム地域の言語であるラテン語をもちいたラテン文学を母胎としている。ラテン語はヨーロッパ全域の公用語となり、知識層の表現手段として、豊かな文学を生みだしていた。

十三世紀はじめに、イタリア文学は新たな夜明けを迎えた。文章語のラテン語ではなく、だれもが話す俗語のイタリア語による文学が誕生したのである。夜明けの大きな星はアッシージの聖者フランチェスコ（一一八二―一二二六）である。裕福な商人の息子フランチェスコは贅沢な生活におぼれていたが、二十歳のときに回心し、清貧を説くフランシスコ修道会を創設した。彼は生地ウンブリア地方の平易な日常語で、『被創造物讃歌』をうたった。太陽を、月や星たちを、風、大気、雲、水、火、大地を、そして肉体の死をも讃えることによって、それらの創造主を讃えた。この歌は貧しい民衆にひろく愛され、人びとはフランチェスコとともに神を讃え、神に祈った。こうして民衆ははじめて自分のことばで祈りを唱えることができるようになった。この歌はまた、絶対的な清貧をとおして神を求め、教会改革をめざしたフランチェスコの、長らくラテン語で信仰と知識を支配してきたローマ教会に対する挑戦でもあった。

フランチェスコと同じアッシージの貴族の娘キアーラ・ダ・ファヴォローネは、十八歳で、用意された結婚を捨てて家を出て、フランチェスコのもとに駆け込んだ。そして、彼の助けをえて、同じく清貧をモットーとする、フランシスコ会キアーラ（ラテン語でクララ）女子修道会を創設した。彼女が書いたと特定されるのは、遺書とボヘミア王の娘アグネスあての四通の書簡、そして女性修道院長としてはじめてローマ教会に提示した修道会会則だけである。

ボヘミアのアグネスはイギリス王ヘンリー三世や神聖ローマ帝国皇帝ホーエンシュタウフェン家のフェデリーコ二世との縁談の破綻のあと、フランチェスコとキアーラの清貧思想にふかく共鳴して、プラハにフランシスコ会の女子修道院を建て、一二三四年に自分もそこに入った。そのアグネスにキアーラは、あらゆる栄華を捨てて清貧を選んだことを讃え、キリストとの聖なる結婚を説く。

「……あなたは所有していたすべてを拒否して、魂と心の命ずるままにこの上もなく尊い物質的な貧しさと欠乏を選び、この上もなく高貴な花婿にあなた自身を与えられました。

彼は永遠に、無垢のまま、染みひとつなく、あなたの処女性を守るでしょう。彼を愛することによって、あなたは純潔であり、彼を愛撫することによって、あなたはさらに清らかであり、彼に所有されることによって、あなたは処女のままであるでしょう。彼の力は最強で、彼の寛大さは無比、彼の面立ちはこの上もなく魅惑的で、彼の愛はこの上もなく甘く、彼の慈悲はこの上もなく美味なのです……」

従来は男性修道士のための会則を女性に適用させていたのを、キアーラははじめて、女性のための会則を書いた。それは、修道院内のすべてのヒエラルキーの拒否、たとえ教皇からであろうと、世俗の慈善家からであろうと、あらゆる献金、寄進を拒否して、絶対的な自給自足の清貧をつらぬくことをめざすもので、歴代の教皇たちは、このような会則を修道院に許可してこなかった。キアーラはそれに屈することなく、生涯をかけて許可を嘆願しつづけ、ついに彼女の死の二日まえにインノケンティウス四世の大勅書が届いた。

フランチェスコとキアーラの絶対的な清貧とは、空気や太陽や水がすべての者に属し、すべての者がそれらを享受できるのと同じように、土地や耕作地、ブドウ園、果樹園、城郭、宮殿、台所、サロンなどのすべての私有財産は、神の賜物であるという意味において、それらを享受したいすべての者が自由に使用でき、そうすべきであるということである。これはきわめて革命的なことであり、当然ながら教皇は、既存の修道会会則に従って、たとえば修道会入会金を修道院の財産として所有し、修道女たちの生存の保証とするようにと説得しつづけてきたのである。

キアーラはまずは一二一六年にインノケンティウス三世に「いと高き貧しさの特権」を申請した。つまり、先に述べた、自身と修道女たちの生存のためのあらゆる所有、あらゆる遺贈を断固拒否するというもので、これはグレゴリウス九世によって一二二八年に認可されることになる。

一方で、十三世紀のはじめごろから、すなわちキアーラが修道会を創設したころから、主として、中部、北部イタリアを中心に、清貧思想に惹きつけられた女性たちが共同の瞑想生活を始めるようになっていた。キアーラの二人の妹と、のちには母親もキアーラの生き方に共鳴して修道院に入った。貧困と純潔をモットーとしつつ、何も所有しないことによって、教皇庁の支配から自由な共同生活をしようとする女性たちの動きが広まることに危機感を抱いた教皇庁は、その動きの発信の地であるアッシージのキアーラのもとに使節を送った。その使節で、のちに教皇グレゴリウス九世となるウゴリーノ・デ・セーニ枢機卿は、キアーラの人柄と信仰心に深く感銘を受けはしたが、「急進的な清貧思想のもとに生きようとする修道院を従来の教会の秩序に組み込む」べき必要性を強調した。

ここからキアーラの、キリストには従うが教会の支配は受けないという一歩もゆずらぬ抵抗の闘いが始まった。教会側は、この異端に近いながらも圧倒的に民衆の支持をえているキアーラの人気を自分の側に取り込むべく画策し、キアーラの提起した会則の認可を却下しつづけ、ついに彼女の死の二日前に認可すると同時に、死の二か月後にははやくも彼女の聖別化の手続きを開始したのである。そしてこの新しい信仰の広範な人気をローマ教会に取り込み、すでに民衆に尊敬されているひとりの女性を聖女に列することによって、彼女を決定的に教会の所有物にしようとしたのである。キアーラの聖別化は、彼女の死のわずか二年後の一二五五年に実現した。

こうして、ひとりのうら若い女性はローマ教会と闘いつつ、自分の死後の修道院の存続のために教会の枠のなかに入ることによって、清貧思想をつらぬいた。現代においてもキアーラの精神は女性たちに受けつがれ、いまや彼女のように粗布の修道衣を着て、石を枕とし、藁布団に寝て、自分の身体を傷めつけることこそしないにしても、何ものをも所有しない、何ものにも支配されないという自由をかかげて、祈りと瞑想の生活をしている。

現代イタリアの女性作家ダーチャ・マライーニは、突然彼女のパソコンに侵入した若い女性との往復メールの体裁の『アッシージのキアーラ』(二〇一三)という作品を書いている。この女性キアーラは最後に、修道院に入ることにしたと作家に告げる。

夜明けの文学はまた、愛の抒情詩でもあった。はるかなシチーリアの空に、皇帝フェデリーコ二世(ドイツ名フリードリヒ、一一九四―一二五〇)のもと、プロヴァンスの恋愛詩を継承した詩人たちが、俗語による初々しい抒情詩の星座《シチーリア派》を形成していた。パレルモのフェデリーコの宮廷は、ギリシア、アラブ、ヘブライ文化の出会いの場であり、フェデリーコ自身、すぐれた詩人で、学者であった。彼はパリやボローニャの大学から自立した文化の拠点としてナーポリ大学を創設し、九世紀に創設されたといわれるサレルノの医学校を再建した。この医学校は、女子学生も受けいれ、女性教授も輩出していた。なかでも十一世紀には五名の女性教授の名前が記録に残っており、彼女たちは、それぞれの専門分野での著書も残している。世界的に有名なトゥロトゥーラ・ルッジエーロは、産婦人科教授として教壇に立つかたわら、実践活動も行い、『産前産後の女性の病気』、『女性をいかに美しくするか』というラテン語の書物をあらわし、これらは十五世紀にイタリア語に翻訳されている。

このシチーリア派》の詩人ジャーコモ・ダ・レンティーニ（一二一〇頃―六〇頃）が創始した十四行詩ソネットは、愛の詩型として、イタリアのみならずヨーロッパ各地にひろまり、その永遠のきらめきはいまに受けつがれている。

このころのシチーリアに、ニーナ・シチリアーナ（シチーリアのニーナ）と呼ばれた伝説の女性詩人がいた。「鷹の歌」という論争詩が、十九世紀の文学史家フランチェスコ・デ・サンクティス（一八一七―八三）までは彼女の作品として讃えられていたが、その後、作者不明とされて、文学史に登場する最初の女性詩人の栄誉はシチーリアから奪われた。

夜明けの一輪の花——コンピュータ・ドンゼッラ（一二六〇頃—不明）

シチーリアのフェデリーコ二世の宮廷の没落後、愛の抒情詩の星座は北イタリアに移行し、そのなかでただひとつきらめく女性の星であるフィレンツェのコンピュータ・ドンゼッラが、文学史に最初に登場する女性詩人となった。三つのソネットしか発見されていない小さな星だが、そのきらめきには、現代のわたしたちにもつよく訴えるものがある。彼女は、最初の女性職業詩人として近年脚光を浴びているフランスのクリスチーヌ・ド・ピザン（ヴェネツィア生まれのイタリア人で、父親が天文学者としてシャルル五世に招かれたために、四歳で両親とフランスにわたった。イタリア名はクリスティーナ・ダ・ピッツァーノ）に百年も先駆けて、若い女性の憂愁をうたい、父親という権力、腐敗した男性社会に対する批判の声をあげていた。

まずは最初のソネットである。

地上に葉が繁り、花咲き乱れる季節
高貴な恋人たちはみな喜びにあふれ
寄りそって庭園を歩いてゆく
小鳥たちが甘い声でさえずるなかを、

気高い心の持ち主はみな恋をするもの、
若者は愛の奉仕にいそしみ、
乙女はみな心はずませて待つ、
それなのにわたしは、悲しい涙にくれるばかり。

父がわたしを苦しめたから、
そしていまもしきりに悩ませるから、
むりやり夫を押しつけようとして、

でもわたしは夫など求めない、望みもしない、
それゆえ深い憂愁にあけくれて、
花にも葉にも胸ははずまない。

春たけなわの恋の季節、乙女はプロヴァンスの吟遊詩人やシチーリア派の甘美な愛の理想に胸をときめかせている。だが、それは自分にはなんとほど遠いことか、父親が好きでもない男と結婚させようとするから。恋愛詩の定型を守りながら、foglia と fiora という単語を一行目では動詞（葉が繁り、花咲き乱れる）として、最終行では名詞（葉、花）として使うというあざ

やかな技巧をもちいて、若い女性の嘆きをうたっている。
しかし次のソネットでは、彼女はもはや悲嘆にくれているばかりではない。彼女の苦しみは、その原因である社会への批判の目となっている。

世を捨てて神に仕え
あらゆる虚栄からはなれたい、
狂気と粗野と偽善ばかりが
はびこっているのが目につくから、

そして思慮も礼節も、洗練された価値も
あらゆる善意も消えつつあるのが、
それゆえわたしは夫も主人も望まない、
この世にあることも、自分の意思で。

だれもが悪徳にまみれているのを見れば、
どの男性も遠ざけたくなるばかり、
そしてこの身は神へとたちかえる。

父はわたしを苦しめる、
神に仕えることまで禁じて、
わたしはだれの花嫁にさせられるのやら。

三つめの最後の詩は、名を伏せた男性詩人との《宮廷恋愛詩》風の論争詩である。まずは相手の詩人が、アーサー王伝説の円卓の騎士ランスロットを育てた女性や歴史上の徳ある女性になぞらえて、コンピュータの学識と美徳を讃えて愛を乞う。つぎに女性詩人が謙遜しながらも、愛神が命ずるのならば、真実の愛には耳をかたむけようと答える。そして相手の詩人がふたたび彼女を讃えはじめるのだが、じつに残念なことに、この詩は三連だけで中断し、わたしたちはその愛の論争の経緯も結果も知ることはできない。しかし冒頭の、相手の詩人の呼びかけのなかに自分の名前を入れた一行「この上もなくやさしく洗練された乙女（ドンゼッラ）よ」は、その後さまざまに形を変えて同時代の詩人たちの詩に取りいれられており、三編の詩しか残っていないこの若い女性詩人の交遊ぶりと力量を後世に伝えている。

彼女の生涯については、ダンテ（一二六五―一三二一）より五年はやい一二六〇年頃フィレンツェに生まれたということしか知られていない。そのために、長らくその存在自体が疑われてきた。コンピュータ（完璧な）、ドンゼッラ（若い女性）という名前はいかにもよくできすぎている、実在の女性であるはずがない、男の作者の偽名であろう。さては作者は《愛の信奉者》という異端結社の一員だ、などと中傷されもした。だが彼女の存在を否定しようとする最大の原因は作品自体にあるだろう。女性が本を読むことを禁じられ、ごく一部の女性しかラテン語の作品はおろか聖書すら読めなかった時代に、彗星のごとくあらわれて時代の精神をのびやかにうたい、女性としての嘆きを先取りして率直に表明しているのだから。それは当時の社会風潮からは信じがたいことであっただろうし、堕落した社会を批判するばかりか、男性詩人と対等に愛の理想まで論じるとは、許しがたいことであったはずだ。

だがゆるぎない証拠が存在している。先に述べたさまざまな詩人たちの詩のほかに、彼女をアポローンの神託を告げる巫女シビュレーにたとえて、彼女の学識と美徳を熱烈に讃える同時代のフィレンツェの詩人のソネット二篇と、宮廷詩人として名をはせたグイットーネ・ダレッツォ(一二三五—九四)が彼女をうたった詩と手紙が残っているのである。グイットーネは、「この上もなく魅力的な、完璧な学識(tutto compiuto savere)と美徳の冠をいただく、わが貴婦人コンピュータ(mia Donna Compiuta)」、と彼女の名前を組みこんで彼女に呼びかけ、その美貌と言動を、この世のものとは思われない、天使にもひとしいもの、とレトリックをつくして讃えている。同時に、グイットーネともうひとりの詩人はそろって、女性が詩を書くことは奇蹟だと表明している。

ロマン主義の時代に、彼女の詩は熱狂的に迎えられた。文学史家フランチェスコ・デ・サンクティスが率先して、彼女の自然で率直な感情表現は完璧な音楽だと讃え、のちの批評家アッティーリオ・モミリアーノ（一八八三―一九五二）も、発生期のイタリア詩のもっとも繊細でメランコリックな詩のひとつ、女性詩人の数少ないすぐれた詩のひとつと評している。

そしてなおも執拗な作者否定についに決着をつけたのが、文献学者ジャンフランコ・コンティーニ（一九一二―九〇）である。彼は、コンピュータという女性名もドンゼッラという姓もフィレンツェに実在したことを突きとめて、作者が実在の女性であることを証明し、みずから編纂した『十三世紀の詩人たち』という校訂本に、この三編の詩と、関連する詩人たちの詩を収めて、彼女をトスカーナの詩人として位置づけたのである。と同時に彼は、ロマン主義の文学史家たちが熱狂的に讃えたこの詩人のソネットの「わたし」が作者本人であるという説はしりぞけた。

イタリア文学の黎明期に、唯一とはいえ女性詩人の存在が認められる意味は大きい。フェデリーコ二世の宮廷詩人からダンテを筆頭とするのちの《清新体派》の詩人たちは、いちはやく俗語をもちいてみずからの責務と詩法を確立してゆき、ルネサンス文学への道をひらいた。だが女性たちは、コンピュータが先述の詩人たちに讃美されたように、愛の理想の象徴として讃えられて彼らの作品のうちに存在をとどめているだけで、彼女たち自身の声は聞こえていなかった。わたしたちはコンピュータの三つのソネットではじめて、詩を読むだけではなく、詩にうたわれたような恋にあこがれ、みずからペンをとって、自分の声をかたちにしていた女性が存在していたことを知るのである。

また、コンティーニが言うように、「わたし」が作者本人ではないにせよ、わたしたちは、父親の反対で、自分ではそれを望みながら、修道院にも入れなかった女性がいたことを知る。その女性が修道女になっていれば、プロヴァンスの吟遊詩人やシチーリア派の愛とは無縁となり、この世の愛を求め、父親や社会を批判する詩は生まれていなかっただろう。実際、彼女の同世代やのちの知的な女性のなかには、世俗の結婚をきらい、修道院での祈りと読書の生活にこもった女性も多く、そこから、文学史に登場する宗教詩や、シエーナの聖女カテリーナのような神秘家の作品が生まれている。ほかにもいたのかもしれない同時代の女性詩人の作品はいまのところ発見されていない。それゆえ、男性詩人たちが讃えるほどの知識を身につけ、それを表現の手段とすることのできたコンピュータの存在は、小さいけれども、まさにイタリア文学の夜明けにかがやくただひとつの女性の星であり、彼女のソネットはこの世紀に咲いた一輪の花といえるのである。

2　異端の女と聖女

グリエルマとマイフレーダ（不明）

コンピュータ・ドンゼッラのソネットの「わたし」がはたせなかった願いをはたして、修道院を生活の場としたり、修道院には入らなくても、在俗のまま規定の宗教義務をはたす第三会員としての祈りの生活を選んだりした女性たちは、どんなことばを発していたのだろうか？

女子修道院は、十三世紀初頭にはじめて、フランスのシトー会が従来のかたくなな禁則を改めて開設し、それを皮切りに、各地にひろまった。先述の聖女キアーラのサンタ・キアーラ修道院の創設は一二五七年である。のちに述べる、親による強制的な入会はべつとして、修道院は、信仰をもとめる女性はもとより、世俗の苦痛をのがれたい女性、寄る辺のない女性にとって、救済と保護の場であり、同時に、それまでは家庭教師や男子の修道僧などに学ぶだけだった貴族や裕福な市民の娘たちにとって、最高の学校でもあった。修道院によって差はあるものの、ラテン語やギリシア語を学んで本を読み、写本を書き写し、ときには書きものをすることもできた。かぎりなく神と交感しようとする女性たちにとって、書物をとおして想像力を大きく羽ばたかせることのできる場でもあった。

また、写本の時代をへて、活版印刷機の発明によって書物がひろく普及しだしたのちも、それ以前の口承文学の系譜は脈々と生きつづけていた。十三世紀から十六世紀のイタリアは、まさに語りと記憶の文化の黄金期であった。聖人伝や説教説話、民話などはもとより、短編、長編物語、英雄叙事詩や演劇など、あらゆる文学形態の根源には口承文学があり、その語り手の多くは女性であった、あのはるかな『千夜一夜物語』のシェヘラザード姫のように。大臣の娘シェヘラザードは、妻に裏切られて女性不信に凝りかたまり、毎晩、若い娘を召し入れて相寝ては殺させていた王に、夜ごと、長い長い、千一夜もつづく楽しい物語を聞かせて翌日への楽しみを残すことによって自身の死を引きのばし、ついに王に女性への復讐を思いとどまらせた。それは彼女の知性と語りの才の勝利であるが、同時に、彼女自身の生命を賭けた行為でもあった。

物語の主人公であるシェヘラザードは美しく若い、知的な女性だが、このような口承文学の、宮廷ではなく家庭や地域における語り手の多くは、無学だが知恵者の老女たちや母親たちであった。それらのイタリア各地の方言による民衆文学として語りつがれた物語は、ボッカッチョ(一三一三―七五)の『デカメロン』をはじめ、十五世紀のマズッチョ(一四一五―七五)の短編集『ノヴェッリーノ』から、ルネサンス期のかずかずの民話集や物語集に取り入れられて洗練された文学となり、多くの女性たちが語り手として登場している。二十世紀には、作家イータロ・カルヴィーノ（一九二三―八五）が各地の民話を収集して『イタリア民話集』を完成させた。

しかしその書き手となると、中世には、女性自身がその才能を開花させるのには大きな障害があった。文字を学べるのは、父親が理解のある、貴族や一部の裕福な市民の娘にかぎられていたうえに、何よりも、キリスト教会が女性に「公に話すこと」を禁じていたからである。そして修道院で文字を学び、学識を深めることのできた女性たちも、自分のことばを公にするには男性の手が必要であった。しかも、ことばを発し、精神と想像力の産物を表現しえたとしても、その産物が何であるかによって、書き手は、現世における神の代理である教会によって、一方は聖女と祝福され、一方は魔女・異端と断罪されたのである。

おりしも一二五二年には異端取り締まりの大勅書が発布され、十七世紀まで拡大してゆく異端審問の下地ができていた。異端と断罪された女性たちのことばは、審問の記録に残されたまま長らく闇に葬られていた。その種の封印されていた女性たちの声が、近年とみに、多くは女性研究者の手によって掘り起こされているのである。

その一例が、ミラーノのアンブロジアーナ図書館に現存している一三〇〇年の異端審問の記録で、その一部が、一九九九年に、ラテン語原典にイタリア語訳を付して刊行された。マリーナ・ベネデッティ著『ミラーノ一三〇〇年。聖女グリエルマとマイフレーダの信奉者に対する異端審問』である。またこの精緻な学術論文よりはやく、女性作家のルイーザ・ムラーロはこの審問録を素材に、小説『グリエルマとマイフレーダ』(一九八五)を発表している。作者はそれまで刊行されていた他の資料を検証し、従来の歴史家たちがもとより乏しい資料の間隙を恣意的な《想像力》で埋めて、好奇的な、根拠のない物語を組み立てていることを批判する。そして、フェミニズムの視点から、異端とされた女性たち自身のことばに耳をかたむけ、かつひろく現代の読者に訴えることができるように物語り仕立てにした。このムラーロの作品をとおして、異端と断罪された二人の女性の声を聞いてみよう。

一二六二年のある日、五十歳ほどの女が子どもをつれてミラーノにやってきた。彼女はボヘミア王の娘グリエルマで、王位継承をめぐる骨肉の争いをのがれてきたのだった。彼女はミラーノ郊外のキアーラヴァッレにあるシトー会のサンタ・マリーア・キアーラヴァッレ修道院に身を寄せ、その後、在俗のままの第三会員として、ミラーノ市中に移り住んだ。簡素な生活のうちに静かに神を求める彼女を慕って、いつしか庶民から大貴族までのあらゆる階層の男女が彼女のもとに集まるようになった。人びとはともに質素な食卓をかこみ、ともに祈った。グリエルマは一二八一年もしくは八二年に死んだが、死後も新しい聖母、神の化身として崇拝され、キアーラヴァッレ修道院の彼女の墓地は巡礼の聖地となった。彼女はそのまま静かに眠っているはずだった、二十年後に彼女の信仰と行為が異端と弾劾されなかったならば。

当時ミラーノは、近隣諸国との政争に明け暮れていたものの、ヴィスコンティ家の支配のもと、豊かな文化を誇る大都会であり、かつ、教皇庁が送り込んだ大司教を拒否するほどの反教権の砦であった。ヴィスコンティ家は、カタリ派、ペギン派、アルビ派など数多く存在していた大小の異端派に対してむしろ寛容で、教皇庁が望むような厳格な取締りを勧めず、教皇庁は手を焼いていた。グリエルマの死後二回、後継者の修道女マイフレーダとその一派に異端審問の手がのびたが、マイフレーダが君主マッテーオ・ヴィスコンティの従妹にあたるために、咎めには至らずにいた。マイフレーダは、アッシージの聖女キアーラと同じように、親の決めた結婚をきらって家を出て、ウミリアーティ会の修道女となった女性である。

一三〇〇年。この年、ローマでは教皇ボニファキウス八世がキリスト教史初の聖年、すなわち百年に一度の大赦の年を華々しく祝っていたが、一方、北イタリア各地では、あちこちで火刑台の薪が積み上げられていた。人びとは度かさなる戦争に疲弊し、腐敗した従来の宗教に救いを見いだせないまま苦しんでいた。『神曲』の詩人ダンテが《暗い森》に踏み迷い、神を求めて地獄へ旅立ったのも、この年であった。

最初からグリエルマの献身的な信奉者であった修道士サラミータは、前教皇の存命中に強引に教皇の座についたボニファキウス八世を真の教皇と認めなかった。そんな状況のもとマイフレーダは、すでに自分たちの周辺に迫っていた異端審問の追跡をいずれのがれられないことを察しつつ、四月十日の復活祭の日に、覚悟のミサを執り行うことを決断した。そして入念に準備をととのえると、司祭服をまとい、数人の助祭をしたがえて、少数の信者たちの前で壮麗なミサをあげたのである。グリエルマの後継者として、その教えを実践し、何よりも女性の地位の改革をめざし、その実現なくして教会改革はありえないと考えた行動であった。ミサ自体はカトリックの典礼に則したものだったが、女性は祭司の叙階を許されておらず、公衆の面前での説教も禁じられていたために、この違反行為に対してただちに審問が始まり、それはおよそ五か月間つづいた。二十一名の女と十二名の男が尋問され、改めてグリエルマの教えが問われ、拷問されて、まずは女たちが、そして男たちも口を割りだした。彼らの口をとおしてグリエルマの姿とその教えが浮かびあがった。

グリエルマは具体的な教義は語らなかったという。彼女のことばは簡潔でやさしく、本質的だが、ときには抽象的であり、それをサラミータが、「容易に理解されるように、美しくわかりやすいことばで説いた」とみずから証言している。中世の人びとにとって、神は何よりも現実的な思索の対象であった。グリエルマは神との関係を懸命に考える思索の人であり、神を、女性との関係、現世と来世の救済の歴史との関係において再構築しようとした。彼女と人びととの関係も多様であった。ムラーロの表現によれば、「民衆の女にとっては、彼女はよりよい生活を願う権利であり、裕福な商人にとっては良心の葛藤であり、教会の堕落に傷ついた者にとっては聖なる教会の原理であった」家族という束縛のないグリエルマが修道院に入るのをはばむ理由は何もなかったが、彼女は何よりも、神とのあらゆる既定の関係から自由でありたいと願い、修道女にはならなかった。彼女にとって、神との関係は、みずからの探究と実践をとおして、みずから打ち立てるものだったから。

これまでにない神との関係を打ち立てようとするグリエルマのことばに、人びとは新しい、大いなる信仰の証を見た。そして彼女のうちに神と出会うことを願い、彼女の誕生日が奇しくもペンテコステ（聖霊降臨の日）だったことから、彼女を聖霊と同一視した。彼女自身も、自分の肉体とキリストの肉体は同一であり、それは聖霊の肉体であると考えていた。それは女性という性をもつ自分を神とすることによって、非キリスト教徒をもふくめた全人類の救いを達成するという考えであった。しかしそれは、先述のように、彼女自身が体系的に述べたのではなく、サラミータが解釈し、ひろめた教えだった。

サラミータは、一二六〇年に聖霊が降臨すると予言したフロリスのヨアキム（イタリアの神学者、一一四五—一二〇二）を信奉し、グリエルマにその予言の実現を見ていた。中世の、聖霊を讃える歌のなかでは、聖霊は、慰めを与えるもの、魂の甘いやすらぎ、甘い避難所、苦役のうちのやすらぎ、酷暑をさえぎってくれるもの、涙を癒してくれるものなどと呼ばれており、サラミータにとって、それがそのままグリエルマの存在だったのである。人びとはしだいにサラミータに感化されて、グリエルマのうちに聖霊の降臨をみとめ、新しい信仰の道を見いだしていった。

グリエルマの死後、サラミータとマイフレーダは積極的にグリエルマ信仰を拡大していった。審問で異端とされたのは、非キリスト教徒の救済、キリストの肉体とグリエルマの肉体の同質性、そして人類の救済のためには女性が必要であるという教えだった。このグリエルマ自身の教えとともに、サラミータとマイフレーダの行為も糾弾された。グリエルマの遺骸を浄めた水を保存して儀式に用いていたこと、彼女の復活を信じて豪華な衣装を用意していたこと、マイフレーダが、教皇に対するように彼女の足への口づけを許したこと、司教にも比肩する聖務を行ったこと、聖霊であるグリエルマは聖母マリーア以上の存在であると表明したことなどである。

もとより覚悟のうえでミサを決行したマイフレーダはすべての責任を引きうけた。サラミータは度かさなる拷問のすえ、すべてのあやまちの原因はグリエルマにあると告白したが、だがそれは偉大な人のことばであったと述べ、殉死を求めた。こうして異端の審判がくだって審問は終結し、刑の執行は世俗の権力、すなわちマッテーオ・ヴィスコンティに託され、サラミータほか数名がミラーノのヴェトラ広場で火刑となった。絶頂期のマッテーオの権勢ゆえに、その従妹であるマイフレーダの刑の執行は遅れていたが、翌一三〇一年、政争によってマッテーオの権勢がにわかに失墜するとともに、彼女もただちに火刑台に送られた。そしてそのときグリエルマの遺体も掘り起こされて灰となったのである。

キアーラヴァッレの修道院は現在も当時のまま存在している。ミラーノや近隣からミサに訪れる人が多く、ワインやチーズなどの修道院の特産品を並べた売店は観光地さながらににぎわっている。修道院には、赤い頬（赤は精霊をあらわす）のグリエルマと小さなマイフレーダの姿を描いたフレスコ画があったとムラーロは書いているが、現在それは人目に触れるところにはない。

だが修道女マイフレーダの姿は十五世紀の有名なタロット・カードに残されている。ヴィスコンティ家の後継者であるミラーノ君主フランチェスコ・スフォルツァが細密画家ボニファーチョ・ベンボに描かせた豪華なカードの一枚の《女教皇》である。九世紀の伝説の女教皇ヨハンナは男性として育てられて聖職者となり、教皇の座にまでのぼりつめたが、あるとき行列のさなかに陣痛がはじまって正体があばかれ、民衆に石で殴り殺されたという。教皇庁に反旗をひるがえした遠い先祖の女性を、一族がこの伝説の女教皇の姿をとらせて記憶にとどめているのである。

女性たちはみずから考え、神と自分との新しい関係を打ち立てようとし、それをことばと行為で表現した。だがそれは教会側からみれば、正しい教えの枠を踏みはずす行為であった。新しい教会を夢み、女性という性を介しての教会改革を求めた彼女たちのことばは、皮肉なことに、彼女たちの迫害者たちの手で忠実に記録されていた。時の世俗の権力を敵にまわした裁判ゆえに、記述は正確で説得力がなければならなかったのである。この記録が公表されるまでは、グリエルマとマイフレーダの物語は長らく、その後の根拠のない伝聞と、それに依拠した興味本位の、女性の聖性を認めようとしない歪められた歴史書によって伝わっていた。それらによると、グリエルマとその信奉者たちは、性の饗宴に明け暮れ、悪魔と契約した魔女たちとして描かれているのである。

シエーナの聖女カテリーナ（一三四七—八〇）

詩人のダンテ（フィレンツェ）とペトラルカ（アレッツォ一三〇四—七四）、短編作家のボッカッチョ（フィレンツェもしくはチェルタルド）は、《三大トスカーナ人》と讃えられているが、彼らに少し遅れて、もうひとりの偉大なトスカーナ人が生まれている。シエーナの聖女カテリーナである。

カテリーナは、シエーナの貝殻形の美しいカンポ広場に大きな店をかまえる裕福な染物商人ヤーコポ・ディ・ベニンカーサの、なんと二十五人の子どもの二十四番目として生まれた。「母親はほぼ毎年のように息子や娘、しばしば双子を出産していた」と、カテリーナの伝記の著者は書いている。生活には何ひとつ不自由はなかったが、六歳のときにキリストの姿を見てからは、部屋にこもって祈ってばかりいた。そんな娘を案じた父親は、《ふつうの》女の子に育てようと、兄たちとともに寝起きさせ、手仕事をさせた。だが、彼女の守護聖人であるアレクサンドリアの聖女カタリナやギリシア神話の美と優雅の女神エウプロシュネーを自分とかさねて神を求める小さな魂にとっては、針仕事や刺繍などの手仕事は、父親の意に反して、さらに深い瞑想を育ませたはずだ。男装の聖女アレクサンドリアのカタリナは、預言者で殉教者、学識ある説教師で、その学識で異教の哲学者たちを論破した。そしてシエーナのわれらがカテリーナも、父親の望む《ふつうの》娘にはならなかった。遠い先輩聖女のような、預言者にして殉教者、知識人たちや反対者たちと高度な議論をたたかわせる説教師——非公認の——となるのである。

十七歳のころ、彼女は在宅で神に仕えるドメニコ会第三会員となり、《自分だけの部屋》をえてから三年のあいだ、外界と接することなく、祈りと瞑想の生活を送った。この《自分だけの部屋》が修道院の僧房ではないこと、つまり彼女があくまでも世俗の人間であったことを忘れてはならない。のちには政治活動をするが、それは、たとえば修道院院長という確立した権力組織の長の地位を利用した活動ではなく、あくまでも神との直接的な対話をとおしてえた《自分だけの部屋》から、《他の人びとのために》自分を役立てることなのだ。自分の場所をえて、他者のために役立つことは、彼女にとっては神を求め、自分を最大限知るために必要なことであったが、それがだれにとっても重要であることも知っていた。それゆえのちに、たくみな比喩で、シエーナのある病院長にすすめる。

「尊いキリストの血のうちに、あなたに書きます。あなたがご自分と神の善意を知る僧房の住人になられることを願って。その僧房は人がどこへ行くにももっていく居場所なのです。その居場所で、真の、実際の徳が手にはいるのです」

このころ、知識欲に燃えた少女は、本を読み、おそらく書くことも独学で学んだのだろう。その彼女が外に出て活動を始めるようになったのは、ある日、神のお告げがあったからである。主は彼女に言った。

「このごろは、とくに教養があり物知りだと思っている男たちの傲慢さが横行している。……彼らの無謀さに立ち向かうために、わたしは女たちを呼びさまそう。女たちはたしかにか弱く無学だが、聖なる知恵をそなえている。……安心しなさい、わがいとしい娘よ、おまえはおまえの義務をはたさねばならない。そうすることによって、おまえは、わたしの慈愛をとおして、おまえにとって、他の人びとにとって、役立つのだ」

それでも彼女は、無学でか弱い自分が人のために役立てるのだろうか、この世では女は男性に価値なき者と思われ、彼らとかかわることはよくないと言われている、と神に問いかける。主は答える。

「人類を創造し、それを男と女に分けたのはこのわたしではないか？　わたしはわたしの望むところにわたしの霊の恩寵を放つ。わたしの前では女も男も、金持ちも貧乏人もなく、すべての者が平等である」

こうして、神に呼びさまされ、力づけられ、神の期待する女であることを武器に活動することを保証されて、彼女は社会に出た。薬草を使って病気を治したり、難産の女を祈りで無事に出産させたり、乳の出なくなった母親を助けたりという奇跡に似た行為を行なう娘に、もはや両親は《ふつうの》娘らしい結婚は望まなかった。

またこのドメニコ会の修道院には権力者の母親である、裕福で教養のある寡婦たちが多くいた。彼女たちは俗世を離れてなお、権力の中枢にある息子たちに対して力があり、政治的影響力もあった。このような寡婦の存在はすでに教会側が女性の新たな力として注目していたが、カテリーナも、たんにその力を利用するのではなく、新たな女性のコミュニティとして連帯し、男性社会の論理に対抗できる、教会改革の協力者としようとした。

こうして献身的に病人や貧者を助け、不和を仲裁しに奔走する彼女の周辺に、しだいに、宗派や階層を超えて弟子たちが集まるようになり、彼女を中心に《家族》が形成され、弟子たちは彼女を《マンマ》と呼んだ。その弟子たちのひとりで、彼女の聴罪師として派遣されたドメニコ会総長ライモンド・ダ・カープアが彼女の『大伝記』を著し、高弟のトンマーゾ・カッファリーニがそれをより一般向けにまとめた『小伝記』で彼女の教えをひろめた。

カテリーナは政治活動も積極的に行なった。「他の人びとのために」活動しようとする彼女にとって、政治活動は必然であった。「教養があり、物知りだとうぬぼれている男たち」に立ち向かわなければならないのだ。

一三〇五年以来、枢機卿たちの対立から、教皇庁はプロヴァンスのアヴィニョンに移されていた。それをローマにもどすべく、教皇に反旗をひるがえしていたフィレンツェ市の要請で、彼女はグレゴリウス十一世の説得に赴いた。罪悪感をおぼえつつも決断のつかなかった教皇に帰還を促し、ローマへ向かう船が難破して未曾有の困難と疲労に巻き込まれた教皇を最後まで力づけて、一三七七年のローマ帰還に貢献した。だが翌年、教皇は命つき、新教皇となったウルバヌス六世に反対するフランス人枢機卿たちがアヴィニョンに対抗教皇クレメンス七世を立て、一四一七年までつづく教会分裂が始まった。カテリーナはウルバヌス六世を支え、その権利擁護のために奔走したが、その成果を見ることなく、三十三歳で世を去った。

過酷なまでの戸外での活動にくわえ、贖罪の儀式や断食、たびたびの法悦状態などで、若いながら、彼女の肉体は極度に衰弱していた。彼女の肉体の管理は《家族》のなかの女性たちが受けもっていたが、食事といっても野草と野菜の絞り汁にオリーブ油をたらしたものが主で、栄養補強のために鰻を食べさせようとしても頭か尻尾しか食べず、チーズもかなり古くなったものしか受けつけなかったという。

彼女が死後に残したのは、弟子たちの口述筆記による対話形式の論文『神の摂理の対話』と二十三歳ごろから書きはじめていた約三八〇通の書簡である。長らく、彼女は文字を読めたが書けなかったと言われてきたが、のちにあげる手紙のように、自筆の手紙も残っており、近年では、字を書けたという説が優勢である。弟子たちに口述筆記をさせたのは、たんに字が書けなかったためではなく、手紙を権威ある男性の手で公式のものにしようとする実際的な意図もあったのである。何しろ聖パウロの、「女性は教会では沈黙を守り、話さないこと、女性は従う者であれ」(「コリント人への第一の手紙」第十四章)ということばが女性たちに強要された時代だったから。一方で、先の二人の弟子の手になる『伝記』では、カテリーナの学識と予言の能力が強調されているばかりか、説教師としての業績が讃えられており、高位にある男性聖職者自身が、彼女が聖パウロの禁令を破っていることを公言しているのである。

福者アンジェラ・ダ・フォリーニョ、聖女クラーラ・ダ・モンテファルコなど、彼女の同時代の知的な女性たちにとっても、表現手段は神秘的な講話や詩にかぎられていた。書き手自身は文学作品という意識はなかったが、それらの詩や法悦のことばは口承文学の伝統にあるすぐれた作品として評価されている。それらには、時代の制約のなか、神秘性という女性のすぐれた能力がより濃縮されたかたちとなって羽ばたいているのである。

カテリーナは伝統的な神学書と聖書からえた豊かな知識を駆使して、ドメニコ会のみならず、フランシスコ会、ベネディクト会などの知識人の弟子たちと高度な議論をたたかわせた。またこれらの知識人たちとの交流をとおして、当時の最先端の世俗文学にも親しんでいたらしく、たとえばある弟子に、「あなたのところに忘れてきたダンテのあの本を届けてほしい」と依頼する手紙が残っている。彼女の教養は、修道院ではなく、最初は説教をとおした伝聞と一般人向けに普及していた聖人伝などからえたものだったが、《家族》が形成されてからは、そこに出入りする高僧たちとの交流や議論をとおして培われた高度なものとなった。

『書簡集』の手紙のほとんどは、カテリーナが口述し、それを弟子たちがまとめたものである。彼女の生存中は《家族》のなかで読まれるだけだったが、死後、一四九二年にボローニャで、それから一五〇〇年にヴェネツィアの世界的な出版業者アルド・マヌーツィオの手で、印刷本として刊行された。『書簡集』をめぐって、研究者たちのあいだでつねに問題となるのが、彼女の口述と弟子たちの筆記との整合性である。さまざまな異論があるが、ここでは、テキストを精密に分析して、従来の、カテリーナが法悦状態で語ったものを弟子たちがそのまま筆記したということも、彼女が字を読めなかったということも確固として排除するマリーナ・ザンカンの説に従うことにする。

カテリーナが筆記させた内容は、たしかに神秘的な幻視体験だが、それは神から一方的に伝えられた現象ではなく、神との対話をとおした彼女自身の内面の声なのであり、しかも彼女は字が読めたゆえ、弟子たちが筆記したものを再度彼女自身がチェックした。さらにザンカンは、カテリーナの自筆の手紙をあげて、彼女はなぜ死の三年まえにその手紙を聴罪師に送ったのか、なぜそれ以前ではないのかという疑問を設定して、それを解明しようとする。この手紙の直後に、カテリーナ自身が《本》と呼んでいる『神の摂理の対話』を著しており、この手紙にその本のエッセンスが書かれているのは、手紙と本を照合すれば明らかである。つまり彼女はこの自筆の手紙ではっきりと、ザンカンの表現によれば、それまでの「書くことを奪われていた女」から「書く女」としての自分の意志を宣言しているのである。それ以前にそうしなかった理由は、名声がひろまりだしたのに呼応して、一三七四年と一三七六年の二度にわたって司教座聖堂参事会総会に呼びだされて、彼女の人格と信仰の審査がなされたという外的な事情がある。そして何ごともなくこの審査を終えたあと、彼女は自分の信仰と知識に対する自信をえたと思われる。

この、神との対話をつぶさに聴罪師に伝える自筆の非常に長文の手紙は次のように結ばれている。

「……この手紙は、先にお送りしたのと同じように、ロッカ島で、深いため息とあふれる涙にくれながら、それゆえ目は見れども見えぬまま、自分の手で書いたものです……神の摂理は、無知ゆえに慰めを知らず、慰めをもてないわたくしに、楽しみとして、書く力を与えてくださいました。神は高みから降りて、わたくしが少しでも心を放てるものをもち、胸が張り裂けないようにしてくださったのです。わたくしをまだこの闇の生から引き出すことを望まず、感嘆すべき方法で、わたくしの頭にその力をとどめてくださったのです。師が子どもに模範を示すときにそうするように。それゆえ、あなたがわたくしのもとから栄えある洗礼者ヨハネとトマス・アクイナスとともに去られたすぐあとに、わたくしは眠りのうちに学びだしました。長々と書きつらねたことをお許しください、手と舌が心といっしょになってしまうのです」

『書簡集』におさめられた手紙の送り先の多くは、教皇をはじめとする高位聖職者や世俗の権力者、その妻や寡婦など、教会改革に力を発揮できる人たちである。相手の身分に応じて、権威ある者はきびしく叱責し、命令口調で語る一方で、身近な者や弱い立場の者は慈愛をもって説得し、聖書や聖人伝からの豊富で博学な引用のあいまに、日々の生活の小さなできごとなどを比喩としてちりばめた独特のリズムのあふれる話しことばで語りかけている。彼女の書簡は、深い省察と人間味のあふれるメッセージ性とともに、法悦状態の調和と破調の交錯する、独特の、ふしぎなリズムの魅力ゆえに、十四世紀の散文のみならず、イタリア文学全般のなかでもきわめて傑出したものになっている。

どの手紙にも、現実社会に深くかかわりつつ、教会を変えようという意志があふれている。カテリーナのめざす改革とは、キリスト教の教義そのものではなく、血を流して死んだキリストの肉体である教会の《手足》、すなわち教皇をも含めた聖職者たちと制度の腐敗した現状の改革である。それゆえ、アヴィニョンからローマへの帰路、トスカーナ地方に滞在していた教皇グレゴリウス十一世を、二十九歳の彼女は「……聖下の責任は絶大です、それゆえ、より大胆で男らしい勇気を示し、何が起ころうとも恐れてはなりません」と激励し、新教皇ウルバヌス六世には九通もの書簡で、フィレンツェとの和解、十字軍、教会の改革という実際的決断を進言する。またウルバヌス六世と対抗教皇のあいだで揺れるオートラント司教には、「いまわたくしたちに必要なのは、恐れを知らず、聖なる、公正な正義の刀をふるう外科医です。これまであまりに多くの塗り薬が使われ、手足がことごとく腐ってしまいましたから」と迫る。

彼女の改革はキリストとの完全な結合、愛によって成就する。そのために「自己愛」を捨て、「怠惰に眠っていないで」、「心の目で現実を見るように」と人びとに説く。流されたキリストの血をわが身に受けるとき、彼女は法悦の喜びのうちに、キリストとの愛の成就を体感する。その血はもはや死の血ではなく再生の血であり、豊かな、母親の血なのだ。彼女にとって神はきびしい裁きの神ではなく、やさしく赤子をいだく慈母となる。この《母なる神》という原理、《完全な愛》という原理が彼女の根本的な教えであり、教会という神秘的な肉体は、つまりは神秘的な社会であり、それを神秘的な肉体をもつすべての人間がひとりひとり、愛し、担ってゆくことが求められるのである。それゆえある女子修道院長への美しい手紙に彼女はつぎのように書く。

「まずわたくしたち自身が、真実の、実際的な徳で自分の魂を育まなくては他の人を育むことなどできません。そして徳が育まれるには、その胸から聖なる甘い乳が流れる聖なる愛の胸にすがらなくてはなりません……赤子が乳を求めて母親の乳房をつかみ、それを口にふくむようにするのです……十字架にかけられたキリストの胸にすがるのです、そこに慈悲の母親がいますから」

またモンナ・ストリッカという女性に宛てた手紙では「どんな大きな労苦も小さいものです」と、自分の務めを先送りしないようにとさとす。

「過ぎ去った労苦は、いまはわたしたちにありません。そしてこれから来るだろう労苦も、わたしたちは確実にそれが来ることはわかりません、なぜならばわたしたちは時を確実にもてるとはいえないからです。現在のこのいっとき、それだけがあり、それ以外のものはないのです」

手紙の三分の一はさまざまな階層の女性に宛てたものである。世俗の女性たちには夫を正しい道に導くようにと説く。

「愛は愛によってしかえられません。それゆえ愛されたければまず自分から愛しなさい」と、シチーリア派の愛の詩にあるようなことばを向け、一時的な世俗の結婚を超越したキリストとの永遠の結婚を説く。

「あなたに生命を与えた、この不死の、甘い、栄光の夫を愛しなさい。ほかの夫たちはやがて死に、風のごとくに去ってゆきます。しかもしばしばわたしたちの死の原因となります。……世の毒を避けるのです。それは花のように、青年のように見えるけれど、じつは老人で、長い命があるように見えて、じつはその命は短く、堅固に見えて、じつは移り気なのです、風に吹かれる木の葉のように」（ベネデッタ伯爵夫人への手紙）

彼女は世の掟への従属を拒否し、通常の女性としての肉体を拒否し、キリストとの結婚によって再生をはたそうとした。だが、《自分だけの部屋》、彼女が比喩として《僧房》と呼ぶものをもつかぎり、人は自己も他者も拒否せず、多様な《僧房》をつうじて、他者と連帯するのである。自分の肉体とキリストの肉体との結合を語る彼女の法悦のことばは、なんと官能的なことだろう。聴罪師ライモンド・ダ・カープアに宛てた次のような手紙がある。

「師よ、主がわたくしになさったことがおわかりでしょうか？　やさしい母親が赤子にするようなことをなさったのです。母親はまず、はちきれそうな乳房を赤子に見せ、赤子を遠くにおいて、欲望をかき立てます……それからやさしく胸にもたれさせ、きつく抱きしめ、口づけをして、あらわな乳房を差し出します。わたくしの《夫》もそれと同じようなことをなさいました。わたくしが夫の脇腹に唇を触れたいという欲望に燃えているのをごらんになって……わたくしの嘆きに満足し、それからわたくしの魂を両腕で抱きしめ、その魂の唇をご自分の脇腹に近づけたのです」

　さらに有名なのが、政府転覆のかどで処刑された若者の最後のようすをライモンド・ダ・カープアに伝える手紙である。若者はそれまですべての司祭を拒否しつづけたが、カテリーナのやさしい説得に応じて、秘蹟を受けた。

「処刑場で……わたくしは彼のほうに首を伸ばし、彼の上にかがみこんで、仔羊の血を思い出させました……わたくしは彼の首を受けとり、聖なる善意をあおぎながら『彼が永遠に救われんことを』と祈りました。すると、太陽の光のように、神＝人が見えたのです。あの方の傷口がひらいて、若者の血を受けました……あの方は甘いしぐさをなさいました……花嫁が花婿の部屋の入口に着いたときに、目と頭をうしろにめぐらせ、ついてきた者に礼をするようなしぐさを」

彼女のすべての手紙は、「イエス・キリストのしもべのなかのしもべであるわたくしカテリーナは、キリストの尊い血のうちにあなたに書く」という常套句ではじまる。彼女の文章には熱い血が流れている。そのどこかを引っかきでもすれば、血が吹き出すかのように張りつめている。そしてそれを独特の比喩で表現するときの生々しいまでの場景は、そのまま彼女が世俗の世界に向ける目によって描かれている。それゆえ俗世界にあるわたしたちが彼女の手紙を読むとき、そのあまりの官能性に驚かされるのだ。

自分に多くの役割を課し、短い生涯のあいだにそれらを奇跡的に実践しつづけた偉大な聖女は、ペンを手にしながら、かつて針を手にしていた幼い少女の自分を思い出していたのではないだろうか。

3　人文主義

ルネサンスという革新運動の基盤にある人文主義は、イタリア語ではウマネージモ（フランス語ではユマニスム、英語ではヒューマニズム）で、ウォーモ（人間）の形容詞であるウマーノ（人間の、人間的なという意味）に由来する。ペトラルカとボッカッチョはギリシア・ラテンの古典文献を渉猟して、古代異教世界のゆたかな人間性を発見し、人文主義の創始者と言われている。ボッカッチョの短編物語で、ヨーロッパ初の小説である『デカメロン』の「はしがき」は、「およそ苦しみ悩む者に同情を寄せるのは人間の道だ」と始まる。「人間の道」と訳されているのが、イタリア語ではウマーナ・コーサ（人間的なこと）で、これが冒頭に置かれているのである。ボッカッチョはこうして、先輩のダンテのように地獄から天国へと神を求めてゆくのではなく、ペストに襲われたフィレンツェを舞台に、神と相対化された人間のあらゆる価値を描きだす。まさにペストから人間を救えなかった神に対抗するかのように、人間の才知と運、そして愛――キリスト教の愛ではなく、あくまでも地上の肉体の愛――の力を力強く描きだした。

十五世紀にギリシア語研究が開始されていたところへ、一四五三年のビザンツ帝国の崩壊とともに多くのギリシア人文学者が到来した。彼らは哲学や神学、歴史にくわえてギリシア神話をもたらし、それらが研究、翻訳されて、イタリアの人文主義はめざましい発展をみせた。

ピーコ・デッラ・ミランドラ（一四六三―一四九四）の『人間の尊厳についての演説』は、人文主義の代表的な自由論である。彼は、人間はあらゆる被創造物のなかで特権的な存在であり、自由意志を有し、学問によって神や天使にも匹敵しうる反面、動植物にも堕落しうる、すべては本人の選択にかかっていると述べた。

このように、人文主義は、すべての人間が授かっている自由意思で、人間らしくあろうと模索する精神であり、かぎられた階層ではあったが、女性にも高等教育の道がひらかれる機運となった。もとよりイタリアではやくから、前述のサレルノ医学校についで、ボローニャ大学でも、女性たちに教育の場がひらかれていた前例がある。

一〇八八年に創設されたヨーロッパ最古のボローニャ大学は、ソルボンヌやオックスフォードの神学校に対抗して法学を標榜していただけに、世俗の精神があふれ、教授たちの多くも世俗の妻帯者で、彼が理解ある父親であれば、その娘たちにも大学教育の機会が与えられていた。この大学に現存している十二世紀以来の女性教授録には、法学のアッコルサ・アックルシオとビティージア・ゴッツァディーニ、解剖学のアレッサンドラ・ジリアーニ、絶世の美女で、学生の気をそらさないようにカーテン越しに講義をしたという教会法学者ノヴェッラ・ディ・アンドレーアなどの名前が記載されている。ところが人文主義たけなわの十五世紀なかばごろから、皮肉にも、その記録から女性教授の名が消えてゆく。人文主義者の教皇ニコラウス五世の要請で大学の再建、改革がなされたのだが、結果的に女性に門戸が閉ざされることになったのだ。結婚こそ女性の社会参加の唯一の道であり、それは学問とは両立しえない、結婚か学問かと迫られ、向学心に燃えた多くの女性が学問を断念せざるをえなかった。

それでもイタリアには他のヨーロッパ諸国に先がけて、驚くほど多くの女性人文学者が生まれている。主だった女性だけでも、ヨーロッパ初の女性人文学者であるヴェローナのイゾッタ・ノガローラ（一四一八―六六）、有名な書簡で女性の尊厳と教育や文化への参加の擁護を訴えたブレッシャのラウラ・チェレータ（一四六九―九九）、パードヴァ大学の教授や学生たちとさかんに哲学や神学の公開討論をしたヴェネツィアのカッサンドラ・フェデーレ（一四六五―一五五八）、新教に改宗してドイツに亡命したフェッラーラのオリンピア・モラータ（一五二六―五五）、『女性の価値』を著したヴェネツィアのモデラータ・フォンテ（一五五五―九二）、『女性の高貴と卓越および男性の不完全と欠陥』の著者で同じくヴェネツィアのルクレツィア・マリネッラ（一五七一―一六五三）などの名前があげられる。しかしチェレータは十五歳で結婚して十八か月後に寡婦となり、再婚せず、修道院にもはいらず勉学をつづけたものの、男女双方から攻撃されて沈黙を余儀なくされた。フェデーレは学問をつづけたかったら結婚しないようにという周囲の忠告に抗して結婚したが、結婚後、勉学を断念せざるをえなかった。

彼女たちは古典文学を学び、作詩し、演説をし、文学的書簡を残したが、まずは学者ではないが、人文主義の精神のうちに書簡という文学形式を学び、文学史にその名をとどめているひとりの母親を紹介しよう。

母親の手紙――アレッサンドラ・マチンギ・ストロッツィ（一四〇六―七一）

十五世紀、花の都フィレンツェ。手紙を書く女性がいる。亡き夫の書斎で、あるいは寝室で、あるいは食堂で。彼女は若くない。呼びかける相手は恋人でなく、遠くはなれた息子たちだ。ときおりペンを休めて、かたわらの写本を手にとる。それには自分で引いた傍線や書き込みがあちこちに入っている。すでに頭に刻みこまれている文章を確認すると、またペンを走らせる。こうして彼女は二十年以上も二人の息子に手紙を書き送った。

一族が四百年間保管していたそれらの手紙は、『流刑地の息子たちに宛てた十五世紀フィレンツェの名門女性の手紙』と題して一八七七年に世に出た。七十二通の手紙が収められている。書き手はアレッサンドラ・マチンギ・ストロッツィ。彼女が書き込みをしながら読んでいた写本は、同時代の人文学者レオン・バッティスタ・アルベルティ（一四〇四―七二）の『家族論』で、これも一族が保管している。

名門の貴婦人はこの写本から何を学んだのだろうか。アルベルティは人文学者であり、大建築家であり、『絵画論』、『彫刻論』、『建築論』を著し、実際に都市計画を手がけ、理論の実践である重要な建築物を設計し、さらにラテン語の戯曲や俗語の詩や散文を残している。まさにルネサンスの万能の人である。代表作であるこの俗語の対話編『家族論』は、それまでキリスト教の観点からのみとらえられていた家族や結婚、家庭生活、教育などについて、世俗の人文主義の展望のもとに論じた画期的なものである。

彼は家族を国家を形成する核ととらえ、家庭を、国家の統治者、指導者となる人間を育成する場とみなす。人文主義の追求するヴィルトゥ――《徳》であり同時に《力量》――を基盤に、一族の繁栄のための家族のありかたと結婚、子どもの教育、家政、妻の役割、家の外の世界との交流、社会と個人の関係、友情など、幅ひろいテーマの対話を展開させる。基本的に、男女は対等で、財産も家庭も子どもも夫婦が共有すると確認されている。しかし時代の制約のなかで、なんといっても対話の登場人物は男性だけであり、さまざまな実際的な提言や助言も男性から男性へと向けられ、妻の役割はあくまでも家庭のなかに限定されている。妻として選ぶべきは、何はともあれ多産を期待できる女性であること、すべての実権は家長である夫がにぎり、妻には「他のもろもろのささいなこと」を任せること、などと書かれている。そして妻は貞淑で、自分の才覚と育ってきた習慣よりも夫の忠告と婚家の習慣を優先させ、家族に愛され、かつ、やさしいだけでなく、尊敬され、恐れられもする《よき母親》であることが求められている。

アレッサンドラはむろんそのように努めてきたであろう。八人の子どもを産み、夫に従う、よき妻、よき母親であっただろう。彼女は、母方が貴族である裕福な商家に生まれ、十六歳で、同じくフィレンツェの貴族で商人である人文学者のマッテーオ・ストロッツィと結婚した。夫はのちに反メーディチのかどで流刑となり、彼女は七人の子どもをつれて流刑地に従ったが、翌年、夫と三人の子どもをペストに奪われた。帰国後、夫の忘れ形見を産んだ。夫の死後、当然ながら、大きな責任が彼女にのしかかった。家長としてすべてを決断しなければならず、さらに子どもたちの教育、そして結婚という重大な課題が待ちうけた。二十九歳の寡婦は借金や税金の支払いのために領地を売ったり貸したりし、領地の作物の販売もして、五人の子どもを育てた。そして長男が十九歳、次男が十六歳になり、夫の親族が手広く銀行を営むナーポリとブールジュに引き取られたときから、手紙を書きはじめるのである。

これは世俗の女性の手になる最初の書簡集である。宛て名と日付のあとに挨拶を置き、前置き、本文、請願とつづき、結語で終わるという人文主義の書簡体の形式をふまえ、独学で身につけた教養が生かされている。手紙は三期に分類される。第一期は息子たちが家を出た一四四七年からの八年間、第二期が追放されていたメーディチ家が復権して息子たちが追放の身となった一四五八年からの八年間、そして最後が、長男が仕事でナーポリへ行っていた、彼女の晩年の一四六九年から七〇年までである。

第一期の手紙には、息子たちを世の荒波に漕ぎださせた母親の心痛と覚悟、彼らの教育にかける意気込みと同時に、夫のいない身で長男を相談相手とたのむ母親の心情が入りまじっている。最初の手紙（一四四七年八月二十四日）は、十六歳の長女を絹商人に嫁がせることにした経緯を長男フィリッポに伝えるものである。

「……持参金は千フィオリーノで、一年後に満期になる持参金積み立て金で五百フィオリーノ、残りは結婚するときに現金と品物で支払います。この分はわたしとあなたの資産から出します。いま婚約をしておかなければ、年内に結婚させることができなかったのです。妻をめとろうとする人はお金を要求しますから。それに四十八年の持参金積み立ての満期まで待ってくれる人は見つからなかったのです。……娘は十六歳ですから、これ以上は待てません。もっと資産家の貴族からの縁談もあったのですが、何しろ持参金が千四百、五百フィオリーノというのでは……」

気がかりだった娘の縁談がまとまった喜びと安堵とともに、経済的な苦労もつづられている。当時の名門女性が多額の持参金を用意しなければ結婚できず、そのための積立制度まであったこと、持参金の分割払い、そして「妻をめとろうとする人はお金を要求する」「……支払います」などの結婚事情が語られる。自分もそうして嫁いできた母親は、当然のこととして、長男が末子のマッテーオを自分のところにと書くのである。娘の婚約の報告のあとで彼女は、よこすようにと言うのに対し、「あの子はまだ十一歳ですし、わたしも寂しいので、せめて十六歳になるまでは家から出しません。家で読み書きと算数を教えます」と答え、最後に、「あなたも十九歳です。もう子どもではないのですから、人から受けた親切に背かず、ずっと親切にしてもらうようにしなさい。何よりも節約につとめなさい」と結んでいる。その後、ついに末子が長男のもとに行くことになると、彼女は長男に、「もしも弟がまちがったことをしたら、叩かないでやさしく諭してやってください、そのほうが効果がありますから」と教え、かつ頼んでいる。小さな息子のことが心配でたまらないのだ。

息子たちにせっせと季節ごとの衣類や食品を送り、夫と三人の子を奪ったペストを案じながら、あれこれ母親としてのこまやかな愛情を示す一方で、彼女の手紙には、夫に代わる教育者としての決然とした態度があらわれている。それをもっともよく示すのが、次男に宛てた手厳しい手紙（一四五二年二月二十七日）である。彼は二十歳になっていたが、勤勉で意欲的な長男とは似ても似つかぬ放蕩息子で、私生児をもうけたり、賭博で借金をかさねては泣きついてきたりして、母親を悩ませていた。

「……あなたも自分の行動を反省して、正しい生活に魂をむける年齢です。もう子どもではないのですから、あやまちを無知のせいにして、自分がどういうことをしているのかわからないなどという言い逃れはできません。あなたの生き方はわたしの願いと相容れません。それがとても残念で、いつの日か、あなたに身の破滅がおよびはしないかと心配しています。……よくよく考えた結果、出費と気苦労を清算し、またあなたを助けてあげられるように、アンテッラの土地を売ることにしました。……あなたは自分自身にも家族にも損害と恥の種を蒔いているのですよ。まちがったことをしているのに、忠告されてもどこ吹く風では、よく思ってやりたくてもその気も失せてしまいます。……自分で生活を変えなくては、わたしの祈りなど無益です。賢くなりなさい、そうしなくてはなりません、あなたのためです。……わたしの小言を聞き流さないように。愛と涙で叱っているのですから」

アルベルティは、家長である夫は子どもだけでなく妻の教育者でもあるべきだが、同時に妻も、夫のあやまちを指摘し、夫を再教育して、ともに愛と熱情をもって子どもたちと家を守るべきだ、と述べている。彼女はその教えを守りつつ、夫に代わって息子たちの教育に心をくだくのである。

第二期の手紙は、流刑となった息子たちに宛てたもので、当然、数が多い。フィレンツェの政情がめまぐるしく変わるなか、彼女の最大の願いは一刻もはやく息子たちの流刑が解かれることだが、その間にも、いまや成人した彼らに名門の家系を守るためのしかるべき教育もしなければならない。そこで彼女は当代の大知識人の著作をくりかえし読み、その教えに従いながら、人間としての徳を説き、一方で、激変する政治情勢のなかで有利に身を処す術を教える。手紙の内容にも文体にも、当然ながらアルベルティの影響が反映しているものの、いまや家長となった彼女は、おのずとアルベルティの説く妻の立場を超えて、まさに男に、父親になりかわっているのである。

一四五九年八月、長男に託した末子がペストで死ぬ。

「すべては神の思し召しです。八つ裂きにされたり、秘蹟も受けずに死んだりする人たちがいる時代に、あの子が兄の手厚い看護のもとに、よきキリスト教徒としてのあらゆる手続きをへて天に召されたのはせめてもの幸いでした」と長男に感謝し、悲しみを抑制しながらも、文面はいつしか子を失った母親の悲痛な叫びとなる。伝染病ゆえに駆けつけるのを周囲に止められたのであろう、息子の死に目に会えなかった悲しみに、わが身を責める。

「……二度とこんな悲しい目にあわなくてもすむよう、神がわたしを長生きさせませんように。……人に相談などせずに、したいようにすればよかった。そうすれば、生きているかわいいあの子に会い、あの子に触れて、慰められ、あなたを慰めてあげることもできたでしょうに。……お願いですから、仕事より自分の身体のことを考えてください。あなたもわかったはずです、人は何もかもこの世に置いてあの世へ行くのです！　あなたがどんなに財をなしても、そのためにあくせく働いて身体を酷使するのでは、母親のわたしはどう思ったらよいのでしょう？」（一四五九年九月六日）

それまでの手紙はすべて、「フィレンツェのアレッサンドラより」と結ばれているが、この手紙だけは、「あわれなあなたの母親より」となっている。息子たちの母親であり、かつ父親でもあったこの女性は、最愛の息子を失ってはじめて、自分がか弱いひとりの母親であることを思い知らされたのであろう。

　しかし、自分のところに来て暮らすようにという長男の誘いに心を動かされながらも、彼女はフィレンツェにとどまる。息子たちに故国の政情や有力者の動向を伝え、彼らが帰国してから、確固とした地位を得られるように、その足掛かりをつくるためである。まずは一向にその気がなさそうな長男を結婚させることだ。彼女は、「死ぬときには、結婚した息子たちを見たいものです」と言って、アルベルティの教えのもとに、結婚の重要性と夫の役割を説き、教会などで、これぞと目星をつけた候補者たちを観察しては、彼女たちの資産や容姿を書き送る。

「……結婚はとても大事なことです。よき伴侶がいれば、男は心身ともに安らげますが、おろかな女を妻にすれば、一生、苦労します。……そんな妻では夫はつねに監視していなくてはなりません。男が男らしければ、女は立派な妻になり、がみがみ小言ばかり言わずにすむのです」

　そして、一四六五年にようやく結婚話がまとまったときに、彼女は長男に次のように書く。

「宝石を、美しい宝石を用意しなさい、妻が見つかったのですから。彼女は美しく、フィリッポ・ストロッツィの妻なのですから、美しい宝石を身につけなくてはなりません。あなたはほかのことでも名誉を得たのですから、結婚においても名誉を欠いてはなりません」

　当時の慣わしで、多額の持参金をもってくる妻に、裕福な夫は宝石や豪華な衣装を与えた。しかしそれらはあくまでも夫の財産であり、妻の生存中に妻に貸しあたえ、妻を美しく飾りたてて夫の名誉を誇示したのである。かくてこのフィレンツェの名門女性は、女性が夫に従属する結婚制度そのものになんら疑問を呈することなく、おそらくそんなことは意識にもなく、長くつづいてきた既存の制度の枠のなかで、その枠を存続させるために懸命につとめるのである。次の世紀の女性のなかには、このような男性優位の社会制度に公然と抗議をしたり、持参金の是非を論じたり、さては結婚そのものを否定する女性たちも登場するが、アレッサンドラの書簡はあくまでもアルベルティをはじめとする、当時としては好意的な女性擁護者の男性の教えるところにとどまっており、根本的に男性の意識と視点に支配されている。

晩年の手紙はそれぞれ年に一通ずつしか残っていない。孫自慢の祖母の顔ものぞく。

「……アルフォンソが歩きはじめました。驚くほど利発で、いちど聞いたことは絶対に忘れません。パパはナーポリにいらっしゃるのよ、と言ったら、あとで人に訊ねられて、パパはナーピと答えましたよ」と書き、「こんなことを書くと、あなたは笑うでしょうけれど」と添えている。下の子が生まれて来客が多く、すべてが自分の肩にかかって疲れるとぼやきながらも、ようやく手にした煩雑ながらも平穏な生活を楽しんでいるようすがうかがわれる。

しかし、一四七〇年の最後の手紙には、またもや不穏な空気がただよう。フィレンツェ配下のプラートで反乱が起き、首謀者たちが捕まり、パンや小麦粉まで不足した。

「……町全体が大きな衝撃を受けました。この世はまるで闇夜です。多くの人が処刑されたり拷問の憂き目にあったりしました。それに地震まで起きたのです。あまりの災難つづきに、わたしはなかば呆然の体です。もう末世も近いようです。心の準備をしてそなえるべきなのでしょう」

翌年、彼女は六十五歳の生涯を閉じた。彼女の手紙は激動の時代を身をもって生き抜いたひとりの母親のいつわらぬ心情とともに、《よき母親》であるのみならず、ひとりの人間としての生きかたと政治判断の力を伝えるもので、ひとつの時代の貴重な証言となっている。

そして、先に述べたように、彼女は多くの男性の書き手による「女性論」や「結婚論」などで論じられた女性の枠から逸脱することなく、女性に対する視点も男性社会の良識の枠を出ず、その点で、独創性はない。しかし、それでもなお彼女自身、たんに論じられる対象にとどまらず、みずからの教養と経験で生きた声を発する書き手となったのである。

キケローが言うには、古代ローマで最初に書簡集として集められたのは、グラックス兄弟の母親で賢母と讃えられたコルネリアの手紙だったという。以来、女たちは手紙を書きつづけ、聖女カテリーナは神秘体験を言語化し、文学作品として歴史に残る手紙を書いた。キケローはまた、書簡は、「口で言うようなあらわな感情を制することで文学になる」とも言っている。アレッサンドラのいくつかの手紙にも、「こんなことは手紙でなく、口で言うことですが……」ということばが登場する。この世俗の女性の手紙は、愛する相手の不在や待つ苦しみ、捨てられた悲しみなど、口で伝えることのできない恋文の性格もあわせもち、直接、口で言いたいであろうことを、それができない状況で、人文主義の教えにしたがった書簡形式で表現して、キケローの言う、「文学」になっているのである。

その後、人文学を学んだ女性たちは、自分の学識を世に知らしめ、知識人と議論し、交流するために、書簡という形式をひろく活用する。

ヨーロッパ初の女性人文学者——イゾッタ・ノガローラ(一四一八—六六)

広壮な邸館の一室で賢そうな少女たちが熱心に勉強している。そのような光景は、ごくかぎられたものとはいえ、この時代のイタリアの恵まれた女性たちのあいだでは、かなり定着したものだったようだ。

ロメオとジュリエットのバルコニー、ローマ時代の円形劇場アレーナが世界じゅうからの観光客を集める北の中堅都市ヴェローナはまた、ルネサンス期には、古典教育学者グァリーノ・ヴェロネーゼの私塾で、ヨーロッパじゅうにその名をひびかせていた。大貴族ノガローラ家の姉妹の家庭教師に雇われたのも、それまで多数をしめていた聖職者ではなく、ヴェロネーゼの弟子のマルティーノ・リッツォーニという世俗の知識人であった。

姉妹の母親は寡婦で、貴族の女性の多くがそうであったように、文盲だったが、夫の遺志を継いで、四人の息子のみならず、六人の娘たちにも高度な教育をほどこした。娘たちのうちとくに聡明な二人がラテン語を学び、人文主義の学問と中世の教父や哲学者の著作に親しんだ。二人が名だたる知識人たちと交わした書簡は、その学識の高さで、ヴェローナのみならず、周辺諸国の知識人たちを驚かし、大評判となった。その後、妹は結婚したが、姉は学問をつづけ、ヨーロッパ初の女性人文学者となった。イゾッタ・ノガローラである。

しかし、イゾッタはヴェローナの学者の世界に迎え入れられなかったばかりか、評判に対する反感から、兄との近親相姦を中傷する文書まで出まわった。十八歳のときに、家庭教師の師であるヴェロネーゼが彼女の書簡を読んで、その学識を讃え、彼女を古代の英雄的な女性になぞらえていることを伝え聞いて、彼女は彼に手紙を書き、自分の勉学を助けてほしいと懇願した。だが彼からの返信はなく、翌年、彼女はふたたび手紙を送り、讃えるだけで返事をくれないのは不当だ、あなたのような偉大な学者に手紙を書いたために、自分は町じゅうの笑いものになった、女たちが自分を嘲笑する、と訴えた。古代ローマの喜劇作家プラウトゥスの『黄金の壺』の驢馬と雄牛のたとえを引き、「驢馬（ヴェローナの女たち）はわたくしに歯をむき、牛（男性の学者）は角で攻撃してきます。どこにも安全な場所はありません。どうしてわたくしをこんな目にあわせておかれるのですか」と驚くほど率直に、はげしく、大人文学者を責めた。ヴェロネーゼはこのときはただちに返事をよこしたが、彼の助言は、すぐに驢馬の世界から出て牛に、つまり男になるように、というものだった。

『女の都』（一四〇四）で女性のユートピア世界を描いたクリスチーヌ・ド・ピザンは、「神よ、なぜわたくしを男に生まれさせてくださらなかったのか」と嘆き、夢のなかで男に変身した。しかしイゾッタは、大学者がすすめるように、男にはならなかった。男性の人文学者たちは、彼女は性を乗りこえたと讃えたが、彼女は周囲の賞讃に安住できなかった。枢機卿チェザリーニ宛ての書簡のことばが彼女の苦しい胸中を語っている。

「わたくしは骨の髄まで畏怖と不安にゆさぶられています。自分が女に生まれたと思うたびに、ことばは砕けて、口から出なくなるのです」

男たちは、そして女たちも、彼女の学識を《奇跡》と讃えた。だがそれは、女君主や女戦士のような《男まさり》の力量を発揮する女としてであり、彼女が逡巡し、男になりきれず、かといって結婚もしないことを攻撃し、嘲笑したのである、女の学識など《世の毒、疫病》以外の何ものでもないから。

周辺の女性たちのなかでひとり理解を示したのが、十歳年下の同じく人文学者のコスタンツァ・ヴァラーノだった。彼女は手紙で、「あなたは過去の学識あるすべての女性や同時代の男性を超えた」と讃え、「従来の《信心深い》女性ではなく、《知的な》勇気ある新しい女性の役割をはたしてほしい」と励ましている。コスタンツァは、ウルビーノのフェデリーコ公妃バッティスタ・スフォルツァ・モンテフェルトロの孫で、ごく若いうちから、祖母と同じように、その学識が評判だったが、結婚とともに学問を中断し、二人目の子どもの出産後まもなく、わずか十九歳で他界した。

それまで教会で教えられるだけだった聖書を、ラテン語を学んだイゾッタは自分で読めるようになっていた。そして、なぜエヴァだけが人類の罪を一身に負わされているのかという素朴な疑問が、ヨーロッパ文化の基底をゆるがしかねない論争を生んだ。それは、ヴェローナ行政長官で人文学者のルドヴィーコ・フォスカリーニ（一四〇九—八〇）と一四五一年から交わしたラテン語の往復書簡による論争で、彼女の死後ほぼ百年後の一五六三年に『アダムとエヴァの罪は同じか否かを論ずる対話』として出版された。副題にあるように、聖アウグスティヌスが『神の国』で、「アダムとエヴァの罪は等しくないが、高慢さにおける罪は等しい」とした命題にもとづいた論争である。

彼女は聖書を中心に、聖アウグスティヌスや聖トマスを引用して、エヴァを自分自身とかさねながらエヴァを擁護する。フォスカリーニがエヴァは神により似ようとし、アダムに罪を唆したゆえにアダムより罪が重いと言うのに対し、彼女は次のように反論する。

「……エヴァはアダムより知性も心の強さも劣るがゆえに、その分、罪は軽いのです。蛇は強い男ではなく弱いエヴァを誘惑しました。神は二人にではなく男にリンゴを食べるなと言いました。エヴァがリンゴを食べたのは神に似ようとするためではなく、弱さに負けて快楽を求めたためです。しかしアダムが禁を犯さなければ罪は生じなかったのです。また、エヴァのほうが厳しく裁かれたとおっしゃいますが、それは逆で、アダムが受けた罰のほうが大きいのです」

それに対してフォスカリーニは言う。

「……エヴァは弱く無知ゆえ罪は軽いと言うが、尊大ゆえの無知は許されない。罪の原因は弱さではなく傲慢にある。悪魔は女を傲慢にする知恵を約束した。エヴァの罪の第一原因は女の本性をこえた過度の知の欲求である。おのれを支配したいという傲慢の源泉である欲求をもたなかったら、女は悪魔に誘惑されなかっただろう。女は男と同じ労苦にくわえ、さらに出産の苦しみまで負わされ、より重い罰を受けた。エヴァは神に似る者になろうとしたのだ。罪はすべてエヴァにある。男の伴侶である女が狡智にたけた蛇よりも簡単に彼をだましたのだ。また、先に罪を犯したエヴァはより長く罪のなかにあり、それゆえ罪はより重い」

イゾッタの最後の反論を要約しよう。

「……エヴァは無知と弱さゆえに罪を犯しました。それゆえ彼女のほうがより罪が重いとおっしゃいますが、それはちがいます。無知は自然から発し、自然の造り主は神です。神は男を完全な者として創造し、真理を知る理性の力と深い知恵を与え、地上のすべての動物に名前を与えることを託しました。しかし女については、『男がひとりでいるのはよくない、彼に合う助ける者をつくろう』、と言っただけです。また罪の原因は女の弱さでなく、生来もっていないものを手に入れようとする傲慢さゆえの過度の欲求だとおっしゃいますが、知りたいという欲求は自然なことで、人はみな生まれつき知識を求めます。男の伴侶である女が男を欺いたことはたしかですが、神が完全な知者として創った男が不完全な女の誘いに従ったのですから、男の罪はより重いのです。またエヴァがより長く罪にあり、それゆえより罪が重いとおっしゃるのも、二人が対等であればそう言えますが、完全なアダムと不完全で無知なエヴァは対等ではありません。弱く劣っている女であるわたくしがこれだけのことを申せば充分でしょう……」

このあとフォスカリーニがイゾッタの知識を讃え、アダムは自由意思を与えられていたのだから罪がないとはいえない、アダムの罪のすべてがエヴァのせいなのではない、と妥協的な結論を出して、この論争は終わっている。

イゾッタは人類が背負った罪を一方的に帰せられてきたエヴァを擁護して、その罪を軽減しようとした。何よりも聖書自体にエヴァに関する記述があまりに少なく、重大な罪を帰せられているにもかかわらず、その存在が軽視されていることを指摘した意味は大きい。エヴァは不完全で無知で、誘惑に負けたという聖書の記述を彼女はいったんは受け入れ、自分を「弱く劣った女であるわたくし」という論者に仕立て、聖書の記述の男女の扱いの不公平に異議をとなえる。そして神によって強く完全に創られたはずのアダムが、「弱く劣った女」に誘惑されたとしても、自分の意思で禁断の実を食べていなければ人類の原罪は生じなかった、と切り返す。この論法には、アダムが「強く完全な男」でもなければ、エヴァが「弱く劣っている女」でもなく、女は男と対等であり、知的にも劣っていないという自負が読みとれよう。この論争は十五世紀イタリアの最も重要な女性論であり、ヨーロッパ各地に写本が流布して読まれ、のちのさかんな女性論の先駆となった。

彼女は三十五歳で、ある男性に求婚された。フォスカリーニに相談すると、彼は、結婚より学問を選んだはずだと彼女を非難した。「学問する女は聖女として純潔を守らなければならない、抜きんでるためには犠牲を払わなければならない」から。彼女は彼に、彼も俗世間を脱した生活をしてはどうかと提案する。彼はこのとき四十四歳の既婚者でブレッシャの行政長官だった。彼は、彼女は神に仕え、自分は皇帝に仕えなければならない、つまり彼女は魂に仕え、自分は肉体に仕えるのだと、彼女の提案を退ける。要するに二人は、十二世紀の、あの愛の往復書簡を交わしたアベラールとエロイーズのような、宗教的同胞にはならなかったのである。

十五年間の二人の関係は、現代の視点からみれば、明らかに恋愛関係と考えられるが、社会的制約のなか、彼女は《聖女》という枠のなかにとどまり、彼がそれを精神的な愛で讃えつつ支えるという関係を保持した。これはまた、人文主義者たちの好んだ《宮廷風恋愛》のひとつのかたちでもあり、その両義性をふくんだまま、公然と、いってみればあやうい関係を保持できたのである。そして二人がこのような社会的枠組みを守ったからこそ、独身の女がひとりでは暮らせなかった時代に、最初は兄の家で、その後は弟の家で母とともに、そして母の死後、母が残した莫大な遺産とともに、死ぬまでフォスカリーニの家でその家族とともに暮らしながら、宗教的な著作に専念して、のちのちまで、おそらく本人の意思とは関係なく、《聖女》と讃えられたのである。彼女は最後まで男にならなかった。揺れる心と不安をかかえつつ勉学をつづけた。ウマネージモのウオーモ＝人間にはまだ女性はふくまれていなかったようだ。

しかし新しい精神は、男女を問わず、新しい精神と響きあう。ルネサンスの他の画家たちは、たとえ内心では思ったとしてもそれを表現しようとはしなかっただろうが、のちにミケランジェロは、この論争を知っていたか否かは定かでないものの、ヴァティカーノ宮殿のシスティーナ礼拝堂のあの天井画に、みずから禁断の果実に手をのばすアダムを描いている。『創世記』の「女は実をとって食べ、いっしょにいた男にもわたしたので、彼も食べた」という記述をくつがえして、男も原罪の責任を負っていることを表現したのであろうと思う。

次に、時代は先にすすむが、もうひとりの傑出した女性人文学者をとりあげておく。

オリンピア・モラータ（一五二六—五五）と対抗宗教改革

あまりに腐敗したローマ・カトリック教会にルターやカルヴァンが反旗をひるがえした。彼らは、《神の代理人》としてヨーロッパの教会を支配してきた教皇の介在と伝統的な聖書解釈を否定して、信仰は各人のものと主張し、聖職者の妻帯を認めた。

この北方からの宗教改革の侵入を防ぐために、教皇庁は一五四五年から六三年にかけて三回にわたるトレント公会議を開催した。当初は改革派との和解をめざしたが、結局はカトリックの教義を強調して教皇の最高権威を確認し、改革派のかかげる基本主張を否定した。その後カトリック内に起こったのが、リフォルマ（宗教改革）に対抗するコントロリフォルマ（対抗宗教改革）である。教義を根本的に検討して、正統としての伝統と権威をつらぬき、同時に、堕落のきわみにあった聖職者のモラルと教会秩序の再建をめざそうとした。

しかし教会のきびしい目は聖職者のみならず一般市民のモラル、生活態度にまでおよんだ。改革派の運動は、イタリアではひろく底辺層にまでは浸透しなかったが、新しい精神を求める知識層、とくに真摯に魂の探究と自由を求める女性たちを惹きつけた。のちに述べる詩人のヴィットーリア・コロンナやヴェローニカ・ガンバラなどのサロンは改革派の拠点であった。

スペインやポルトガルにつづいて一五四二年にローマに設立された異端審問所は、改革派のみならず、ユダヤ人や神秘主義者、魔女の疑いをかけられた女性、そして一般の市民をも標的とした。華麗なルネサンス文化の陰で、密告が推奨され、地域社会が隣人を、肉親が肉親を告発するおぞましい監視社会が登場していた。一五五九年には禁書令が発布され、ボッカッチョやエラスムスの作品はもとより、愛の詩人たちは神以上に女性を崇拝するという理由で、ピエートロ・ベンボ（一四七〇―一五四七）、ルドヴィーコ・アリオスト（一四七四―一五三三）、ヤーコポ・サンナザーロ（一四五六―一五三〇）の作品なども削除や改変を強いられた。イタリア語に訳された聖書まで、とくに女性が読むことは有害という口実で――じつは説教師がつごうよく教えを説くために――禁じられた。そして女性には、それまで以上に、処女、妻、寡婦としての貞節な生きかた、結婚、よき母親、よき信仰が課せられ、自由はことごとく制限されたのである。

前項のイゾッタ・ノガローラは、恋人のような理解者に学問する女性は結婚すべきでないと言われて、結婚を断念した。だが、それから百年後、ふたたび女性人文学者として、その名をヨーロッパじゅうに知らしめたオリンピア・モラータは、恋愛も結婚も勉学も命がけの状況で、恋愛して結婚し、勉学の道なかば、異郷で命つきた女性である。

オリンピアは北イタリアのフェッラーラに生まれた。フェッラーラは、近隣のマントヴァやウルビーノとともに、ルネサンスの華麗な宮廷文化の発信地として、いまにその名残をとどめる美しい町である。ルネサンス期最大の詩人アリオスト、バロック期最大の詩人トルクァート・タッソ（一五四四―九五）などが宮廷詩人として活躍し、また、オリンピアが生まれるほぼ三十年まえに、教会の堕落を糾弾して焚刑に処されたジローラモ・サヴォナローラ（一四五二―九八）の生地でもある。この同郷のドメニコ会説教師の運命は彼女の身にも起こりかねなかった。彼女が祖国を捨ててドイツに亡命せざるをえなかったのも、ローマ教会に逆らったためだったから。

フェッラーラ領主のエステ家からマントヴァのゴンザーガ家に嫁いで、夫以上に政治力を発揮して宮廷に君臨したイザベッラ・デステの娘ジューリア・ゴンザーガ（一五一三―六六）は、オリンピアより十歳あまり年上の改革者である。彼女は典型的な政略結婚で、十三歳で、手足の萎えた無気力な四十歳の男と結婚させられた。十八歳で寡婦となったのち、スペインを追われてナーポリに来ていた神秘主義的福音主義者のファン・デ・ヴァルデスの学説に共鳴した。そして彼の死後はその派のリーダーとなり、改革者たちを逃亡させたり経済的援助をしたりしたために、異端審問所はつねに彼女の周辺に目を光らせていた。同調者のひとりで、斬首されたのち火刑に処された改革者ピエートロ・カルネセッキに宛てた彼女の多くの手紙が発見されたとき、時のピウス五世は、「彼女は生きて焼かれるべきだった」と言ったが、幸いその年に彼女は死んでいた。

また、フランスのルイ十二世の娘でありながら、女性ゆえに義弟に王座を奪われて、エステ家のエルコレ二世に嫁いできたルネ・ド・フランスも改革の擁護者であった。彼女は百六十名ものフランス人宮廷人を引きつれてきて、そのなかに多くの改革者がいた。カルヴァンも偽名で訪れ、死ぬまで彼女と文通をつづけた。とはいえルネの信仰は一貫せず、カトリックのミサに参加したり、告解をしたりした。一五五四年には、異端審問所への告発とフランスにある領地の没収を迫られて、ついに降伏する。

このような状況にあったフェッラーラで、十四歳のオリンピアは小さな宮廷女性となった。大学の古典文学教授の父がエステ家の個人教師でもあったので、ルネの九歳の娘アンヌの勉強仲間、遊び仲間として宮廷に入ったのである。二人はそろって、父や他の教師からラテン語やギリシア語をはじめとする人文学の教育を受けた。そして父が招いた改革者チェーリオ・セコンド・クリオーネの手引きで、彼女も父とともに新教に改宗した。クリオーネはほどなくイタリアを去らざるをえなくなったが、生涯、オリンピアの師として文通をつづけ、彼女の死後、バーゼルで一五五八年から四回にわたって彼女の演説や対話、ラテン語、ギリシア語の詩、書簡などを刊行して、彼女を人文学者として位置づけた。

十四歳のとき、彼女はギリシア語の教師に次のように書いている。

「わたくしはいつも心のなかで思っていました、不滅の神が人間に授けたもっとも善きもの、もっとも有益なものは学問であると。なんといっても、わたくしたちの魂は天の星々や天体と呼ばれる永遠の炎から、最善最大の神によって授けられ、とくに文学の知識によって育まれ、ゆえに他の生きものを凌いでいるのですから。文学が人間のすべての営みにまさるのであれば、ムーサ（詩神）の甘いことばに心動かされるのを女の付属物の針や糸車が妨げることなどできるでしょうか？　わたくしはあまりにも長いあいだムーサの声に耳をふさいできました、オデュッセウスがセイレーンの歌声に耳をふさいだように。糸巻き棒や杼（ひ）は何も語りかけてきません。それなのにわたくしを納得させることができるでしょうか？　これらの安っぽい贈り物に何かの魅力があるのでしょうか？……。わたくしはそれらは永遠に失われたものと決めました」

人並みに機織りなどをしていた少女はこうして自分の道を決めた。次は十六歳のころに書いたギリシア語の詩である。

同じことがすべての心を喜ばせることはけっしてない、
ゼウスもすべての者に同じ力を授けはしなかった。

カストールは騎馬、ポリュデウケースは拳術の名手、
しかも二人は同じ鳥から生まれている。

そしてわたしは、女だけれど、女の付属物を捨てた、
紡ぎ糸を、杼（ひ）を、バスケットを、縫い糸を。

わたしはたたえる、花咲くムーサたちの野原を、
ふたつの頂をもつパルナッソス山の歓喜の歌声を。

ほかの女たちはほかのものを喜びとするのだろう、
わたしにはこれだけが誇り、これだけが喜び。

やがてフェッラーラにも異端審問所が設立され、ルネの周辺の多くの者が裁かれるようにな

った。一五四八年にはオリンピアの父親も死に、エルコレ公もついに教皇の圧力に屈して改革派を一掃した。アンヌは改革派ユグノーの敵のギーズ公に嫁いで去った。宮廷の空気は一変し、オリンピアはもはや無用どころか、孤立無援の危険人物になった。このころのことを彼女はクリオーネに書いている。

「父亡きあと、わたくしはすぐに公妃に捨てられ、ひどく屈辱的な扱いを受けました。わたくしだけでなく、妹たちも同様でした。これがわたくしたちに対する公妃の仕打ちです、わたくしたちの仕事ゆえに憎まれたのです。わたくしの悲しみはご想像がつくでしょう。誰もわたくしたちのことなど気にかけてくれませんでした。……宮廷にとどまっていれば、わたくしは自分の魂の救済を危うくしていたことでしょう。旧約聖書も新約聖書も読むことを禁じられたのですから」

ファニーノ・ファニーニという改革派のパン屋が棄教を強制されたのちに火刑を宣告され、救済の訴えも虚しく一五五〇年にフェッラーラで刑が実行された。そんな緊迫した状況のなか、二十四歳のオリンピアは改革派のドイツ人医学留学生アンドレアス・グルントラーに恋し、新教の結婚式をあげた。いまや父もおらず、宮廷の庇護もなくなった女性としては、無謀な決断であったかもしれない。その年末には、母と妹たちを残し、夫と八歳の弟とともにドイツに亡命せざるをえなくなった。

だがドイツといえども身の安全はなく、彼らは追跡を逃れて各地を転々としたのち、ようやく夫が生地シュバインフルトに医師の職を見つけ、彼女も勉学を再開した。しかしそれも束の間、二年後の春に改革派のこの小さな町はカトリック側の軍隊に攻略され、彼女たちの家も十四カ月も占拠されて、略奪されたのである。彼女たちはすべてを、書きためていたものもすべて失って逃げた。

翌年、イタリアにいる妹やクリオーネに書き送った何通かの手紙には、カトリック側が昼も夜も大砲を打ち込むなか、砲火をかいくぐって逃げまわったようすが描かれている。次の手紙はクリオーネ宛てのものである。

「……どんなに髪ふりみだし、衣類まで奪われて着の身着のままで逃げたことか、ご想像ください、途中で靴も失い、靴下もなく、裸足で石だらけの道や岩場を走らなくてはなりませんでした！　もともと痩せて病弱ゆえ、高熱まで出て、息も絶え絶えで、いったいどうやって逃げおおせたのかもわかりません。でも神は見捨てませんでした。あるご婦人が助けてくださり、介抱して、立派な上着までくださり、別の見知らぬ人は十五スクーディくださいました」

命からがらの逃亡のさなかにも、彼女は神に感謝し、妹宛ての手紙では、聖書をしっかり読んで、神の道をきわめるようにと説く。

その後も各地の宮廷にかくまわれて転々としたのち、ようやく、夫がハイデルベルク大学の医学部教授となって、落ち着いた生活ができるようになった。彼女は自宅でギリシア語を教えながら、改革派の友人たちを励まし、フランスの改革者たちをかくまい、フランスにいるアンヌに助力を求め、果敢な活動をしていた。だが胸を蝕まれていたのが逃亡と幽閉生活のために悪化し、命つきた。ハイデルベルクに落ちついてわずか一年後であった。死の当日、彼女はクリオーネに手紙を書いている。

「……わたくしの身体は力つきました。……息を吐くのがやっとです。でも身体のなかに気力はまだ残っていて、すべての友人たちと、親切にしていただいたことを思い出しています。……まもなく旅立ちとなりましょう。あなたのなさることがすべて教会のために役立つよう、あなたに託します。お元気で、愛するカエリウス、そしてわたくしの訃報が届いても悲しまないでください。そのときこそついに生きるのであることを知っておりますし、自分が消滅してキリストとともになることを願っておりますから。……ハイデルベルクはまるで砂漠です。まずは多くの人がペストを避けて町を捨て、その後、多くの死者が出ましたから。夫がよろしくと申しております。ご家族によろしく。ご依頼どおりに、シュバインフルトが破壊されたあとに思い出すことのできた詩をお送りいたします。他に書いたものはすべて失われました。どうかわたくしのアリスタルクスになって、それらの詩を仕上げてくださいますよう。それでは、お別れを」

カエリウスとはクリオーネの名前、チェーリオをラテン語化したものであり、アリスタルクスとは、古代アレクサンドリアの図書館長をつとめた文献学者で、ホメーロスなどのギリシア詩を出版した人物である。

彼女の死の二か月後、夫と弟もペストで死んだ。死後、クリオーネの手で出版された書簡や論文や詩のほかに、ボッカッチョの『デカメロン』からの二話のラテン語訳や『詩篇』のギリシア語訳もあり、人文主義と信仰を調和させようとした高潔な精神があふれている。『デカメロン』の翻訳については、若いころのラテン語の練習だという説もあるが、当時の大文学者であるルドヴィーコ・ドルチェなどが、『デカメロン』を若い女性が読むべきでない本の筆頭にあげていることを考えると、彼女の勉学態度が大変興味深い。

亡命生活のはて、ハイデルベルクに眠る彼女はいま世界の研究者の熱い関心を集めている。彼女の師だったドイツ人学者はクリオーネ宛ての書簡で、彼女の学識と典雅な物腰を讃え、「かくも秀でた女性を生んだイタリアとあなたが羨ましい。世界に名だたるこの女性が、彼女が眠っているこのドイツに生まれていたらよかったのに」と記している。クリオーネをはじめとして、フェッラーラやハイデルベルクの多くの知識人が彼女を讃える詩を残している。その一人のオフェミアヌスという法学者は、「サッポーが十人目のムーサだというのなら、類まれなるオリンピアは十一人目に加えられる」と言っている。

4　女性論——バルダッサーレ・カスティリオーネの『廷臣論』を中心に

イタリアのルネサンス期は、女性詩人たちが満天の星のようにかがやいた時代である。俗語（イタリア語）文化が定着し、ギリシア・ローマの古典作品を翻訳で読めるようになり、さらに印刷機の発明で書物がひろく普及して、女性たちの才能が大きく開花した。こうして女性たちがみずからの声を発するようになると同時に、すでに、男性詩人たちの愛の対象として、あるいは社会的規制の対象として語られてきた女性たちに対する男性たちの視線が新たな様相を呈するようになった。

ルネサンスという、他のヨーロッパ諸国に先駆けて爆発したこの文化革新の中心には、先に述べた人文主義という、神をも相対化しようとする、人間への関心、人間としての活動への強い欲求がある。同時にこの時代は、国内諸勢力間の政争が絶えず、くわえてフランス、スペインなどの強大勢力が介入し、さらに宗教改革の波まで押し寄せてきた、政治的・精神的危機の時代でもあった。そのなかで、おびやかされつづける自国の歴史的文化遺産の価値に対する自覚と誇りを背景に、それらを培ってきた人間としての価値をいかに現代に生かすか、激動の時代にいかに生きるかという切迫した問題意識が生じ、君主や枢機卿、宮廷人などをモデルに、新しい人間像の模索がはじまった。そして女性もその対象となったのである。

ボッティチェッリのあの夢のように美しい『ヴィーナスの誕生』や『春』。人文主義が再発見した古代の理想美はルネサンス絵画にまさに《春》をもたらし、イタリア文化の源泉であるはるかな黄金時代の、自由で幸福な異教の息吹を伝えた。

しかし古典文化の導入は同時に古代の差別的な女性観ももたらした。すでにキリスト教の——聖書それ自体以上に、その記述の解釈における——本質的な女性蔑視があったところへさらに、古代の知識人たちが書き残した女性に対する悪意も導入されたのである。一例だけあげると、「秩序と光と男を創った善の原理がある一方で、カオスと闇と女を創った悪の原理がある」（ピュタゴラス）、「男は女よりもすぐれ、女は劣っている。男は命令し、女は従うようにできている」（アリストテレース）などである。それゆえ、それらの根深い女性差別に対抗して、現に台頭しつつある女性たちの力を認め、擁護しようとする新たな女性論は、それ自体が旧来の女性観に対する異議申し立てとなっているのである。

十六世紀イタリアで、恋愛論をのぞく多様な女性論が約九十冊（女性自身によるものについてはのちに述べる）、結婚、家族論が約五十冊も刊行されている。むろんすべてが女性擁護ではないし、世紀後半には宗教改革に対するカトリック側の締めつけで女性観も急変するが、いまや女性が無視しえない存在であり、かつ出版人から見て、読者として大いに関心をもたれていたことを示す数字である。長らく、自分の性と異なるがゆえに不可解で、美しく魅惑的であると同時に危険で恐ろしい存在ゆえに女性を排除し、蔑視してきた男性たちが、ようやく社会の構成員である女性たちを等身大の存在として論じようとしはじめたようである。

多くの女性擁護論のなかで最も先駆的で公平だとみなされるのは、ドイツ人医師で、魔術やカバラまで論じた哲学者ヘンリクス・コルネリウス・アグリッパが一五二九年にラテン語で著し、一五四四年にイタリア語訳の出た『女性の高貴と卓越について』であろう。彼は、アダムはエデンの園の外で土から創られたが、エヴァは神が創った人間アダムから創られたゆえ、より高貴である、と言う。これはすでに、復活したキリストが最初にあらわれたのがマグダラのマリーアの前であったことと、聖母マリーアが天使以上に讃えられることから、女性の優位性が確認されるとする中世の記録にある考え方を踏襲している。彼はまた、女性は美と徳、能力、貞節、政治力などにおいてきわめてすぐれていると実例をあげて論じ、最後に、何ゆえ現代では女性の価値が認められないのかと問題提起し、その答えは、教会の権威者たちの偏屈な聖書解釈と古代法の規制、そして嫉妬深い夫のせいで女性が教育を受けられず、家事と信仰にのみ縛られているからだと明言する。

イタリア人による代表的なものは、まずはバルトロメーオ・ゴッジョの『女性讃歌』（一四七八）、マーリオ・エクイーコラの『女性について』（一五〇一）、ガレアッツォ・フラーヴィオ・

カペッラの『女性の卓越と尊厳』（一五二五）などの人文学者によるラテン語の著作がある。俗語（イタリア語）では、バルダッサーレ・カスティリオーネの対話編『廷臣論』（一五二八）、アレッサンドロ・ピッコローミニの『女性のうるわしき作法についての対話』（一五三九）、アグリッパの著書の剽窃ともいえるロドヴィーコ・ドメーニキの『女性の高貴について』（一五四九）などが挙げられる。これらのなかから、理想の人間像をさぐる知識人の必携の書としてヨーロッパじゅうのベストセラーとなり、のちの類書の原型となったカスティリオーネの『廷臣論』第三巻の「女性論」を見てみよう。

『廷臣論』は、《理想の人間像》をめぐる四夜にわたる談論である。舞台は一五〇七年のウルビーノ。華麗なルネサンス文化を誇るモンテフェルトロ家の宮廷に諸侯や名だたる知識人が実名で集まっている。「ことばで理想の廷臣を創る」という、貴婦人をまじえた夜の遊戯の世界が設定されているが、まず注目されるのが、その遊戯の場に君臨するのが、現実の支配者のウルビーノ公ではなくその妃のエリザベッタで、かつ副官のエミーリア夫人がその代行をつとめるという、女性のイニシアチヴが提示されていることである。臣下に慕われながらも病弱な君主は、夜の遊戯の場には不在なのである。

公妃が副官に指名したエミーリア夫人が、その夜の論者を選ぶ。第一夜と第二夜に、卓越した人間に求められるもろもろの特質や教養、作法、肉体的精神的訓練、会話と文章術、第三夜に女性論、そして第四夜に、先に提示されたもろもろの特質や教養の発揮の仕方、廷臣の行動の目的と君主との関係のあり方、そして人間像の完成としてのプラトーン的精神愛が論じられ、さまざまな異論、反論が展開する。第三夜の女性論の発端は、前夜の談論で飛びだした、「不完全で、自力で徳ある行為をなしえず、男に比べて皆無といっていいほど尊厳を欠く女性に、男は汚名を恥じ恐れる気持ちをたたき込んでやる必要があった。女性は何よりも、確かな嫡出子を産むために貞節でなければならず、貞節を守らせるために、男は女性の他のあらゆる不徳に目をつぶってきた」という旧来の女性蔑視の発言である。エミーリア夫人に「かくも憎っくき敵を懲らしめてほしい」と指名された女性擁護者のメーディチ家のジュリアーノが、それにはまず完全な廷臣に匹敵する完全な宮廷女性を創造しなければならないと提言し、エミーリア夫人が「料理と機織りしかできない女はいりませんよ」と釘をさしておいて、女性論がはじまる。

ここで創造された理想の女性とは、要約すると、男性に求められたのと同じようなあらゆる精神的美徳と教養を身につけ、しかも男性にはない繊細なやさしさ、淑やかさ、美しさをそなえた女性。すべての人に愛され、その愛を保持する術を心得、夫の資産と家庭の管理、子どもの養育という、一家のよき母親の役割だけでなく、「人に好かれる愛想のよさ」で「どんな男性とも楽しく品位ある、時と場所と相手にふさわしい会話を礼節をもってなすことのできる」女性である。

現代の目から見れば、この女性観自体、いかにも時代の制約を思わせる男性的な視点によっている。しかも論者はすべて男性である。しかし、重要な社交的会話術を求められる場が、「一日のほとんどが会話で成り立っている」、権謀術数の渦巻く宮廷であることを忘れてはならない。宮廷女性にとっても、宮廷は「料理と機織り」の場ではなく、男性と対等に力量を発揮する《競争社会》ととらえられているのである。先述のアルベルティの『家族論』の女性を家庭から解放して、社会的に位置づけたこと、そこにこの女性論の先駆性がある。また、論者はすべて男性だが、それを指名するのがエミーリア夫人であり、先述のように、二人の女性が四日間の談論を先導するという設定と、最後にエミーリア夫人に、愛の伝授という女性の最大の役割を与えているところに、作者の女性に対する深い洞察がうかがわれる。

ジュリアーノはギリシア・ローマ以来のさまざまな反女性観に反論してゆく。まずは、反女性の始祖ともいえるにもかかわらず、当時の知識人がその女性観に依拠するアリストテレースである。彼は「自然はつねに完全無欠なことをなそうと意図し、できればつねに男性の産出を望んだ。女が生まれるのは自然の失策、過失であり、その意図に反することだ」と言っているという意見には、「彼は男女の相違は偶有的なことで本質的ではないと言っているのだ、男が女よりも完全だとは言えない」と答える。また、「多くの女性が男になりたいと言うではないか」と攻撃されると、「女性がそう言うのは、そのことによってより完全になりたいのではなく、男と同じ自由を得て、男がわが物顔に振りかざしている支配から逃れたいからだ」と言い返す。

相手が、古来、女性は淫乱で不貞だ、逆に英雄たちの禁欲ぶりは多くの書物に書かれている、と旧来の差別論をもちだすと、ジュリアーノは、それらの書き手はことごとく男で、しかも彼らの記述は欺瞞にみちている、とその欺瞞をあばいて、次のように女性を擁護する。

「それが男たちが世にも稀なる禁欲ぶりと記していることの実態なのだ。それなのに、男たちは女性を不節制だと責め、女性が拒みきれない執拗な愛の誘惑に負けると、殺人をしのぐ大罪とばかりに永遠の罪を着せ、しかもひと握りの女性のあやまちで全女性を責めている、じつに不当である」

最後にエミーリア夫人が、プラトーンの『饗宴』でソークラテースに愛の奥義を伝授するディオテマのように、「愛されたければ自分のほうから愛すること、愛されるにふさわしい男性であること、何をおいても愛する女性をよろこばせ、全面的に女性の意思に従うこと」と、男性に愛の伝授をして、女性の最大の価値を示す。

この作品は、完全な女性が完全な男性とともに理想の世界を構築し、愛し愛されるというユートピアを描いたものだが、一方で、実践可能な生きかたの手引き書として読まれた。女性の潜在能力を認め、狂気や逸脱、混沌なども人間の能力のひとつのかたちであり、芸術の起爆剤となっているととらえる多様な世界を描き、その世界を、完全、優雅、理想などのキーワードで調和させようとした。しかし、やがて対抗宗教改革の規制に自由を奪われた社会で、この対話編はきびしい検閲の目をかいくぐって狭義の《作法書》としての側面を強調されて版を重ね、規則や禁止が先行する多くの類書の原型となった。

それらの類書の筆頭が、わずか十七年後に刊行されたルドヴィーコ・ドルチェの『人生の三段階に則した女性の教育』である。女性の人生の三段階とは処女、妻、そして寡婦であり、女性はもはやあるべき理想の主体としてではなく、規定された厳格な社会身分のなかに閉ざされ、その枠を逸脱しない生きかたを押しつけられる。それは支配層の女性たちにまで及ぶ。

「家事の負担のない君主の妻や王妃たちこそ手仕事をすべきである。彼女たちはほかに何をするのか？　つねに女官や宮廷人に囲まれて暇つぶしをすればいいのか？　どんな話をするのか？　冗談だの気のきいたことばかり話すのか？　それとも物語でも？」

こうしてドルチェはカスティリオーネの世界観、女性観を否定し、文学も気のきいた会話も無用の家庭のなかに女性を束縛し、宮廷への出仕は堕落のもとと断じるのである。


ところで、人文主義の創始者で独身をつらぬいたペトラルカは「女は悪魔、自分の息子は本、妻は安寧の破壊者」と言った。彼だけではない。人文主義者の多くは結婚を嫌悪した。学問する者は結婚すべきでないのだ、イゾッタ・ノガローラがそう言われたように。だが家系を存続させたければ当然、嫡出子をうるための貞節な妻が必要になる。かくてこの時代には多くの《妻をめとらば》的な詩や談論が登場する。ルネサンス期最大の長編騎士道叙事詩『オルランド狂乱』の作者ルドヴィーコ・アリオストが『風刺詩』（一五一九年頃）の第五風刺詩で身内の若者に説く結婚観は、男性の本音がユーモラスに示されていておもしろい。一部、紹介しよう。彼自身は長らく結婚せずにひとりの女性を愛しつづけ、のちに正式に結婚した。

……

ぼくはつねづね思い、口にもしてきた、
男はかたわらに妻がいなくては
完全な善人にはなれないと。

ましてや妻なき者は罪なき者とはなれない、
おのれのものがなくては外にそれを求め、
物乞いや盗みをせざるをえないから。

かくて他人(ひと)様の肉のつまみ食いに慣れ、
口がおごって、きょうは鶫(つぐみ)かはたまた鶉(うずら)か
あすは雉(きじ)、次には山鶉をご所望となる。

……

妻をめとらば、こころして調べよ、

あの世、この世の母親がどんな女か
そして姉妹はどうか、きみが名誉を尊ぶならば。

人は牛馬やほかの動物の血筋には
何かとうるさいが、ならば、それらより邪悪な
この生きものの血筋にはいかに対処すべきか?

きみだって見たことはあるまい、牛から鹿が
鷲から鳩が、恥知らずな母親から
操ただしい娘が生まれるなんて。

……

乳母や友だちのことも調べておきたまえ、
父親のもとで育てられたか、宮廷に出されたか
機織りや刺繍、それとも歌や楽器を仕込まれたのかも。

……

美人と不美人のあいだには中間の道があり、そこには
魅力はないが不快というほどでもない

美しくも醜くもない女が大勢いる。

その道をまっすぐ進んでゆくと、出会うのはみな
美人ばかり、そして反対方向に行けば、
この世は不美人ばかりとなりはてる。

……

中間の道からそれるな、あまりに美人の妻に
出くわす道に迷いこむな、男たちがみな
彼女に愛や欲望の炎を燃やすから。

……

醜い女は妻にするな、永遠の悲哀まで
背負い込むから。ぼくはほどほどの美を
つねにたたえ、両極端はつねにきらってきた。

……

愛嬌があって礼儀ただしく、横柄なそぶりなど
ゆめ見せず、明るく、けっしてふさいだり
眉間に皺を寄せたりしない女がいい。

控えめな女がいい。人の話を聞き、きみがいるのに
代わりに答えたりしない女。手を休めず、
けっして怠けず、化粧せず、清潔な女がいい。
……

男性による代弁ではなく女性がみずから声を発するのは、まだ少し先のことである。

5　ペトラルキズモ

イタリア文学の夜明けの空にひとつの小さな星が出現してから三百年、ルネサンスの空には女性詩人たちの星群が燦然とかがやいている。印刷機の発明によって本の出版と入手が容易になり、あくまでも恵まれた階層の特権だったが、女性たちは自分の本を自分の部屋で読めるようになった。そして女性たちは学び、詩という表現手段を見いだした。また、いまや知の習得と交流の場が修道院や大学だけでなく、宮廷や、有力で教養のある貴族や貴婦人の主催する社交的な文学サロンになりだしていた。詩集の刊行が流行し、生存中に詩集を世に出す女性詩人たちも出てきた。だが、と言わなくてはならない。たしかに女性たちはこれまでにない大きな自由を手に入れ、堰を切ったような創造の機運が芽生えたが、その創造の方向をみちびく手綱はひとりの詩人の作品ともうひとりの人物に握られていたのである。

図版を見ていただきたい。二点の絵はそれぞれ、アンドレーア・デル・サルト（一四八六―一五三〇）とアーニョロ・ブロンジーノ（一五〇三―七二）の作品で、画面の女性はいずれも小さな

▲アンドレーア・デル・サルト作『ペトラルキーノをもつ女性』ウッフィーツィ美術館所蔵

▲アーニョロ・ブロンジーノ作『ラウラ・バッティフェッリの肖像』フィレンツェ、
パラッツォ・ヴェッキオ所蔵

本を手にしている。

ひとりはデル・サルトの義理の娘で、小さな本は、十四世紀の桂冠詩人ペトラルカの詩集『カンツォニエーレ』の、当時、流行した八つ折りの小型本で、ペトラルキーノ（小さなペトラルカ）と呼ばれたものである。娘は何やら意味ありげなまなざしでこちらを見つめ、ペトラルキーノの「とどけ、熱い吐息よ、冷たい心に」という詩句を指さしている。女性たちがペトラルカの詩を愛読し、ペトラルキーノを手にした姿で描かれるのを熱狂的に好んだことを示すひとつの例である。ちなみに同時代のパルミジャーノ作の『ペトラルキーノをもつ男』という男性の肖像画もある。

ブロンジーノの絵の女性も本をひらいて詩句を指さし、デル・サルトの娘のまなざしを振りはらうかのように、毅然として真横をむいている。こちらはフィレンツェの詩人ラウラ・バッティフェッリ（一五二三―八九）で、本はペトラルキーノではなく、一五六〇年に出版された彼女自身の詩集である。彼女は聖書の「詩篇」の翻訳もし、自分の詩とならべて出版した。有力な建築家の夫の後ろ楯もあって、ウルビーノやシエーナのアッカデーミアの会員にも選出された。だが彼女の詩はペトラルキズモのひとつの詩以上のものではない。

とはいえ、この時代にペトラルキズモの詩以上の詩はどれだけあるだろうか。ルネサンス文学を理解するにはこのペトラルキズモの理解が不可欠なので、簡単に説明しておこう。

ペトラルキズモとはペトラルカの詩風という意味である。永遠の恋人ラウラへの愛を聖母マリーア崇拝にまで高めた、まさに宝石のような三六六編の詩からなるペトラルカの『カンツォニエーレ』（一三四二―六六）は、一五〇一年に、世界的に有名なヴェネツィアのアルド・マヌーツィオ社から印刷本として刊行されて一世を風靡した。やがて持ちはこびに便利な小型のペトラルキーノが出現して、女性たちはこの宝石箱に息づく「熱い吐息」に酔い、ラウラのように愛されることに憧れ、社交界でラウラを話題にし、デル・サルトの娘のように、ペトラルキーノに親しむ姿で描かれるのを望むようになった。ラウラ Laura は女性の固有名詞であると同時に、lauro 月桂樹、勝利、l'aura 吐息、そよ風、l'aurora 夜明け、夜明けの光でもあり、ラウラは実在の女性とその名のあわいにある存在であり、最後にこの宝石箱に残るのは、月桂冠をいただいた詩人の勝利＝詩への愛なのである。そしてこの『カンツォニエーレ』の印刷本の校訂者がヴェネツィア出身の詩人で作家のピエートロ・ベンボであり、彼こそ先述の手綱をにぎる人物である。彼はペトラルカの詩集を刊行したのち、『アゾラーニ』（アーゾロの人びと）という対話編（一五〇五）で、男女三人ずつによるプラトーン的な《愛の対話》を展開した。先のカスティリオーネの『廷臣論』にも、プラトーン的愛の哲学を説く人物として登場する。

プラトーン的愛の哲学とは、マルシーリオ・フィチーノ（一四三三―九九）の『プラトーンの饗宴――愛についての注解』にもとづき、愛と美を中心に、プラトーン哲学とキリスト教を融合しようとするネオプラトニズモ（新プラトーン主義）の理想とする天上の愛のことである。ただベンボの『アゾラーニ』には、フィチーノのネオプラトニズムだけでなく、中世の愛の抒情詩の現世的な官能性も名残をとどめている。彼は一五二五年には言語論『俗語の散文』を刊行して、ペトラルカとボッカッチョが用いたトスカーナ語こそ最も純粋な文章語であり、韻文ではペトラルカ、散文ではボッカッチョを模倣すべきだと主張した。さらに自身の『詩集』を刊行して、その理論の実践の手本を示したのである。

ダンテ、ペトラルカ、ボッカッチョの三人の偉大なトスカーナ人――とくにペトラルカとボッカッチョ――によって《輝かしい俗語》となったトスカーナ語を、ベンボはイタリア全土の統一的な文章語にしようとした。外国勢力におびやかされ、文化的自立もあやぶまれる混沌とした状況のなか、安定と秩序を確保し、言語にも統一規範をもうけようとしたのである。彼の主張はイタリア文化の自立性に大きく貢献し、十七世紀初頭に刊行された初のイタリア語辞典の基盤となった。それに対して、たとえば先にあげたカスティリオーネなどが、トスカーナ語とはいえ日常の話しことばを排し、他の地域の言語も、新語も外来語も排して、過去の時代の限られた地方の限られた詩人・作家の言語を唯一絶対の規範として表現を統制しようとすることに反論をとなえ、風刺詩人のフランチェスコ・ベルニなどもまっこうから反対した。だが、ほとんどの詩人は、詩の主題も語法もペトラルカを模倣すべきだというベンボの理論に従った。

ベンボが唱える詩の主題はネオプラトニズモの愛であり、言語は《荘重》と《甘美》を基調とする。《甘美》には、優美、優雅、甘さ、快さ、ユーモア、戯れなどの要素がふくまれるが、注意深い読者は、これらのことばから、先のカスティリーネの「女性論」を思い出されるだろう。そこでは、男性と同じくあらゆる精神的美徳と教養を身につけ、さらに《好ましい愛想のよさ》で、どんな人とも楽しく品位ある会話のできる女性が理想とされた。ベンボは言語と詩について、カスティリオーネは人間としてのありかたについて、それぞれ理想を展開したが、カスティリオーネが絶対的な規範ではなく、あくまでも現実をふまえた理想論として、もろもろの矛盾や逸脱をふくめた人間のありかたを複数の話者に語らせ、最終的な結論のない談論というかたちで示したのだったが、ベンボは絶対的な統一規範を主張し、それが時代の求めるところと一致して、ほとんどの詩人がそれに従ったのである。

《時》という破壊者に抗して自己を不滅のものにしようとしたペトラルカの革新的な古典主義は、彼の他の多くのラテン語の長大な叙事詩をへて、ひとりの女性への愛と苦悩をうたった俗語の『カンツォニエーレ』という完璧な美をきざむ宝石となった。そしてルネサンス期に、ベンボという洗練された理想主義的現実主義者に手綱をとられて、ペトラルカの革新性は、ひとつの方向性をもつ理想となったのである。また、のちに枢機卿にまでなったベンボの生きかたも、知識人にとって望みうる最高のキャリアのモデルとなった。教皇レオ十世の宮廷は各地の宮廷の知識人たちをローマへと集め、カトリック教会の永遠不動の価値観が国家的モラルとなってゆく。いつの日か高位聖職者の地位にありつくために戦略的に独身をとおす詩人や宮廷人も少なくなかった。ルネサンス期のイタリア社会は、初期の理想がやがて規範となり、それが時の流れを止めたいという人間の願望を吸収するかのように、いわば暗黙の鎖として張りめぐらされていたのであり、現代の感覚からすれば、自由は高度に規制されていた、とくに女性たちにとっては。

詩を書きはじめた女性たちにとって、ベンボはまさに師であり、彼の理論を踏襲し、模倣することが、何よりも手堅い方法であった。その枠をはみ出しかけていると言われるミケランジェロも、ペトラルキズモを学んで詩作をした。そして詩の完成度はこの模倣の完成度で評価されたのである。だが、ミケランジェロの詩と同じく、女性詩人たちの詩は、現代のわたしたちから見れば、ペトラルキズモの枠をはみ出しかけていることが多いゆえに、より魅力的に思われる。「料理と機織り」だけではない、社会的活動をめざす女性像が呈示され、女性は自立した個人としての自覚にめざめた。だが、その理想の女性像から、やがてひとつのモデルが、規範が生まれた。そして、描かれ、讃えられるだけではなく、みずから書き手となった女性たちは、モデルの詩にならって詩作をするうちに、男性の定めた規範も表現手段であることばも他人のもの、男性のことばであるという現実にぶつかったはずである。

ともあれ、書き手は女性なのである。ペトラルカがラウラを讃えつつ苦悩したように、女性が自分の愛の対象を讃えて苦悩すればいいということにはならない。次章からは、ルネサンスの女性詩人たちが理想の女性像とペトラルキズモというふたつの規範をいかに自分の血肉とし、愛の主体として、いかに自分のことばを発しようとしたか、発しえたのかを見てゆきたい。

6　詩人たち 1

理想の女性詩人――ヴィットーリア・コロンナ（一四九〇―一五四七）

まずは、ヴィットーリア・コロンナが二十二歳のときにはじめて書いたと言われる、夫に宛てた唯一の書簡詩に注目しておきたい。一一二行にもおよぶこの長詩の一部を要約してみよう。

「……思いもしないことだった、父親と夫にかくも辛い目にあわされるとは。お二人の勇名は世にも高いけれど、悲嘆にくれるわたしにはそんなことはどうでもいい。世人はわたしがあなたの不在をかこち、嫉妬に狂っていると言う。だれもが戦争だと叫んでいる。でもわたしはあなたが妻と静かに暮らしてくれるだけでいい。お二人は危険も顧みず、名誉を求め、雄叫びをあげて出てゆく。でもわたしたち女は不安と苦しみにさいなまれ、兄を、夫を、父親を待つ。勝利（ヴィットーリア）をお望みなら、それはあなたのそばにあったのに、あなたはわたしを捨て、勝利を捨てた。楽しく暮らし、頭にあるのは名誉だけ。愛に焦がれるわたしのことなど気にもかけない、うち沈み、独り寝の床を守っているのに」

のちの詩のように技巧を駆使することなく、驚くほど赤裸々に心情をつづっている。彼女が嫉妬に狂っていると世人が噂し、夫が「楽しく暮らしている」というのは、父親と同じく、夫も優雅な捕虜生活のあいだに幾多の貴婦人との浮名を流していたからだ。彼は高度な教育を受けたが、典型的なルネサンスの武人で、何よりも戦地での武勲を重んじ、ためらうことなく略奪や殺戮を決行しては、戦地からそのまま愛人の家に立ち寄る男だった。この詩で若き詩人は、捕虜となった夫の身を案じる以上に、裏切られてもなお愛している夫の不実を責め、その後の彼女の詩からは想像もできない、はげしい、ときには辛辣なことばで憤懣をぶつけている。と同時に、夫や父親などのように戦いに明け暮れる男たちに対して、個人的な感情を超えて、「わたしたち女は」と、他の女たちとともに平安を求め、戦いの非情さを訴える。それゆえこの詩は、四十八歳のときに刊行された、女性として最初の詩集にはむろん、生前は、その後に刊行されたどの詩集にも収録されていない。

彼女の結婚自体が、当時としては当然だが、典型的な政略結婚だった。古代ローマにまでさかのぼる名家コロンナ家出身の父ファブリツィオは「勇名高い」傭兵隊長で、アラゴン側の《神聖同盟》に加わったが、イタリア戦争（一四九四—一五五九）の開始まもなくシャルル八世のフランス側から寝返った前歴がある。そのために、アラゴン側が彼を自陣にとどめおくため

▲ジローラモ・ムツィアーノ（1528？—1592）作『ヴィットーリア・コロンナの肖像』ローマ、ガッレリーア・コロンナ所蔵

に、彼の三歳の娘ヴィットーリアをスペイン人のペスカーラ侯フェッランテ・ディ・アヴァロスと婚約させたのである。幼い婚約者たちは五歳になったとき――ヴィットーリアは人質として――ナーポリ西部の風光明媚なイスキア島のアラゴン家の城に送られ、そろって高度な教育と躾を受け、遊び友だちとして楽しい幼年時代を過ごした。十七歳で豪勢な結婚式をあげ、そのとき彼女の父親はその後の娘の運命を予見したのか、幼いときから本好きだった彼女に黄金の書見台を贈ったという。イスキアの彼らの新居は、ナーポリの錚々たる知識人たちでにぎわったが、新婚生活もつかの間、野望に燃える夫と父親は対フランス戦に「雄叫びをあげて」出てゆき、捕虜となったのである。二人はその後釈放されたが、夫はそのときの戦傷のために一五二五年に死んだ。そのときヴィットーリアは三十五歳で、子どもには恵まれなかった。夫の身内の子を養子にして、「この子はわたしの知性から生まれた」と、かわいがった。

身内や周辺は執拗に再婚話をもちかけたが、彼女は拒否しつづけた。ローマをはじめ各地でしばしば修道院に身を置きつつ、多くの知識人と交流した。そしてベンボとの出会いが新たな詩作の契機となった。彼女は、寡婦という社会身分と、詩作に生きることを選び、自分を苦しめ、自分を残して世を去った夫を、新たな詩作のテーマであるペトラルキズモの愛の対象とすることを決意した。一五二六年から一五三〇年にかけてつくられた、亡夫に捧げた一四一編の詩の冒頭のソネットで、詩人は表明する。

「わたしが詩を書くのは、ひたすら内なる悲しみを吐露するため／わたしの美しい太陽（夫のこと）に光を添えるためではない／わたしの詩は、甘い調べではなく、苦い嘆き／晴れやかな声ではなく、暗いため息」

聖書をはじめとして、ウェルギリウス、ダンテ、そしてペトラルカの詩句を埋め込んで詩を構築したり、十四行がそっくりペトラルカの詩句から成るソネットを残したりもしている。結婚という神聖な絆を確認し、夫を「わたしの美しい太陽」、「わたしの光」と呼んで変わらぬ愛をうたう。悲しみのあまり死を願う詩人をいまや天にあって、栄光の高みからみちびく夫のもとへ到達するために、敵対する運命の女神とたたかい、卑俗な精神と心もとない信仰を、神の恩寵を受けるにふさわしく高め、強めようという決意を語る。

その間に宗教改革の推進者ホアン・ヴァルデス、その最大の弟子でシエーナ人のベルナルディーノ・オキーノ、ガスパロ・コンタリーニなどを知り、彼らの集会に加わって、新しい教えに深く共鳴した。スペイン人のヴァルデスはイタリアよりもはやく異端審問が厳しくなっていた故国からローマに逃れ、当初は教皇クレメンス七世に歓迎された。一五三三年からはナーポリに滞在し、三千人以上もの改宗者を得た。エラスムスの友人で信奉者であり、カトリック教会の腐敗と聖職売買をはげしく批判したが、教皇庁に楯突いたルターには同調しなかった。イタリアに波及した改革の精神は、パードヴァ大学をその拠点とし、先に述べたように、フェッラーラは改革主義者たちの避難所となっていた。

ローマやヴィテルボで、ヴィットーリアは改革派の中心人物であった。やがてヴァルデスやオキーノたちに異端審問の手が伸びはじめたとき、亡命直前のオキーノは彼女に手紙を送って援助を求め、同時に彼女に信仰の選択を迫った。しかし、もとより彼女は異端の嫌疑に巻き込まれる覚悟はなく、逡巡のすえ、親しい枢機卿で、改革派との妥協を模索していたレジナルド・ポールの助言にしたがって踏みとどまった。オキーノの手紙はポールから異端審問官の手にわたった。

このように、カトリックの信仰から完全に脱しきれなかったものの、彼女の二一七編の宗教詩には新しい宗教の息吹きがみちており、異端審問所は彼女の身辺と詩に目を光らせていた。彼女が死に瀕したとき、かつて滞在していた修道院は、異端の嫌疑のある彼女の願いをしりぞけて、修道院の墓地への埋葬を拒んだ。

初期の詩では、懸命に亡夫を讃えている。自然の太陽が夜には消え去り、光も熱も発しないのに比して、「わたしの太陽」は、死によってその栄誉が増し、戦いと苦難によってその光輝が高められたがゆえに、自然の太陽以上に偉大である、とうたう。詩人は「大いなる光＝自然の太陽」を避け、目を閉じて「わたしの太陽」へと心を向ける。

東の空に大いなる光があらわれ
夜の黒いマントを取りはらい、
まだ地をおおう冷たい霜を

その燃える光線で溶かし、追いはらう。

それは眠りにまぎれてかなり薄れた
いつもの苦しみをまた押しつける。
そしてわたしの喜びをことごとく闇に溶かす、
あたりのすべての闇を消したと思うまに。

おお、この苦しみの生、おお、よこしまな運命！
わたしは暗闇を求め、光を避ける、
生を憎み、つねに死に渇いている。

他の目を曇らせるものがわたしの目には光となる、
なぜならば、目を閉じれば、扉がひらくから
わたしの太陽へといざなう眠りへの。

しかし、詩作をつづけ、改革派の新しい精神性に深く共鳴するにつれて、徐々に、「大いなる光」と「わたしの太陽」の関係に変化が生じてくる。まずは「大いなる光」以上に偉大であ

った「わたしの太陽」が「わたしの小さな太陽」となる。やがて「大いなる光」が、「わたしの小さな太陽」を「わたし」の心から追い出し、「わたし」のなかに入って、永遠の光を燃やそうとする。このとき「大いなる光」は大文字の代名詞で表記され、さらに「聖なる太陽」もしくは「真の太陽」と表現され、と同時に、小さくなった「わたしの太陽」は、小文字で表記される。それでもそれは「まだわたしを照らしている」のだったが、さらに後の詩になると、もはや「わたしの小さな太陽」すら登場しなくなる。詩人は神の救いへと階段をひとつずつのぼっていった。そしてその行程において、ひとつのソネットから次のソネットへの移行のたびに、夫を神の大いなる光に吸収させていった。

ペトラルカにならって、詩人は彼の恋人ラウラの場所に夫を据えるところから詩を書きはじめた。そしてペトラルカが最後にラウラを聖母マリーアとして讃えたように、夫を「聖なる光」に吸収させて、その光と一体化させたのである。ペトラルカにならって、愛の対象を詩的存在として昇華させ、はるかな高みにまで高めたということだが、さらにここに、女性詩人が大詩人を模倣しきれない、それゆえすぐれて独創的な世界が創出する。もとよりペトラルカの恋人ラウラは追想だけの存在であったが、この女性詩人の夫は生活をともにした、愛憎の入りまじった実在の人物である。形のうえで彼を死――不在から詩的存在へと昇華させたこれらの、通常は亡き夫に対する崇高な、宗教的な愛の詩と評されてきた詩篇には、じつは、完璧なまでのペトラルキズモの装いを凝らしつつ、妻である詩人による、夫という存在の消滅という意図が感じられるのである。異端審問官たちは彼女の詩に隠された、夫以上の大きな存在を讃える意図を見抜いていたのだろう。
こうして夫を消滅させたあとの宗教詩には、それ以前の煩悶と、それを分析する知的で、きまじめにすぎるほどの詩にはない、大きな力に身をあずけたやすらぎがある。

おなかをすかせた雛が母親の姿をとらえ、
羽音が近づいたと思うまに、餌が与えられる。
食べものと母親を待ちわびていた雛は
嬉々としてそれをむさぼる。

そして母親について飛んでゆきたくて、
巣のなかで胸も裂けるばかりに啼きながらも、
母親に感謝してうたう、
懸命に、あらんかぎりの声をはりあげて。
わたしも同じように、心の糧の聖なる太陽の
熱くもいのちあふれる光が

つねにもまして明るくかがやくとき、
ペンを走らせる、内なる愛につきうごかされて。
そして何を書いているのか
さだかならぬままに、聖なる太陽をたたえてうたう。

それと並行して、冒頭にあげた、生前の夫に宛てたはげしい書簡詩に埋め込んだヴィットーリア（勝利）という自身の名が、《勝つ》という動詞の変化形となって、その後の詩に見えつ隠れつしてくる。「わたしの美しい光（夫のこと）に支えられていたころ、わたしはたしかな歩みに羽（ペン）を羽ばたかせていた。その光は消えた、だが、わたしには名前が残っている。それゆえ死の苦しみにうち勝って、わたしは生きている」。先に、ペトラルカの『カンツォニエーレ』という宝石箱に最後に残ったのは、月桂冠をいただいた詩人の勝利＝詩への愛であると述べたが、コロンナの宝石箱に残るのも、詩人としての勝利、詩への愛、そして彼女自身の名前なのである。つまり詩を書くことで、いまや夫の死ではなくみずからの死にうち勝ったと宣言する詩人は、ヴィットーリア・コロンナという詩人としての名を確立したのである。
彼女は教皇や神聖ローマ帝国皇帝カール五世などの権力者、プロテスタントで『エプタメロン』の作者として名高いフランソワ一世の姉のマルグリット・ド・ナヴァールなど、知識人たちと書簡や詩を交換し、同時に詩人たちのパトロンでもあった。ミケランジェロとの、信仰と創造者としての深い共感に支えられた精神的な愛もひろく知られている。ある夜、眠っていたミケランジェロは目が覚め、胸騒ぎがして彼女の元に駆けつけた。彼女は最後のときを迎えていた。そしてそのまま彼の腕のなかで息を引きとった。彼だけが、異端の嫌疑の渦中にあった彼女のために、ただちに、高らかに彼女と彼女の詩を讃えるソネットをうたいあげた。

一五三八年に刊行された女性として最初の詩集は三十年間に十五版もかさねた。一五四四年には『書簡集』、四八年には『宗教詩集』が刊行され、ペトラルカやアリオストなどのように、《聖なる詩人》と呼ばれた。知識と理性、敬虔な信仰をもつ理想の女性と讃えられ、また、表現する女性として、同時代やのちにつづく女性詩人たちの理想像となった。

だが時代が自分に求めるものを自覚していたはずの詩人には、敬虔な寡婦の喪服も、ベンボの指南するペトラルキズモも詩的な装いにすぎなかったのではないだろうか、いまや彼女の名前の《勝利》さえも新たな意味をもっているのだから。

多くの勝利のためにこの世ではときとして
原初の美徳がかき消されてしまう。
勝利者の一隊が尊大にも相手に
傲慢な侮蔑とはげしい憎しみを示すゆえに。

……

だが人間となった主がこの世で
地獄と世界に勝利したときは、いつも
聖なる徳が無限の光でかがやいたのだ。

……

多くの虚しい勝利——それは夫や父など男たちの世界であると同時に、同時代人に理想の女性と讃えられた彼女自身の勝利でもあろう——を捨てて、彼女は神の唯一の勝利に到達しようとしたのであろう。

国を治め、詩を書き——ヴェローニカ・ガンバラ（一四八五—一五五〇）

ヴェローニカ・ガンバラは、はやくから詩人として名をあげることを夢見ていた。野心あふれる少女は、十九歳のときに、ペトラルキズモの手綱をにぎる高名な詩人のピエートロ・ベンボに、「お目にかかったこともないままに」とはじまる詩を送って、批評と手直しを求めた。恋人との愛と別れをうたった詩で才能を認められ、やがて多くの詩人や文学者と交流するよう

▲16世紀作『ヴェローニカ・ガンバラの肖像』ブレッシャ、ゾッポラ城所蔵

になった。二十四歳でエミーリア・ロマーニャ地方の小さな伯爵領コッレッジョの領主ジベルトと結婚したが、三十二歳で寡婦となった。と同時に、フランスとスペインの二大強国が虎視眈々とイタリア制覇をねらうなか、夫の領地の存亡が若い寡婦の肩にのしかかった。

彼女はすでに、実家が巻き込まれたすさまじい政争の災禍を身をもって経験していた。北イタリアのブレッシャ近郊の伯爵領主でヴェネツィア軍傭兵隊長だった父が寝返り、ブレッシャを勝利者のフランスに降伏させたことから、ガンバラ家とヴェネツィアは敵対関係がつづいていた。その後、ブレッシャは、ヴェネツィアが奪取したが、ふたたびフランスの手に落ち、そのとき、同時代の年代記作者マリン・サヌードが「この二百年のイタリアにおける最大の被害」と記す前代未聞の略奪にみまわれた。その略奪のようすを、父の死のために実家に帰っていた彼女は城砦から逐一、目撃したのである。ガンバラ家の領地自体はかろうじて難をまぬがれたものの、頼みの綱のフランソワ一世がヴェネツィアと和議をむすんだために、ガンバラ家は孤立無縁となった。彼女は皇帝カール五世に自分の武器である詩を送って助けを求め、皇帝の支援を受けながら、二十年かけて、弟たちと実家を再興させた。

婚家のコッレッジョのほうは、近隣諸国の脅威に対抗するために、フェッラーラ、ミラーノ、ヴェネツィアと協定をむすんでいたが、スペインとフランスにとっても、この小国は重要な軍事拠点であった。一五二九年にフランス王と皇帝はいったん和解して、一四九四年にはじまったイタリア戦争は中断し、翌年、ボローニャで教皇クレメンス七世によるカール五世の盛大な戴冠式が行われた。ヨーロッパじゅうの国々から諸侯や外交官、著名な文学者などが馳せ参じ、弟がボローニャの統治者となっていたヴェローニカも華やかな宮廷をひらいて、多くの知識人たちをあつめた。同じように政治的目的で乗り込んでいた、その名も高きマントヴァのイザベッラ・ディ・エステの宮廷をしのぐほどだったという。

戴冠式の帰路、皇帝はコッレッジョを訪れて女領主に敬意を表した。皇帝の真意はむろん、この小国の軍事的価値を見定めておくことだった。彼女は贅をつくした歓迎をし、皇帝の宿泊所から自分の宮殿まで、全長二マイルの広い道路を造らせ、宮殿には趣向をこらした装飾をほどこし、同郷の画家コッレッジョにフレスコ画を描かせた。皇帝は、彼女の領土内に兵を置かない、侵害しないという約束を残して去った。そして二年後に再訪して、彼女の政治手腕を国の内外に鳴りひびかせた。それと同時に、詩人としての彼女の名声もにわかに高まった。

またコッレッジョには、皇帝や諸侯だけでなく、アリオストやベンボをはじめ、多くの高名な詩人や文学者たちが集まり、彼女の創設したアッカデーミアの活動に熱心に参加した。アリオストは長編騎士道叙事詩『オルランド狂乱』の最終歌で、空想物語の旅を終えて帰還した彼を港に出迎える著名な貴婦人群のひとりとして、真っ先に彼女の名をあげている。また、ベンボが愛の対話編『アゾラーニ』に登場させた貴婦人ベレニーチェは、若いころの彼女がモデルと言われている。

彼女はヴィットーリア・コロンナと同じく名門の出身であり、同じように、結婚後も、生涯、実家の姓を名乗った。ともに若くして寡婦となり、ともに新しい宗教の信奉者で、ともにその学識と詩才とたくみな話術で知られていた。二人の出会いの確証はないものの、詩を交換していたことは記録に残っている。

しかし二人の生きかたと詩風は大きく異なっている。ヴィットーリアは夫亡きあと、生涯の多くを修道院で過ごし、外見に無頓着で、人前でも地味な服装でとおしたが、ヴェローニカは小国ながら一国をあずかる女領主として、自身も身辺も美しく豪華に飾った。死の前年に、ある有力な貴族の結婚式に息子の妻と招待されたとき、「嫁の宝石がだれのよりも美しいものであるように」と、友人を介して、当時、驚くほど高価だった真珠のネックレスを借りたという逸話が残っている。またうちつづく不作に苦しむ農民のために「自分を担保にして」借金をして農民を助けたり、宿敵であるフランス王と皇帝の双方に和平を呼びかけて、「共通の敵である異教徒と戦ってほしい」という詩を送ったりする、まさにルネサンスの支配者としての豪胆さと深慮遠謀とともに、女性らしいやさしさをあわせもつ詩人であった。

二人はともに亡夫を「わたしの太陽」と呼んでペトラルキズモの愛の詩で讃えたが、ヴィットーリアが後年、宗教詩に魂の支えを求めたのに反して、ヴェローニカの宗教詩はごくわずかしかない。故郷や領地の自然の美しさをうたう詩のほかに、皇帝や有名な貴婦人、詩人などに宛てた《讃歌》が多いのも、詩人にして一国の存亡をになう統治者という両面性を語っている。

はじめてまとめられた『詩集』（一七五九）ののちの、最新の校訂本（一九九五）には、結婚まえの愛の詩十六編、夫への愛と哀悼の詩十五編、そして皇帝をはじめとする友人知人宛ての書簡詩、自然のなかの喜びの詩など六十七編が収められている。次の詩は「わたしの太陽」である夫が思いがけなくはやばやと帰還した喜びを、率直にあたりの自然に告げるものである。

影なす丘よ、さわやかな緑の草木よ、
深く落ちる楽しげな斜面とここちよい谷間よ、
冷たい流れときらめく水面よ、おまえたちは
しばしばわたしの多くの苦しみを慰めてくれた。

尊くも神聖な、うかがい知れない森よ、
鬱蒼たる木立の人影のない小道よ、
そびえ立つ聖なる木々の蔭におおわれた
赤紫や、白や、黄色の愛らしい花々よ、

おまえたちに、泣きながら、つらい苦しみを
いくたび語ったことか。いまはおまえたちみなに

わたしの喜びのかけらを打ち明けよう。
長い苦難と苦しみのきわみのあとで、わたしは
わたしの太陽の燃える光を見たと、
相見る望みを失いかけていたときに。

結婚後、一時期、詩作は中断され、《師》のベンボとの文通も、彼がヴェネツィア出身ゆえの政治的立場のちがいなどもあって長らくとだえていた。だが、ボローニャでの再会を機に詩の交換も再開された。かつて「お目にかかったこともないままに」と詩を送ったベンボに、いまや円熟の女性詩人は師を讃えつつ、師の導きに従って徳の道をすすむ、と告げる。またこのころの彼女の詩に、ヴィットーリア・コロンナに捧げた興味深い二編がある。彼女は愛をうたう詩人として世に認められることになったのだが、いまや四十七歳となり、愛に苦しめられ翻弄された若き日々を振り返りつつ、もう二度と愛の詩は書かないと宣言するのだ。

「いまは、別の思いが、別の望みがわたしの心を育んでいるから」。

「別の思い、別の望み」が何かは定かではないが、彼女のまなざしの先には、過去の愛ではなく、領土の存続、新しい宗教の世界があったのだろうと推察される。

もう一編はヴィットーリア・コロンナその人を讃えるものである。

おお、われらが時代のただひとつの栄光よ、
賢明で淑やかな、それにもまして聖なる女性よ、
あなたの前にいまうやうやしく身をかがめる
栄えある経歴にふさわしい者はみな。

この世でのあなたの記憶はかならずや永遠であろう、
時の破壊すらあなたの美しい名を
無慈悲に奪い去ることはできず、
あなたはそれにうち勝つ魂をもちつづけるだろう。

わたしたち女はあなたに聖なる、尊い神殿を捧げなくては、
かつて知の女神アテーナとアポローンをたたえたように、
豪華な大理石とこの上もなく上質な金とで。
そして、貴婦人よ、あなたの美徳はわたしたちの模範ゆえ、
この詩が充分にあなたをたたえることができますように、
あなたを深く敬い、愛し、崇拝しているのと同じように。

愛の詩を捨てた詩人は多くの讃歌のほかに、かぎりなく美しく創造された自然と対比される人間の不幸を円熟した手法でうたう。これらの詩には、権謀術数の政治の世界に治世者として生きる詩人が、緊迫した駆け引きの世界からふっと目も心も自然にあずけ、心を解き放ったような趣があって、迫ってくるものがある。ヴィットーリア作と混同されたことのある八行連詩の冒頭を紹介しよう。

大地が、愛らしくもかぐわしい
幾千もの花に美しく飾られ、
はや満天の星がきらめくように
色とりどりにかがやくのを見て、
また、独り身のしなやかな獣が
自然の本能に駆られて、外へと
森や太古の洞穴からいっせいに跳び出て
昼も夜も伴侶を求め歩くのを見て、

草木がこの上もなく美しい花や若葉で
よそおいをこらしているのを見て、
そして小鳥たちがありとあらゆる声音で
甘く楽しげにさえずり、
あらゆる川がさわやかな水音も高らかに
花咲く岸辺を濡らすのを聞いて、
わたしは思う、自然の女神までがうっとりと
われとわが作品に驚嘆しているのだろうと、

そして独りつぶやく、ああ、なんと短いことか、
わたしたちのこの死すべき惨めな生は！……

そして古代黄金時代の人間が野心も羨望もなく神をうやまい、質素で平穏な生活を楽しんでいたのに引きかえ、現代人はあくなき名誉と野望と快楽を求めて争っていると嘆き、メーディチ家のコージモに平和な治世を託して、二十七連のこの長詩を閉じる。

階級を超えて——キアーラ・マトライーニ（一五一五—一六〇四）

次ページの図版は『ティブルの巫女とアウグストゥス帝』と題され、ローマ元老院から神格化を布告された皇帝が予言の巫女に相談したところ、巫女がローマのすべての神々よりも偉大なキリストの到来を予言したという伝説が描かれている。トスカーナの町ルッカの女性詩人キアーラ・マトライーニが一五四七年ごろにアレッサンドロ・アルデンテという画家に描かせ、さらに二十年後にフランチェスコ・チェッリーニに加筆させたものだ。若き詩人は薔薇色の衣をまとった予言の巫女姿である。この画題の絵の多くがそうであるように、皇帝は巫女の足を踏みつけて自分の優位性を誇示し、一方、巫女は地上の絶対者をしのぐ天の存在を指さしている。画面中央に寄りそうように立っている男女と天使たちが加筆部分で、男女は二十年後の詩人と若くして死んだ恋人である。恋人が若いままなのに反して、詩人のほうは老いた顔をさらしている。右端の三人は古代の予言者たちである。詩人はなぜ自分を予言の巫女として描かせたのか、そして長い歳月をおいて、絵の美的価値をそこなってまで、老いた自分と恋人を加筆させたのか？

まずは、資料は乏しいが、詩人の生涯を追ってみよう。

彼女は一歳で父親を失い、はやくから織物産業で栄えていたルッカの裕福な絹織り業者の叔父が後見人となった。母親のことは知られていない。十六歳で結婚し、二十七歳で、先のヴィ

▲アレッサンドロ・アンデルテ／フランチェスコ・チェッリーニ作『ティブルの巫女とアウグストゥス帝』(1545？—1576)ルッカ、ヴィッラ・グイニージ所蔵

ットーリア・コロンナやヴェローニカ・ガンバラと同じように寡婦となった。だが彼女は二人の先輩詩人のような貴族でも貞節な寡婦でもない。それどころか、妻子ある二人の男性との恋愛がスキャンダルとなり、しかもその一人が何者かに殺されたことから、故郷を追われている。また、結婚後まもなく、彼女の精神に深く刻まれ、詩作の核となったと考えられる事件が起きている。貴族が大半を占めていたルッカ市議会の経済引き締め策に打撃を受けた絹織り業者と労働者が蜂起したのである。

一五三一年五月一日、二百名あまりの労働者が武器を手に、ぼろ布の黒旗をひるがえして町をねり歩いた。その首謀者は彼女の叔父の絹織り業者とその一族であった。反乱は制圧され、一族の者はひとりが斬首、他の者たちも追放や投獄の処罰を受けた。

このころ彼女はある人物に書き送っている。

「……あなたは何ゆえ、高貴な生まれでも、豪勢な宮殿でありあまる富に囲まれて育ったのでもない女が町の慣習にまっこうから逆らって、勉学や書きものに時間を費やしているのは好ましくないと、わたくしを説得なさろうとしたのでしょうか……わたくしは高貴な王家の生まれではありませんが、祖先は身分の卑しい貧者ではなく、由緒ただしい血筋の者で、自由なこの町で正当に財を築いた、りっぱな精神の持ち主です。正しい目で事態を見ようとすれば、必ずや、人を真に高貴にするのは、平民を圧迫している古い血だの金や緋色の衣などではなく、徳にかがやく精神だということがおわかりになるはずです」

これは、いまや古い血を誇るだけの貴族階級に対して、経済力をもつ裕福な商人や市民階級の自信が言わせることばであり、また先の反乱の精神であり、ここでわたしたちははじめて、階級と女性という制約を自覚しつつ、それを超えようとするひとつの精神に出会うのである。彼女の詩は、この「血筋ではない、真に高貴な精神」へとむかう表現であり、社会の良識に反する自分の愛を慎重に、精緻をきわめた文体で、ペトラルキズモの高みへ高めようという意欲に満ちている。この、「血筋ではない、真に高貴な精神」への志向とその表現は、成熟した社会状況のなかで、女性の精神もまた驚くばかりに成熟していたことを物語るのである。

恋人のバルトロメーオ・グラツィアーニは、《変人》、《夢想家》などと綽名（あだな）された、画家でもある裕福な知識人ボヘミアンで、妻帯者だった。寡婦となって五年、詩人として名を高めていたキアーラとの恋が発覚すると、彼の妻の、町の有力者である縁者たちは、彼が魔性の女の虜になったと触れまわり、そのひとりは自伝で、「いかがわしい女詩人を迎えるために自宅をアッカデーミアと称してピーサ大学の学生などのたまり場にし、昼夜を問わずばか騒ぎや恥ずべきことをしていた」と非難している。また彼女は予言能力があったと言われ、彼女自身もそれを自覚し、他の人物の記録にも残っている。彼の家を追い出されたとき、「わたしは出ていく、けれども、この家に残る者がこの家を楽しめないようにしてやる」と洩らしたと言われ、そのあとに恋人が何者かに殺害されたために、魔性の女という評判に拍車がかかった。

一五五五年にルッカの出版社から刊行された彼女の『詩と散文集』から二編を紹介しよう。

最初のソネットは恋人を磁石に見立ててその不在を嘆くものである。

美しく甘いわたしの生命ある磁石よ、
去りぎわにあなたは、魔法さながらに
わたしの魂をかくもゆるぎない絆に託した、
それゆえこの魂は永遠にあなたとともにある。

わたしの心があなたを見失うことはない、
遠く離れ、愛するあなたの顔を
見られなくても。いいえ、ますます聞こえてくる、
あなたがわたしを呼ぶのが、思いの誘うところから。

あなたゆえに愛神はかくも堅固できよらかな
信仰の軛（くびき）をわたしの首にあてた、それゆえ
ほかの卑しい鎖など、心は求めない。

愛神はこの軛をあてたときほかのすべての絆をほどいた、

そして勝利の証に彼の弓を折ったのだ、その燃える炎を
わたしのなかで永遠のものとしたあの日に。

……

断崖の足元に波を砕く
この荒々しく吹く風はさながら
わたしのゆるぎない崇高な意志に対する
敵たちの大いなる傲慢さのよう。

そして荒れすさぶ空が見るまにかき集める
あの黒ぐろと恐ろしげな雲は
重くよどむわたしの悲しみのように
無慈悲な兵士となって安らぎをことごとくおびやかす。

そしてあの疲れきった弱々しげな小舟、
見ると、帆柱も横静索（シュラウズ）もこわれ

舵をとる者もない、恐ろしい波間を漂うそのさまは
うちのめされたわたしの心のよう、
星もなく、すべての希望もうばわれ
空が光の源を隠しているゆえに。

彼女の詩には、ペトラルキズモをめざしながら、それを逸脱する暗い情念と一貫した主体性、そして「敵たち」の偏見に抗して、理想とする崇高な思いをつらぬき、「高貴さ」を求めることから発する孤独と悲劇性があふれている。そして彼女もまたヴィットーリア・コロンナのように、自分の名前を詩に埋め込んだ。彼女の名前のキアーラは形容詞キアーロ（明るい、高名な、などの意味）の女性形で、それを詩にちりばめるのである。「わたしの名前はほかの名前よりも高まるだろう」、「わたしの名前を高名に、不滅にしたい」、「わたしははっきりと言える、わたしもまた幸せで不滅だと、ほかの女性たちのあいだにかがやく星だと」

こうして見てくると、彼女が自分を巫女として描かせたのは、予言の才があることを自覚し、巫女である詩人があらゆる階級を超える存在であること、それゆえ彼女の足を踏みつけている皇帝をもしのぐ権威をもつことを示そうとしているのであり、それによって、自分を苦しめたルッカの権力者たちに彼らの栄華の虚しさを告げようとしたのであろうと考えられる。名

を確立した詩人の強烈な自負と権力への挑戦の表現である。そして二十年後。絵の加筆部分の幼児は実際に彼女の子どもなのかどうかは定かではないが、人間と神の中間にある愛神アモル（ギリシアのエロース）の姿を描き入れることで、二人の愛を讃えているのだろう。この世での愛は悲劇に終わったが、詩人はその愛と自分の詩が不滅のものとなることを願い、画面に老いた顔をさらしてまで、この部分を描かせたのだろう。そう考えると、当時の詩のモデルであるペトラルキズモをかぎりなく追いながら、女性として、それにきっぱりと決別した詩人が、いまやペトラルカ自身になっているようにすら思われるのである。

六十歳を過ぎてから彼女は故郷にもどった。詩人としての名声ゆえに世人もスキャンダルを忘れ、八十九歳で死ぬまで、宗教詩を書き、精力的に、最初の詩集を推敲しつづけ、三度も改定版を出した。

7　詩人たち 2——娼婦詩人

ルネサンス期の女性詩人のほとんどは貴族や裕福な市民階級の出身だが、ほかにコルティジャーナと呼ばれる女性たちがいる。コルティジャーナという語は、コルティジャーノ（宮廷人）の女性形で、十五世紀末あたりまでは、君主の妃などに仕えて宮廷に出入りする身元のたしかな貴婦人を意味していた。その後、人文主義者の教皇の登場とともに、女性禁制だった教皇庁の宮廷も他の宮廷のようにサロン化し、宴席や談論の場に、男性知識人と対等な会話のできる教養をそなえ、宮廷人の楽しみを共有できる女性が求められるようになった。ところが、修道院や家庭教師の厳格な教育を受けたり、あるいは教養などまったく必要ないものと育てられ、世継ぎを産むためだけに結婚させられたりした多くの貴族の女性たちはその要求をみたせず、社交的で教養のある女性たちが公然と出入りするようになった。彼女たちは、高位聖職者や貴族をパトロンとし、経済的援助と引きかえに私的な快楽を提供した。やがて各地の宮廷でも急速にこの種の女性と本来の宮廷女性が入り乱れるようになった。こうしてコルティジャーナは、一般に娼婦を意味するようになったのである。

このような女性たちと区別するために、本来の宮廷女性をdonna di corte（宮廷の女性）と呼んだり、先述の『廷臣論』の著者カスティリオーネはdonna di palazzo（宮殿の女性）と表現したりしているが、彼自身の区別のしかたも曖昧で、むしろ意図的に両者を混交させているようなところがある。このような用法が成り立つのは、先に述べたように、彼の対話編で追求された理想の宮廷女性には、美貌のほかに、男性と同じく人文主義の高度な教養にくわえて、音楽やダンス、そして何よりも社交的で誰とでも楽しい会話のできる才覚が求められたのだが、そのような美貌やもろもろの特性は、一部のコルティジャーナたちがすでに、生計を得、知識人の顧客たちと応対するために、懸命に教養をみがいて身につけていたからである。

このように、理想の女性像とコルティジャーナはことばでは区別されているものの、その区別自体が両義的で、その特質は表裏一体であり、前者があくまでもあるべき女性の理想像であるなら、コルティジャーナのほうはすでに現実に大きな存在感をもち、ルネサンスの文学や絵画などにその姿をとどめているのである。とくに、ひときわ美貌と教養と社交術にたけ、有力なパトロンをもつコルティジャーナは、一般の、多くは悲惨な生涯をたどる娼婦と区別して、オネスタ（高級な）という形容詞をつけて呼ばれる特権階級となっていた。

一部の高級娼婦たちがいかにもてはやされたか、そして、にもかかわらずいかに寄る辺のない、はかない生涯を送ったかを物語るのが、インペリアと呼ばれたローマの伝説的なコルティジャーナである。彼女は一四八一年に同じく娼婦の母親から生まれ、父親ははっきりしない。絶世の美貌と教養で永遠の都の人文主義者たちを魅了し、かずかずの文学作品で讃えられたディーヴァ（女神）だったが、三十一歳で毒をあおって死んだ。同時代の短編作家マッテーオ・バンデッロなどの説によれば、パトロンの銀行家キージや、何枚もの彼女の肖像画を描いたラッファエッロの心変わりゆえだという。自殺したにもかかわらず、教皇ユーリウス二世に祝福され、サン・グレゴーリオ聖堂にキージが建てた礼拝堂に埋葬された。十七歳のときに産んで修道院にあずけておいた娘――父親はのちに枢機卿になった文人ヤーコポ・サドレートとも、キージとも言われている――に財産を残し、詩作もしたといわれるが、作品は残っていない。

女性詩人のなかでとくにコルティジャーナの数が多いというわけではないが、ただでさえ女性が取りあげられることの少なかった文学史に、はやくから燦然とその名をとどめている、ひとりはローマ、もうひとりはヴェネツィアの二人のコルティジャーナを紹介しよう。

ローマのトゥッリア・ダラゴーナ（一五一〇頃―五六）

生地ローマからイタリア北部の都市をめまぐるしく遍歴し、多くの知識人に愛され、庇護され、詩集のほかに女性として最初の騎士道叙事詩を書き、アカデミックな「愛をめぐる対話

▲アレッサンドロ・ボンヴィチーノ作『トゥッリア・ダラゴーナ（？）』（16世紀）
ブレッシャ，トージオ・マルティネンゴ市美術館所蔵

編」まで残しているこの娼婦詩人の生涯をたどると、天心爛漫でひたむきで、ときに大失敗をしながらも、どこか憎めない、そして懸命に知識を求め、懸命に生きた女性の溌剌とした姿が浮かびあがる。

彼女の母親も娼婦だが、父親はナーポリ王家の血をひく枢機卿ルイージ・ダラゴーナである。この知識人枢機卿は愛人とその娘を愛し、利発な娘に自分の姓を名乗らせ、惜しみなく高度な教育を受けさせた。彼女は幼くしてラテン語を完璧に習得し、音楽の才にも秀でていた。当時の文学者たちによれば、「美貌よりもその利発さと教養ゆえに多くの男性に愛された」という。トゥッリアという、女性にはめずらしい名前は、父親の命名であろうか、古代ローマの雄弁家マルクス・トゥッリウス・キケローの名前であり、その名にふさわしく彼女は雄弁を讃えられ、長じて、知識人の集まるサロンの中心人物となった。しかし、あるドイツ人から法外な価格の申し出を受け、一度は断ったものの、母親に説得されて一夜をともにしたために、イタリア人崇拝者たちの反感を買い、ついに母親の故郷フェッラーラに逃げざるをえなくなった。これが最初の大失敗であり、ここから彼女の遍歴の生涯がはじまるのである。

フェッラーラでは、宮廷詩人ジローラモ・ムーツィオの愛人となり、自身も詩作をし、多くの崇拝者にかこまれて、恋人と幸福な日々を送っていた。ところが、おそらく、彼女を真剣に愛して結婚を申し込んだ名門の青年貴族を拒絶し、彼が目の前で自害をはかって瀕死の傷を負ったためであろう、彼女はヴェネツィアに移住した。

水の都では、『エルサレム解放』の詩人トルクァート・タッソの父ベルナルドの保護を受け、彼女のひらいた文学サロンは最も人気のあるサロンとなり、スペローネ・スペローニの有名な対話編『愛の対話』の舞台となっている。むろん彼女も話者のひとりである。しかし、おそらく彼女のサロンに加わるのを拒まれた毒舌家のピエートロ・アレティーノなどの文人たちの執拗な中傷に悩まされたうえ、唯一の保護者のタッソがサレルノに去ったために、彼女はフェッラーラに舞いもどった。そしてフェッラーラからシエーナへ、シエーナからフィレンツェへと移り、フィレンツェではサロン以上にアカデミックな、著名な知識人たちの洗練された議論の場であるアッカデーミアをひらいた。

しかし、このルネサンスの揺籃の地も対抗宗教改革の波と同時に、厳格なカルヴァン主義の締めつけで、とくに女性の風紀に厳しくなっていた。女性の読む本、音楽やダンス、服装が厳しく制限され、とくに娼婦は絹の衣装を禁じられ、さらには黄色のベールの着用を強いられた。トゥッリアはこれに果敢に抵抗した。友人たち、とくに著名な文学者のベネデット・ヴァルキやトスカーナ大公妃の甥などの助力をえて、多くの文学者たちの詩を添えた嘆願書を大公妃に提出し、大公コージモから詩人としての特性を認められ、特別のはからいで、黄色のベールの着用を免除された。

だが、彼女はまたもや過ちを犯した。《万人の女》であるべき女がひとりの男に恋をしたのである。相手は彼女より十六歳も若く、もとより四十歳の女に対する思いは一時のきまぐれにすぎなかったのだが、彼女は真剣に愛してしまい、そのために他の知識人たちが離反したのだ。だが彼女は挫けなかった。いまいちど自分の価値を世に知らしめようと、懸命に勉強して、一五四七年に二冊の本を刊行した。『詩集』と対話編『愛の無限について』である。前者は大公妃に、後者は大公に捧げられた。『詩集』には彼女自身の詩のほかに錚々たる文人たちが彼女に捧げた詩が収録されており、大きな反響を呼んだ。

『詩集』以上に彼女の名を高めたのが『愛の無限について』である。後世の批評家のなかには、彼女を作者としての名誉から引きずりおろそうとする見方もあったが、著名な文学者で愛人のムーツィオやヴァルキの手直しはあっただろうものの、全体がすぐれて女性的な視点で進行しており、現在では彼女の作品であることが定説になっている。

対話の登場人物は三人だが、実際はほとんどがトゥッリア自身とヴァルキの実名の対話から成っている。愛の哲学を語るヴァルキに進行役の彼女がときには皮肉っぽく、ときにはユーモラスに反論して、相手から思いがけないことばを引き出して彼の姿を生き生きと浮かびあがらせ、まさに彼女のアッカデーミアの洗練された会話を彷彿とさせる楽しい読み物となっている。

彼女の家で何人かが談論をしているところへヴァルキがふらりと入ってくるところから対話の世界がはじまる。彼が「ああ、望みもしないのに愛神がわたしをここによこした、心から愛する人にうるさがられるのではないかと思ったのだが」と言い訳をし、トゥッリアにやさしく迎えられて対話に加わるという設定になっている。

その夜のテーマは「愛に終わりはあるか」である。愛をめぐるさまざまな哲学用語をヴァルキが学問的に厳密に講釈するのに対して、トゥッリアは該博な知識に日々の身近な経験や具体的な事実を列挙して反論し、堅物のヴァルキをまごつかせつつ、結果的に愛の哲学が読者にわかりやすく説明されるようになっている。プラトーンの『饗宴』、フィチーノの『饗宴解釈』、アリストテレースの『詩学』、ペトラルカの『カンツォニエーレ』、ベンボの『アゾラーニ』のネオプラトニズムの愛、レオーネ・エブレーオの『愛の対話』など、当時の知識人たちの愛読書が次々と論じられ、これらの作品で述べられている理性の愛に対して、ときおりトゥッリアがボッカッチョの『デカメロン』の世俗の愛のエピソードや、現実の女性たちが日頃嘆いている社会的な不利などをぶつけて対話をにぎわせる。この点が、女性である彼女の真骨頂であり、従来の愛をめぐる対話編にはみられない、親しみやすさとなっている。とはいえ彼女はヴァルキに敵対するのではなく、最後に、自分が意図するのは肉体の結合を目的とする世俗の愛ではなく、理性から生じ、より高度な神の愛に至ろうとするプラトニズムの無限の愛であるという結論を述べる。

彼女はまた、『イル・メスキーノもしくはグェッリーノ』(一五六〇年、死後刊行)という騎士道叙事詩も残している。序文で「ボッカッチョやアリオストなどの大作家の作品はつつしみに欠け、若い女性が読むのにふさわしくないので、この作品を書いた。モデルとしたスペインの原作が散文なので、自分はイタリア語の韻文にした」と述べて、何かと女性の風紀にうるさくなっていた時代の風潮に合わせることによって、みずからの詩人としての地位の復権をもくろんでいるが、実際にはかなりエロティックな描写があるのが彼女らしくて興味深い。

先述の対話編の最後の場面に登場するペネーロペは、じつは妹として登録されていた娘だが、一五四八年に死んで、トゥッリアはローマにもどった。その後ほどなく母親も世を去って、彼女は天涯孤独となった。おりしも厳格な教皇ピウス五世がローマの町からの娼婦追放令を出し、それによって損失をこうむる商売人たちの抗議に教皇が譲歩して追放こそまぬがれたものの、世間の目はにわかに冷たくなっていた。あれほどもてはやされ、世をさわがせた彼女も、最後にはテーヴェレ河岸の安宿で、宿の主人夫婦のほかにみとる者もなく、さびしく息を引きとった。

毒舌家の文人アレティーノや、教会の意向に沿って「悪を正し、徳を讃え」、夫婦愛をすすめる『百物語（エカトンミーティ）』の作者ジラルディ・チンツィオなどの文人が露骨に彼女を誹謗する一方で、彼女を愛した男性たちは熱烈な詩で彼女を讃えた。だが彼女は何よりも、自分の才覚と努力で作品を書き残し、その名を不滅のものとしたのである。

ヴェネツィアのヴェローニカ・フランコ（一五四六—九一）

図版の、ティントレット作といわれる肖像画から愁いをふくんだまなざしを送ってくるヴェローニカ・フランコは、『ヴェネツィア花形娼婦一覧』（一五五八—六〇）という外国人観光客むけのカタログに母親とともに記載されている。二一五人の娼婦の氏名と住所、価格が記入されている。十九世紀の手書きのコピーしか残っていないこのカタログについては、その作成年をめぐって、決着のついていない論争があるが、ここでは、『十六世紀ヴェーネト地方の反娼婦詩集』（一九九四）を編纂したマリーザ・ミラーニの説に従う。通説の一五六五年作成では、十九歳で、花形娼婦になっているヴェローニカの、二ドゥカートという、あまりの低料金の説明がつかないのだ。

カタログに年齢は記載されていないが、生年から計算すると、彼女はこのときわずか十二歳から十四歳で、母親と同じ低料金のランクにある。年齢は偽ったのであろうと思われる。ちなみにこのカタログの最高価格は三十ドゥカートである。ヴェローニカは十八歳で、ある医師と結婚して一子をもうけたのち別れたころは、名だたる高級娼婦コルティジャーナ・オネスタになっていた。なかでも名門ヴェニエル家の三人の男性との関係が深い。上院議員のドメーニコ・ヴェニエルはペトラルキズモからマニエリスムへの移行期の大詩人であり、彼のサロンはヴェネツィアの詩人たちのあいだで絶大な影響力をもっていた。このサロンに迎えられたヴェ

▲ティントレット作(?)『ヴェローニカ・フランコの肖像』ウースター美術館所蔵

ローニカにとって、三十歳も年上のドメーニコは詩作の助言者であり、精神的な父親でもあった。その甥のマッフィーオは反ペトラルキズモ、反古典主義のすぐれた方言詩人だが、サロンではヴェローニカのライヴァルであり、のちに彼女を露骨に中傷して、彼女から《ペンによる決闘》を挑まれている。その従弟のマルコは政府の要人で、詩人でもあり、ヴェローニカの愛人として知られる。

彼女の詩集は、みずから編纂した『テルツェ・リーメ』(一五七五、もしくは七六)の二十五編のカピートロと十五編のソネットが残っている。テルツェ・リーメ(単数はテルツァ・リーマ)はダンテが『神曲』で用いた三行韻詩の形式で、ルネサンス期に、これを用いた風刺的、教訓的内容のカピートロという詩形が流行した。厳格な十四行のソネットではなく、三行ずつ、思いのままに行を増やせ、ときには二百行以上にもなったりしているこの形式に、散文家としてもすぐれている彼女の資質があますところなく生かされている。詩集の巧みな構成を見ると、ヴェネツィアのみならずイタリア全土の文学界に詩人としての自分を位置づけ、かつ娼婦というみずからの職業の価値を高めようという意図がうかがわれる。

まずは冒頭にマントヴァ公への献辞をかかげ、そのあとに恋人マルコの求愛の詩を置き、次の詩で彼女が答えるという体裁になっている。恋人は女のつれなさを嘆きながら、その美を讃えて愛を乞う。それに対して女が次のように答える。多くの研究書に引用される有名な一節である。

……
わたしが秘めもついくつかの特技を
かぎりなく甘美にあなたにお見せしよう
だれの詩も文章もかつて表現したことがないほどに。

これはいわば読者への自己紹介である。娼婦としての愛の特技と詩人としてのそれは彼女にとって同義であり、職業から得る快楽が詩作の原動力だと告げているのだ。そしてダンテが言うように「愛は愛し返すもの」であり、それゆえ「自分が愛するのは徳ゆえ、それに恵まれているあなたは、怠惰にならず、それに磨きをかけて、わたしへの愛を証明してほしい」と言って、つづける。「そうすればわたしは、あなたがかぎりなく讃えるわたしの美を駆使して、あなたを満足させてあげよう、あなたと甘く相寝て、愛の喜びを味わわせてあげよう」

……
わたしはとても甘く、美味になるから
愛され、求められていると感じる人と
ベッドのなかにいるとき。

そしてその快楽はすべての悦びにまさり
この上もなく堅固に思われたあの愛の絆が
なおいっそう強くなる。

そこから先は、マルコの名を伏せて「作者不明」とした六編と彼女の返詩がつづく。これらの一連のカピートロは、すべてがマルコ作、あるいはマルコと彼女とドメーニコの共作、さらにはすべてが彼女の作とする諸説があり、いまだに決着はついていない。私見では、ペトラルキズモを駆使してみずからのスタイルをつくりだした彼女が、自分の詩を引き立たせるために、マルコの凡庸な詩を、彼と合意の上で利用して、カピートロの体裁をととのえたのだろうと考える。

ところが、官能的に始まった二人の応答はやがて一転する。読者は、「ヴェローニカ、ヴェル・ウーニカ・プッターナ（ヴェローニカ、折紙つきの、まれなる娼婦）」で始まり、「ずる賢く、脆弱で、かびくさく、痩せっぽちで、だらしのない、人間の肉をもつ化けもの」などと、一二五行にもわたる罵詈雑言をつらねた詩が出まわったことを告げられる。彼女はその中傷詩の作者を、まずはマルコとみなして、「もはやことばではなく行動を。武器をもって決闘の場に出よう」と恋人に挑む。この戦略的な誤解から、双方が言い分を述べあうキケロー風の対話詩が展開する。しかも想定した敵は自分の恋人ゆえ、彼女は、「もしもあなたが和解を求めるなら、剣ではなく愛の決闘を交えよう、わたしはあらゆる愛の手管をつかってあなたを負かしてやるから」と提案し、おたがいの応酬の詩が交わされたあと、男が敗北を認めて釈明し、この仕組まれた論争は終了する。

ここに登場した中傷詩は実在し——先述の『十六世紀ヴェネツィアの反娼婦詩集』に収録されている——実際に文学史をにぎわした事件であった。しかも作者はじつは凡庸なマルコではなく、すぐれた、特異な詩人で、サロンにおける彼女のライヴァルで、しかも客として彼女に受け入れられなかったマッフィーオだったことが判明する。ここにいたって彼女は、もとよりそれが狙いだったのだが、決然と、自分ひとりではなくすべての女性の名において、そしてマッフィーオという詩人ひとりではなく、《男性という性》を相手に、二〇八行もの長いカピートロで、ペンという武器による決闘を宣言するのである。

……
気高い騎士のすることではない……
何よりも男性の悦びのために
つくられている女を攻撃するとは……

だがようやく涙もとまった、

あのつらい傷も癒えた……

剣を手に練習して、わかった、
女も男に劣らず巧みに
武器を操れるのだと……
だが女たちはそれに気づいていない……
ゆえにわたしがまず女たちの先頭に立とう……

あなたがたは必ずや大いなる快楽を失う、もしも
わたしたちの大いなる甘さを味わえなくなったなら……

女の美しさは、天が与えたものゆえ、
礼節を知るこの世のすべての男性の
この世における悦びになるようにと。

わたしが証明してみせよう、あなたの性よりも
わたしたちの性がまさっていることを。

武器はご自由に、ヴェネツィア語でもトスカーナ語でも。
まじめな詩でも風刺詩でも、わたしは受けて立つ……

だがそのまえに言っておく、
わたしの名前にかこつけてあなたは
《ヴェル・ウーニカ》云々とわたしを中傷した、
だがわたしの辞書では《ウーニカ》は何も非難しない……
多くのなかのすぐれたものを意味する。

ゆえにあなたは中傷するつもりでわたしを
賞讃してしまったのだ、そしてそれは
ことばの使い方がわからないということ……

彼女の名前ヴェローニカは、二分すると、ヴェーロ（ヴェル）とウーニカになる。ヴェーロは《真実の》、ウーニカは《ユニークな、唯一の》という意味の形容詞の女性形であり、彼女はこの詩以前に すでに「真実にして唯一の」、「真実の、この世で唯一の至高の女神」などと自分の名前を埋め込んだ詩をつくっている。ことばを武器とし生命とする相手の詩人のことば遣いを皮肉を込めて正し、詩人として、そして天与の美を武器とするコルティジャーナとして、相手にインクと紙を用意して決闘にそなえよと迫るのである。そしてドメーニコを審判として実際に行われたこの詩の決闘は彼女の勝利となり、この娼婦詩人の名声をゆるぎないものにした。

次のは、女に暴力をふるう男に対する怒りの詩である。

……

おお、あわれな性よ、つねに、よこしまな
運命にみまわれて！　なぜならば
つねに従属し、自由もないゆえ。

だがそれは断じてわたしたちの欠点ではない
たとえ男のような力がなくても
男と同じように理性も知性もあるゆえ。

徳は肉体の強さではなく

精神と才覚の力にある、
それはあらゆることから自明なのだ。
……

と、女性の尊厳を表明しつつ、訴える。

「男と女が争ってばかりいては子孫が絶え、この美しい世界は滅びてしまう。礼節ある男性は女性を讃え、敬意を表するもの。それゆえ暴力はやめて、高貴な男性らしくふるまってほしい」

このように容赦なく相手を攻撃しつつ反省を求め、相手の教養と徳に訴える詩には、礼節と調和というルネサンスの理想がつらぬかれ、文芸を遊戯ととらえる感覚がある。彼女は娼婦と詩人の特技を両刃の武器とし、みずから、武器をもたない女たちの代弁者となって、ルネサンスの画家たちが描いた女性の肉体の美と快楽を、みずからの肉体とペンで表現したのである。

だが世紀半ばから、ヴェネツィアでも《異端》が告発の標的になりだしていた。フランス王アンリ三世が一夜訪れるほどの花形で、詩人としての名声も高まっていた彼女も標的の例外ではなかった。家のなかで紛失した銀の鋏を見つけるために、子どもたちに魔法の呪文や悪魔の名を唱えさせたと、子どもの家庭教師に訴えられたのである（彼も客として拒まれた男だった）。彼女は審問に呼ばれ、幼いころ家でやっていたと答えていったんは窮地に陥るが、慎重で巧みな答弁で拷問をまぬがれ、難をのがれた。しかしそれにはヴェニエル家の介入が功を奏したことは否めない。同じように使用人に訴えられた二人の娼婦は、擁護してくれる有力者の後ろ盾もなく、サン・マルコ広場での公開の鞭打ち刑のあと、罪状を記した頭巾をかぶって、リアルト橋周辺に一時間も立たされたのである。

『書簡集』（一五八〇）の手紙は、アンリ三世と画家のティントレット宛てのもの以外はどれにも宛て名も日付もない。手紙を私的な告白ではなく、キケローなどの伝統にならい、技巧を駆使した文学作品と考えたのである。おりしもヴェネツィア滞在中だったモンテーニュに刷りあがったばかりの一冊を届けさせていることもその意図を語っている。それらのなかに、娘を彼女のようなコルティジャーナにしようとする母親に宛てた手紙がある。

「……あなたは娘さんの髪を金髪にし、化粧をさせ、前髪にカールをし、胸もあらわな、まるで店頭の売りもののような姿でつれてきました……あなたと娘さんの魂と名誉を殺してはなりません。娘さんは外見もさほど美しくなく、優雅さも会話の才もありません。コルティジャーナという職業は、美貌と作法と良識と知識をそなえた女性ですら苦労がたえないのですから、それらの多くを欠き、人並みでしかない娘さんにはつとまりません……多くの男の餌食になり、身ぐるみ剥がされるばかりか殺されかねず、長年の蓄えを一日で失い、さんざん侮辱され、恐ろしい病気をうつされもします。他人の口で食べ、他人の目にさらされて眠り、他人の欲望のままに動き、財産も生命もつねに危険にさらされる。こんな悲惨なことはありますか？

……」

成功したコルティジャーナたちの陰で悲惨な末路をたどる無数の娼婦の実態を述べて、軽率な母親をさとすこれらのことばから、華やかなコルティジャーナである彼女の自負とともに、一歩あやまれば自分もそのような境遇におちかねないという、切実な、緊迫した心境が感じとれよう。

また彼女の肖像画を描いたティントレット宛ての手紙では、世をにぎわしていた古今論争をふまえ、堂々と同時代の画家たちの力量を讃えている。ルネサンスが発見した古代の美をかぎりなく讃えつつも、自分たちの時代が創りだしたものを誇りとするルネサンス人の気概がうかがわれるのである。

「……古代を讃美するあまり現代をけなす人がいるのは耐えがたいことです。古代人にとって自然は慈母だったけれど現代人には無情きわまりない継母だといわんばかりに……何かと古代人を天の高みに据え、その絵画や彫刻、レリーフなどを至高の美、高貴な技と崇め、現代の画家はアペレス（古代ギリシア最大の画家）……などにおよびもしないと言うのですから。……現代はミケランジェロやラッファエッロ、ティツィアーノ、そしていまではあなたのような画家が、古代人に匹敵するどころか、彼らを凌駕していますのに。……わたしはあなたの聖なる手で描かれたわたしの肖像画を見たとき、目前のものが絵なのか、それとも悪魔の技で出現した幻なのかと疑いました」

最期に、若き日の秘めた愛を告白する詩を紹介しよう。相手は聖職者で、長い不在ののちにヴェネツィアにもどってきた。彼にも彼女にも長い歳月が過ぎた。「甘くも苦いあの傷ついた愛についてお話ししよう、歳月がめぐり、胸の傷も癒えたいま」と始まるこの詩で、詩人は胸に封印していた愛を精神的な愛に高め、おだやかな友情を求める。

……
美しい衣とゆかしい姿
世にもまれな優雅なふるまい
そして音にきく美徳のほまれは

わたしの目にはまばゆい太陽だった、
遠くからわたしを惑わし燃えたたせた、
太陽神すらおよばないほどに。

わたしは目を手でかたくふさいだ、
けれども、かくも強く堅固な対象には
どんな防御も力なく、むなしかった、

胸のまっただなかを射抜かれて、
ほかの防御はことごとく失われ、心は
あなたへの愛にいやが上にも燃えた……

周囲の監視の網は厚かった、
それゆえゼウスが黄金の雨となって天から
ダナエーの膝に降り注いだようなこともなかった……

あなたは見知らぬ人びとのもとへ行き、
わたしはあの炎にとらわれたまま、
あなたのいない日々は悲しく暗かった……

楽しく幸せになれただろうか、思いのまま
あなたがわたしのものになっていたら、
いいえ、不幸になっていただけだろう……

はじめて見たあの美しい顔の

なんという変わりよう！　おお、なんと短いあいだに
時がすべてを蝕み、すり減らしたことか！……

そしていまあなたは壮年となり、
黄金の髪は銀色になった、
ほとんど老人のようになった、

でも少しも消えていない、その顔の
明るく晴れやかな美しい目の光は……

幸いなるかな、あなたは……
かくもの高みにすでに達したのだから……

でも人はだれでもが速くは歩けない、
あなたのようには、かくも険しい道を……

わたしは最初の一歩ではや疲れ、負けて

遠くからあなたに助けを乞う
目に涙を浮かべ、頭をたれて。

どうかわたしにやさしいまなざしを……

花形娼婦は美貌だけでなく、自分の力量を駆使して有力者たちをも動かして身の安全をまもる。自身も特権階級のひとりとなっても、さらに身をまもりつづける術を確保しなければならない。詩は彼女にそれを可能にした。しかしそれが同業者たちの嫉妬を買ったことはマッフィーオの例でも明らかである。彼女の生きかたはそれゆえ、権謀術数の宮廷人の生きかたと変わりはないのだ。ある書簡で彼女は次のように書いている。

「ご承知のように、わたしに愛を求めるすべての男性のなかでわたしが最も尊敬するのは、ひたすら自由学芸に励む方たちです。わたしは（無学な女ですが……）その学問が大好きで、それを身につけた方々との会話がこの上もなく楽しく、それをさらに学ぶために、許されるならば、生涯その勉強をし、自分の時間のすべてを立派なアッカデーミアで楽しく費やしたいのです」

だがこの夢はかなわず、異端審問ののち、娼婦の仕事をやめて慈善活動に専念したといわれるが、晩年については定かな記録はない。

8　詩人たち3

「戻ってこない男を追い超して成長した女」――ガスパラ・スタンパ（一五二三―五四）

先に述べた娼婦詩人ヴェローニカ・フランコが活躍したヴェネツィアに、もうひとり、長らくコルティジャーナとされてきたが、近年それが否定された女性詩人がいる。ガスパラ・スタンパであるが、ここで、ほかにも多くの女性の書き手を輩出しているヴェネツィアについて少し触れておこう。

神聖ローマ皇帝カール五世とフランス王フランソワ一世によるイタリア戦争で、イタリアは見る影もなく疲弊した。とくに一五二七年の皇帝軍のドイツ人傭兵による空前のローマ劫掠（ごうりゃく）は、物心両面における決定的な打撃だった。そしてこの戦争が終わってみると、イタリアの領土の三分の二がスペインの属領となっていた。くわえて、対抗宗教改革がルネサンス精神その

▲ダニエル・アントーニオ他作『ガスパラ・スタンパ』(1738年の詩集より)ミラーノ、スフォルツァ城ベルタレッリ版画コレクション所蔵

もの の息の根をとめてしまった。

　そのなかで唯一、独立と繁栄を保ち、フィレンツェに遅れること一世紀で花ひらいたルネサンス文化を満喫していたのが海の女王ヴェネツィアである。共和国としての自信と独立心、東方交易で潤った豊かな国際都市としての栄華を誇り、自由を謳歌していた。地理的条件もあったが、何よりもこの共和国は教皇の支配下に入ることを拒みつづけ、そのおかげで、その後何十年も世俗の市民精神が生きつづけていたのである。くわえて、市民の識字率がきわめて高く、世界的に名高いアルド・マヌーツィオ社をはじめとして、出版業が盛んだった。こうしてこのころ、イタリア全土では女性詩人や女性作家の作品の出版が激減しているのに反して、唯一、この都市では、多くの女性作家の著書が出版された。そのヴェネツィアでも、一五五九年の禁書令以降は、国家と教会の許可を受けたもの以外は刊行できなくなった。

　しかも自由とはいえ、それはじつは男性だけの特権で、これほどの文化都市でありながら、意外にも、他のどの都市以上に、女性たちは家の壁に閉ざされていた。とくに貴族や貴族につぐ裕福な市民階級の女性たちは、先にあげたレオン・バッティスタ・アルベルティが『家族論』のなかで述べているような家庭の役割に縛られ、外出するのも、教会や、何か国家的な祝祭の場合にかぎられていた。

　ヴェネツィアは祝祭都市、劇場都市とも呼ばれるように、国策としての数々の祝祭がサン・マルコ広場で華麗にくりひろげられたが、たとえばジェンティーレ・ベッリーニの絵『サン・

マルコ広場の行列』（一四九六）に描かれているように、上流の女性たちは広場に降りずに宮殿の窓からそのようすを眺めているのだった。

海は広びろとかなたの世界にひらけている。だが、その海が運河という唯一の交通手段となっているこの水の都では、海そのものが女性の行動を規制していたともいえよう。なぜならば、遠出をするのはむろんのこと、たとえば愛の逃避行をするにも、漕ぎ手のあやつるゴンドラに頼るしかないから。二十一世紀のいま、観光客の潮が引き、謝肉祭を待って町がつかのまの静けさを取りもどすクリスマスのころなどに、乗る人もないゴンドラが船着場につながれ、青いシートをかけられて寒々と揺れている。それを見ると、その小舟たちがかつての女性たちの姿に重なるのである。

また、この共和国には、異常なほど、修道女と娼婦が多かった。当時のある文学史家は、「この町で、少女たちが修道院を出るのは結婚するときだ」と言っている。修道女についてはのちに述べるとして、当時の年代記作者サヌードによれば、かなりの誇張があるとはいえ、一五〇九年に全人口三十万のヴェネツィアの全女性人口の三分の一にあたる女性が娼婦だったという。莫大な結婚持参金も、それよりはやや低額な修道院入会の持参金も払ってもらえない貧しい女性や貧しい寡婦、あるいは男にだまされて身をもち崩した女性たちは、娼婦になる以外に生きる術はなかった。

また女性だけでなく男性も、家督を相続する長男以外は結婚難の時代であり、それらの男性たちの欲望をみたし、さらに外国船の出入りでにぎわう港町のつねとして、外来の客や船員たちに快楽を提供する女性が求められた。また、富裕層の男子は十五歳になると娼館で性の手ほどきをうけ、その後、娼婦のパトロンになるのが習慣であった。政府と夫たちは、国庫をうるおし、嫡出子を産むべき妻や身内の女たちの貞節を守るために、守ってくれる男性のいない女性たちを提供したのである。

くわえて、イタリア全体としても、ペストやうちつづく戦争で、十五世紀からすでに深刻な人口の減少がつづいており、一三〇〇年には千百万人だったのが、百年後には八百万人にまで激減している。それゆえ、子どもという国家の財産を産みださない、より罪深い男色を厳罰に処すると同時に、ヴェネツィアをはじめ、フィレンツェ、ルッカ、シエーナなどの政府は売春を公認し、娼婦たちの保護や健康管理、老後のための施設や修道院、さらに性病などの不治の病にかかった娼婦たちを収容する閉鎖病棟を《手厚く》用意した。とくに《手厚かった》ヴェネツィアの町を少し注意して歩けば、現在は各種の福祉施設などになっている元娼館や施設・病院などの建物の外壁に残っている碑板に、かつてのその種の女性たちの哀れな末路を偲ぶことができる。

一方で、これらの多数の娼婦たちとは一線を画して、コルティジャーナ・オネスタ（高級娼婦）と呼ばれた少数の女性たちがいたことはすでに述べた。彼女たちは、美貌と教養と有力者の庇護を誇る特権的な女性で、それを最大限生かして詩人として文学史にはなばなしく名をとどめているのが先のヴェローニカ・フランコであり、彼女は国家の賓客をもてなすための教養を磨くために、特別に政府からサン・マルコ図書館の鍵を与えられて、自由に出入りして勉強することを許されていた。

詩人リルケが「戻ってこない男を追い超して成長した女」と評したガスパラ・スタンパは、長らくコルティジャーナ・オネスタだったとされてきた。彼女が死んだ一五五四年に姉の手で詩集がまとめられたきり、死後長らく忘れられ、一七三八年に恋人の子孫が私家版の詩集を出すまで闇に葬られていたが、一九一三年ににわかに世に知られるようになった。アブデルカデル・サルツァという研究者が、それまでまともに研究されなかったこの詩人の克明な評伝を著したためだが、そのなかで彼は彼女がコルティジャーナであったと断定した。彼女の同時代の詩人や文人のだれひとりとして、毒舌家で知られるピエートロ・アレティーノですら、それには何ひとつ触れていないことから、サルツァの見解に多くの研究者が反論したが、歴史に埋もれていた多くの女性作家を《発掘した》哲学者にして文学史家のベネデット・クローチェがそれを踏襲したことによって、以後、ガスパラ娼婦説が定着したのである。

しかし近年の、とくに従来の執拗な、あるいは無頓着な娼婦説の伝聞を批判して、文献を駆使して分析している女性研究者たちの説では、その確証はないというのが優勢である。とはいえ女性研究者たちは、たんに娼婦という汚名をそそごうというのではない。フェミニズムの先駆者ともみられている先述のヴェローニカ・フランコ自身がそうであったように、現代の女性研究者たちも必ずしも、コルティジャーナ・オネスタであることを恥ずべきことと考えていないからである。名をなした詩人が娼婦か否かにこだわるのは男性たちであろう。女性たちは文学史の偏見をただして、真実を提供しようとしているのである。

一方で、対抗宗教改革後、それまで比較的寛大で、かつ国際都市の魅力のひとつとしてコルティジャーナを売り物にしてきたヴェネツィア政府ですら、一五四三年には、次のような通告を発布している。

「一人もしくは複数の男性と交渉のある未婚女性、夫と暮らさず別居し、一人もしくは複数の男性と交渉のある既婚女性は娼婦とみなす」

貴婦人でも娼婦でもなく、独身のまま自由な精神を発揮していた詩人ガスパラは、時代が求める《理想の女性》ではなく、社会の良識を苛立たせたはずだ。《理想の女性》を体現したヴィットーリア・コロンナの生前の詩集が世紀末までに十七版も版を重ねているのに比して、先に述べたように、ガスパラの詩集が死後、姉がまとめた詩集と、およそ二百年後の私家版まで忘れられていたことがそれを物語っている。

ガスパラは、自分をつないでいた舫(もや)いを解き、愛と詩の荒海に漕ぎだした女性である。パードヴァの裕福な宝石商の家に生まれ、人文主義の教育の基本であるラテン語、ギリシア語、修辞学、音楽、文学を仕込まれた。父親の死後、母親は自分の故郷であるヴェネツィアに移住し、夫の遺志を継いで、ガスパラ姉妹と弟の三人に、とくにラテン語と音楽の磨きをかけさせた。彼女たちの家はしだいに知識人や音楽家のあつまるサロンとなり、フィレンツェの大建築家ヤーコポ・サンソヴィーノの息子で、詩人で出版業者のフランチェスコ・サンソヴィーノやロドヴィーコ・ドメーニキ、スペローネ・スペローニ、ベネデット・ヴァルキなどの錚々たる文学者との交流が生まれた。やがて彼女は詩人として名をあげ、さらに歌の名手とも讃えられるようになった。そして、当時、ヴェネツィアの詩人たちの最も有力なパトロンで、上院議員でもあった名門貴族ドメーニコ・ヴェニエルのサロンに迎えられたが、二十五歳のクリスマスの数日前に、このサロンでコッラルト伯爵コッラルティーノと出会って彼に恋したことが彼女の運命を決定することになった。

コッラルトは、自身も詩作をし、ピエートロ・アレティーノなどの文人とも交流があったが、恋人としては冷淡な男だった。彼女の熱烈な愛にこたえず、彼女に「神々に多くの美点を授けられたが、気まぐれな月が彼をつれなくした」と表現されている。出会いから半年後に突然、フランスのアンリ二世に従って戦地に旅立った。一年後に帰国して、つかのまの愛の時間を過ごしたものの、やがて彼女を自分の領地に置き去りにするようになり、彼女はついに精神的にも肉体的にも憔悴しきって、この愛に終止符をうつ。

『詩集』（一五五四）の三一一編の詩の大半は報われない愛をうたう詩である。冒頭のソネットはペトラルカの『カンツォニエーレ』の有名な書き出し「Voi ch'ascoltate……（あなたがたは聞く）」で始まっているが、「あなたがた（読者）」のあとにコンマを入れて動詞「聞く」を命令形に近い使い方にしている。より強く読者の注意を喚起するためであり、自分の嘆きの崇高な理由を述べつつ、詩人としての名声を求めるのである。つづく詩でも、恋人との出会いをペトラルカと恋人ラウラの復活祭の出会いとかさねたり、ヘリコーン山麓に生まれたヘーシオドスが大詩人になったように、自分も緑なす高い丘（コッレ・アルト）、すなわちコッラルトの木陰で、無知と憂いを忘れて詩作に励もうとうたったりして、大詩人たちを意識した詩作の決意を繰りかえす。

だが彼女の詩は、ペトラルカや、いまや女性詩人のモデルとなったコロンナの詩のように、愛の対象を天上にまで高めようとするものではない。作中の恋人は美しく完璧な英雄である一方で、不実で冷淡な男であり、詩人自身は卑しく惨めな女である一方で、一貫して愛に忠実な女として登場する。次のソネットは、フランスにわたったきり一通の手紙もよこさなかった恋人に思いをはせつつ、最後の解放としての死を願い、それをも拒まれた嘆きをうたったものである。

いまや待ちくたびれた、
悲しみと期待に負けた、
みじめな女よ、もどってこない人の
あまりの不実さと忘失ゆえに。

それゆえ、鎌で人を蒼ざめさせ、
骨を白くし、最後の罰をくだす死神を
時おり呼んでみる、慰めをもとめて、
胸の悲しみがいやますままに。

だがあの神は呼んでも耳をふさぎ、
わたしの願いを偽りのたわごととあざける、
耳をふさぎ、もどらないあの人のように。

こうして涙で目をかき濡らすわたしを
憐れんでくれるのは、この波と海だけ。
そして彼は丘の上で楽しく暮らしている。

唐突な感じがする最後の一行はおそらく、ヴィットーリア・コロンナのあのはげしい長詩の「あなたは楽しく暮らしている」という詩句に意図的に呼応していると思われる。若き侯爵夫人は「独り寝の床を守る」肉体をあの詩に封印し、生前はそれを公表しなかったが、いまや海だけが慰めの友となったガスパラは世をはばかる女性ではなかった。

おお、夜よ、もっとも明るい恵みの日々よりも
わたしにはなお明るく恵みにみちた夜よ、
わたしだけでなく、至高の、稀有なる天才たちに
たたえられるにふさわしい夜よ、

おまえはわたしの喜びのただひとり
信頼できる使者だった。わたしの生の
苦しみのすべてを甘くいとおしくしてくれた、
わたしを虜にした彼をこの腕にもどして。

でもわたしはあのときなれなかった、
あの幸せなアルクメーネーに。彼女には
夜明けはいつになく遅れて訪れたのに。

それでもこれ以上におまえをたたえることは

決しできないだろう、無垢な夜よ、
わたしの詩が主題に負けないかぎりは。

待ちわびた恋人の帰還を率直に、手放しに喜んでいたはずが、ふいに悲嘆に変わる。よく知られたギリシア神話の物語では、妖精アルクメーネーと一夜をともにしたゼウスが太陽神ヘーリオスに命じて夜明けを遅らせたのだったが、ヴェネツィアの詩人の愛の夜はあまりにも短く、恋人は全能のゼウスではなかったから。だが彼女にはその事実を超えて詩が残る。

やがて詩人は自分のなかでも恋人のなかでも自分が死んだことを知る。愛し返されない愛の終焉である。だれが自分の嘆きをつづり、手を動かし、導いているのか。自分は生きながらにして死んだ、聞こえているのに何も聞こえない。それなら自分は、ナルキッソスに恋してついに声を失い、彼を見つめるばかりとなったエコーだ、とうたう。また別のソネットでは、恋人の不実さを羅列し、自分に春は永遠に訪れず、希望も尽きた、そして自分はライオンと山羊とドラゴンの姿をもつ怪物キマイラになったと嘆く。

だが彼女は報われない愛を嘆くばかりなのではない。愛は彼女の詩のテーマであると同時に詩作の原動力であり、現実の愛の苦しみをみずから語ることによって、すべてにおいて完璧なただひとりの対象を讃えるペトラルキズモの愛の理想を転覆させているのである。そしてそれでもなお愛神の教えに忠実な、誇り高い、不滅の詩人としてのおのれを読者に差し出す。彼女の愛と詩の理想がついに実を結ぶとしたら、それはおそらく、愛の対象が失われてなお、自分のなかに愛の真実が炎として燃えているときであろう。これほど熱烈に愛し、かつ怜悧に恋人を非難し、自己を透視する目は他の女性詩人たちの詩には見られない。この引き裂かれた情熱の詩人は、形式はペトラルキズモのそれを守りながら、いまやその愛の理想を脱する境地をひらいているのである。

こうしてひとつの苦しい愛を終えたばかりの詩人に、愛神は新たな矢を放った。またもや苦しみばかりの愛ではないかと恐れながらも、それは自分の定めだと言い切って、彼女は荒海に漕ぎだす。

嵐の海に翻弄されて三年、いま小舟は
港を目前にまたもや、そのまっただなかに
引きもどされた、あまりに不正な、
わたしの苦難と災いにめざとい愛神によって。

そして希望の翼をひろげさせようと
愛神はかがやく光源を目のまえに置いた。
それを見て心は躍り、わたしは

思った、嵐などつらくはないと。

いま、先のと同じ炎を感じる、そして、
つかのまのうちにかくも燃えるのなら、
さらに大きな炎かと恐れもする。

だが何ができよう、燃える定めなのなら、
わが意志で行こうとするのなら、
炎から炎へ、そして苦しみから苦しみへ。

新しい恋人は実際は穏やかで確かな愛の喜びを与えてくれた。しかしそれもつかのま、愛と詩の荒海を航海しつづけてきた詩人は、療養先のフィレンツェからの船旅に疲れはて、三十一年の短い生の航路を終えた。彼女の生涯をことさらスキャンダラスにしようとする文学史家たちは毒殺説もしくはみずから毒をあおいだと記してきたが、それも現代では否定されている。

リルケは『ドゥイノの悲歌』の「第一の悲歌」でうたう。

「しかしあの愛に生きた女たちは?……　おまえはいったいあのガスパラ・スタンパを／心ゆくまで偲んで歌ったことがあるか、恋人に去られたいずこかの乙女がこの高い範例にならっ

て／自分たちもそうなろうと思いさだめるほどに」（手塚富雄訳）
また『マルテの手記』のなかでも書いている。
「……女は昼も夜も休まずに愛しつづけ、愛を深めるとともに不幸も深くなった。こうして果てしない苦悩に鍛えられた女は、去った男を呼びつづけてついにその男を踏み超えた大きな愛の女性を生んだのであった。戻ってこない男を追い超して成長した女、たとえばヴェニスの女ガスパラ・スタンパ、そしてポルトガルの女マリアンナ・アルコフォラードがそれである。この二人は愛することをやめなくて、ついにその苦しみはきびしい氷のような美しさに変わり、もはやはばむことができないものになった」（望月市恵訳）
彼女は、「女たちよ」と呼びかけるソネットで、自分の墓碑銘につぎのように記してくれと訴えている。

……
あまりに愛し、わずかしか愛されずに
幸うすく生きて死に、いまここに眠る、
この世でもっとも忠実だった恋人は。

彼女のために祈っておくれ、旅人よ、休息と平安を、

そしてかくもの仕打ちをうけた彼女から学んでおくれ、
つれなく移り気な心を追いかけないようにと。

「わたし」から「わたしたちへ」――ラウラ・テッラチーナ（一五一九―七七）

ナーポリの貴族の家に生まれたラウラ・テッラチーナは、アリオストの長編騎士道叙事詩『オルランド狂乱』（一五三二）に読みふける早熟な文学少女だった。出入りの書籍商に文才を見いだされて詩作をはじめ、彼の紹介で知りあった著名な詩人や出版人と詩の交換をした。二十歳で刊行した『第一詩集』は十七年間で六版をかさねた。二十七歳のときにアッカデーミア会員に迎えられたが、このとき、彼女の詩の師がヴィットーリア・コロンナに彼女の詩を送り、この先輩女性詩人の後押しで入会が認められたと言われている。三十二歳のときに書いた『オルランド狂乱』に関する論文は、一六三八年までにじつに十四版も刊行されている。

ラウラが若くしてこれほどの成功をおさめたのは、その実力以上に、彼女が多くの詩人たちに書いた讃歌と彼女の魅惑的な美貌のおかげであるという悪意めいた言いかたもされるが、たしかに彼女は男性の欲望を刺激せずにおかない天与の魅力をそなえ、自身もそれを自覚して、極力、露出の少ない服を着ていたという記録がある。一、二度の熱烈な恋愛をへたのち、四十歳を過ぎてから結婚した。華やかな美貌と交友関係をもつ妻に夫が嫉妬し、それをやわらげるために、せっせと夫にささげる詩を書いたという逸話まで残っている。生存中に『第八詩集』まで刊行し(死の直前に完成した『第九詩集』は一九九三年に刊行)、いずれも多くの読者を得て、版をかさねた。にもかかわらず、同郷のベネデット・クローチェに《発掘》されるまで、彼女もまた忘れられた詩人だった。

ナーポリは、理想郷の愛の憂愁をうたって、ヨーロッパじゅうに知られていた長編牧歌『アルカディア』の作者ヤーコポ・サンナザーロ(一四五七―一五三〇)の故郷であり、ペトラルキズモの波が押し寄せてはいたものの、それ以前の人文主義の詩の楽しみ方の名残があり、独特な詩的風土があった。そういう風土のなかで、彼女はペトラルキズモの詩以上にアリオストを愛し、彼の奔放で豊穣な想像世界とともに、冷徹に現実を見据える目と風刺の精神を吸収していた。この目と精神は、同時代の詩人や女性詩人たちがとらえようとしなかった身近な、とくに腐敗した男性社会のなかに生きる女性たちをとらえ、ステレオタイプ化された愛の理想、理想の女性像をうち砕こうとする作品を生んだ。この視点は貴族階級の女性としてはきわめて特異であり、同じ階級出身のヴィットーリア・コロンナやヴェローニカ・ガンバラには見られない。

多くの詩集のなかでとくに興味ぶかいのは、三十歳のときに刊行されて大成功をおさめ、彼女の最大傑作とされている『第三詩集』である。全四十六歌の八行韻詩の構成と形式は『オルランド狂乱』を踏襲しているが、アリオストの一歌がときに百連を超える大長編であるのに反して、彼女は一歌をすべて七連で統一している。『オルランド狂乱』の名高い書き出し、「貴婦人を、騎士を、武勲を、愛を……わたしは歌おう」という詩句を自作の第一歌の最終行に置き、アリオストの最初のいくつかの歌章の詩句を自作の各歌の最終行に配するという技巧を駆使している。並々ならぬ野心とともに、敬愛してやまない大詩人の世界を自分の世界に組み込む喜びと、腐敗した社会に向ける厳しい目、そして女性の不幸に対する同情と共感があふれており、現代の読者にも伝わってくる感覚がある。それがあざやかに表明されている第五歌をみてみよう。

彼女は先行する第四歌で、横暴をきわめる男たちをはっきりと「女の敵」と名指し、「わたしはわたしたちの性を守りたい。わたしは復讐をしたくて気がせいている……天から矢が降りそそいで、わたしたちの復讐をはたしてくれると信じている」と宣言して第五歌をうたいあげる。アリオストの第五歌第一連は次のようになっている。

地上のほかの生きものはみな
のどかに平和に暮らし、
たとえ争い、戦いをしても、
雄は雌にそれをしかけない。

雌の熊は雄とのどかに森を歩き、
雌のライオンは雄に寄りそって寝る。
雌の狼は雄とやすらかに暮らし、
若い雌牛は雄牛を恐れない。

ほかにも随所にアリオストの詩行をちりばめながら、このアリオストの第一連の八行を自作の七連の最終行に置く。第七連にはアリオストの最終二行が入る。

いかなる災い、いかなる天の怒りが
人の心に噛みつくのか?
おお、愚かな男たちよ、無知のベールがいかに
怒りに盲(めし)いたあなたがたの頭を狂わせるのか?
嫉妬の矢があなたがたの胸をつらぬく、
あまりに女を蔑んでいるゆえ。
雄は雌に戦いをしかけない
地上のほかの生きものはみな。

傲慢で、無作法で、尊大な男よ、少し見るがいい、
緑なす森を、そして山々を、
そこには猛々しい熊や虎やライオンが棲み、
すぐにも雌を守ろうとかまえている。
だがあなたは愚かであさはかな思いのままに
女を咎める、あらゆる悪の川の尽きせぬ源だと。
そんなことはあまりに天意に反することなのに
ああ、男たちが穏やかに平和に暮らしてくれさえしたら。

おお、天と自然の敵よ、
何ゆえ恥知らずにも襲いかかるのか
美しく、うら若い女に？
かくも異常な蛮行はどこから生じるのか？
人としての欲求をかくもしばしば狂わす
盲いた冷酷な激情はどこから生じるのか？
獣の雌はほかの雌とのどかに歩きまわっている、
たとえ雄たちが争い、戦いをしても。

さほどの横暴はいったいどこから生じるのか
剣を抜き、匕首をふりかざすとは？
そして大地を血の海と化し
残虐に容赦なく襲い、噛みつくとは？
あなたには自慢する資格などない、
冷酷なライオンや凶暴な熊の仲間だなどと、
その本性がいかほど猛々しくても
獣の雄は雌にそれをしかけないから。

よき創造主はじつによき意図のもとに
あなたのために女をあなたの罪から免れさせた、
男と女が信頼と愛のきずなで
結ばれているように、この世でもあの世でも。
だがあなたは、おのれの名誉を何ひとつかえりみず、
女たちにかくも猛々しい怒りをふりまくばかり。
ああ、愚かな男よ、地上の獣たちを見るがいい、

雌の熊は雄とのどかに森を歩いている。

自分のこの世の栄華の果てをどう考えているのか？
いまのままで、天に昇れると思っているのか？
あわれあなたはあなたの深い心を欺いている。
多くの栄えある偉大な戦利品はこの世に置いてゆくもの
もはや一番でも二番でもなくなる、
借りたものはいやでも返さねばなるまい。
ああ、心やすらかに妻と暮らしてほしい、
雌のライオンも夫に寄りそって寝るのだから。

だがあなたはつぎつぎと妻を変えようとしては
二重の悪を犯しているのに気づきもしない。
だがわたしたち女は馬車から一歩、外に出れば、
無数の死が、無数の災いが待ち受けている。
道理は平等にはたらかない、だからあなたは
わたしたちの嘆きに心を向けなくてはならない、

雌の狼は雄の狼とやすらかに暮らし、
若い雌牛は雄牛を恐れない。

各連の結びの二行の、獣たちの牧歌的な仲むつまじい姿が、人間の男女の不和との対比となっている。しかも注意深い読者は気づかれるだろうが、女性詩人はここで、巧みな策略をこらしているのである。アリオストの第五歌第二行は、主語が「地上のほかの生きものはみな」であり、「穏やかに平和に暮らしている」と動詞「暮らす」が直説法だが、女性詩人は自作の第二連で、主語を「男たち」とし、「穏やかに平和に暮らしてくれさえしたら」と、願望の意をこめた接続法に変えているのである。つまり、傲慢で、無作法で、尊大な人間の男たちは獣の雄のように生きていない、次の連のライオンや熊の仲間になどなれないということである。

神と獣のあいだにあって、理性を有するがゆえに神にも近づき、獣の無知から遠ざかったはずの人間。ルネサンスの理想はその人間の限りない力と美の欲求を謳歌したが、現実の社会では男たちが権勢をふりかざし、女たちに暴力をふるっている。それでは、善なるもの、美しいものを求めて知識を積みかさねてきた人間の努力は何だったのか。女たちを蹂躪し、獣たちのやさしさすらもたない男たちは、二百年まえにコンピュータ・ドンゼッラが嘆いた堕落した男たちとどうちがうというのか、と詩人は問いかける。

詩人の矛先の対象は、男たちにとどまらない。別の詩では、男たちに讃えられる「やさしく、高潔で貞淑な女たち」に向かう。「愛され、ただひとつの愛で満足している幸運な女たちよ」と、皮肉を込めて呼びかける。そのように讃えられるために懸命に美と才気を磨き、それを唯一の喜びとしている女たち。安全な、万人の認めるひとつの愛で満足し、何かかすかな、自然の、本能の欲望でも芽生えると、たちまちそれを封じ、押し殺して、「頭の先から足まで空っぽ」と手きびしく挑発する。女の悪口は言いたくないが、と言いつつ、自分と同じ身分の女たち、教会や世間が要求する女性像をめざし、夫に保護され、それに満足するだけで、より不幸な女たちに目もくれない貴族階級の女たちを批判する。しかも、「みじめなわたしたち」と、自分もその女たちのなかに含めることを忘れない。なぜならば、男たちの暴力は、貧しい、悲惨な身分の女たちだけではなく、彼女と同じ貴族階級の女たちにも振るわれているから。

記録に残っているナーポリ周辺の名門貴族だけでも、多くの女性が殺されている。のちに述べる、弟たちに殺された詩人イザベッラ・モッラのほかに、オルシーニ家のジューリアは女性ゆえに拒否された遺産の相続権を求めて裁判をおこし、長い闘いのすえに目的を達成した矢先に夫に毒殺された。ピッコローミニ家のエレオノーラは不倫が発覚して夫に毒殺された。またテッラチーナ自身も嫉妬深い夫に毒殺されたという説もある。ましてや何ひとつ記録に残っていない名もなき女性たちの不幸はどれほどであったことか。

先述のガスパラ・スタンパもいくつかの詩で女性たちに呼びかけているが、それは嵐の海に翻弄される小舟のような自分の愛の経験をとおして愛の本質を語り、あまりにはげしく愛さないように、移り気でない、心の気高い恋人を選ぶようにと、忠告を与えるものだった。テッラチーナはさらに世界を大きくとらえ、「わたし」から「わたしたち」へ、つまり、抒情詩から叙事詩の世界へと踏み出しているのである。

それゆえ「ナーポリに」と題する詩でも、だれもが讃える愛する故郷の美しい景勝をうたいはしない。美しい外貌の下にうごめく悪をあばき、告発するのである。

うるわしのナーポリよ、もはや正しい神に不平を
言ってはならない、神は人間の冒瀆行為ゆえに
戦争やペストや怒りの叫びを繰りかえし送り込み
栄光のマントに隠された秘密をあばいているのだから。
……
いまや父は子を、子は父を憎み、
兄弟は争いつづけ、だれもが
暗い不吉なことばで友人を裏切っている。
……
裏切り、策略、欺瞞など

美しい顔に隠しているものが
やがてあらわになり、天の敵が育んでいる
いつわりの讃美が、いつわりの友情が、
よこしまな欲望が横行するだろう。

……

彼女はアリオストの美と善、愛と礼節と武勲の世界を夢見つつ、現実の不正義、暴力、欺瞞を糾弾した。だが時代の制約のなか、それは他の女性たちの共感をえた、さらなる大きな力とはなりえなかった。神の最後の裁きを恐れる彼女の詩は、神への祈りへと吸収されてゆく。

ナーポリ。この美しい土地はまさに理想の《閑暇》のアルカディアであり、多くの《哲学する人》を産んできた。そして彼らはしばしば支配権力に逆らってきた。一六〇〇年に異端のかどで火刑となった自然哲学者ジョルダーノ・ブルーノ。その四十七年後、重税に怒って蜂起した民衆の指揮をとった若き漁師マサニエッロ。革命の成功直後、裏切りによって、首を切られ、二十六歳で死んだこの英雄の肖像画をハーグの哲学者スピノザが残している。またフランス革命に呼応して共和国を成立させたジャコビーノ（ジャコバンのイタリア語読み）革命のとき、民衆の先頭に立ち、共和国崩壊後、広場で絞首刑に処された女性作家エレオノーラ・デ・フォンセーカ・ピメンテル。また、わたしたちの記憶に新しいファシズム期の一九四三年に、いちはやく蜂起してドイツ軍を撤退させたナーポリ市民。

現実を見据え、その先に善き世界を夢みたこれらの人たちの叫びに、ルネサンスのひとりの貴婦人の孤独な叫びがこだましている。

悲劇の女性詩人——イザベッラ・ディ・モッラ（一五二〇—四五）

イザベッラ・ディ・モッラは、長靴半島イタリアの《靴底》三州のひとつ、バジリカータ州マテーラ県の、生まれ育った中世の城砦で弟たちに殺された。二十五歳だった。モッラ城はいまもそのまま残り、演劇や音楽会などのイヴェントに使われている。県都マテーラの、丘の傾斜にうがたれた先史時代の広大な穴居群は世界遺産になっている。このバジリカータ州をふくめ、南イタリアについては、ことさら開発の遅れと貧困の代名詞のように語られてきた。

しかし反ファシズム活動のためにこの地に流刑囚となったカルロ・レーヴィ（一九〇二—七五）が見いだし、代表作『キリストはエーボリにとどまりぬ』（一九四五）で描きだしたように、ここは近代社会とは異質の、魔術と農民文化の豊かな伝承が生きている世界である。レーヴィが送りこまれたのは、土地の人びとが、隣接するカンパーニア州——ナーポリが州都——のエーボリより南にキリストは来なかった、つまりここはキリスト教徒ではなく獣の世界だ、と言うアリアーノという僻村である。しかし裏をかえせば、キリストが来なかった、つまりキリスト教化されなかったために、それ以前の土着の民衆文化が生きているのであり、北部の大都会トリーノの知識人であるレーヴィは、その非キリスト教文化の豊かさに衝撃を受けたのである。またレーヴィのこの作品と彼自身の政府へのはたらきかけをきっかけに、マテーラの穴居群の危険性と不衛生に調査がはいり、まもなく住民の強制的退去が始まった。ということは、戦後まで、先史時代の穴居に人が住んでいたのである。

レーヴィの流刑地アリアーノからさらに南に六十キロほど下ったファヴァーレ男爵領（現在はヴァルシンニ）で、イザベッラは六人の子の三番目、ただひとりの女の子として生まれた。家名を守るための姉殺しだったにせよ、政治的暗殺だったにせよ、同じように殺された多くの女性たちと同じように、彼女も《血と暴力の南イタリア》の犠牲者のひとりとして忘れ去られていたであろう、彼女が詩を書き残していなかったならば。

しかし《血と暴力の南イタリア》という常套句には、実際以上の偏見がふくまれている。それは北イタリア人もさることながら、とくに、古文書を渉猟して『イタリア年代記』をはじめ、イタリアを舞台にした多くの作品を著し、墓碑銘にみずから《ミラーノ人》と残したスタンダール以来、イタリア好きのフランス人作家たちが、ことさらに《文化からほど遠い南イタリア》を強調してきたせいでもある。こうして、南イタリアの因習的な風習、古城や僻村における猟奇的な流血沙汰と、その犠牲者としての女性というステレオタイプがえんえんとつづいてきた。イザベッラをめぐっては、現代のオートバイ作家のアンドレ・ピエール・ド・マンディアルグが一九七四年に、現代風の設定にした二幕の『イザベッラ・モッラ』を舞台にのせ、姉殺しの三人の弟たちを、馬ではなくホンダのオートバイで舞台を走りまわらせた。

イザベッラ自身も「都会に育っていれば」と詩のなかで嘆いているが、先述の詩人ラウラ・テッラチーナがはげしく糾弾しているように、戦争がなければイザベッラがそこの男爵邸で生まれて育てられていた大都会ナーポリも、男たちの暴力に明け暮れていた。それどころか、父と次兄が先にわたり、のちに彼女の生命を奪った弟たちも逃亡した、彼女の憧れの国フランスでも、王妃の書記官となっていた次兄は毒殺され、さらにシェイクスピアの国も、ことごとく《血と暴力》にまみれていたことを思い起こしておかなくてはならない。

悲劇の女性詩人として、はやくから文学史に名のみ高く登場していた彼女の詩の文学的価値に注目したのが、またもや同郷のベネデット・クローチェである。彼は、老年ながら、切り立つ城砦への岩場を歩いて彼女の足跡を追い、新資料を発見して、彼女の詩の学術的研究の道をひらいた。

まずは七十一行のカンツォーネを紹介しよう。あらゆる希望をうばわれ、貴族の家に生まれながら一枚の肖像画すら残っていない女性詩人の、二十五歳で死ぬわずかまえの、彼女自身による自画像である。

胸にうかぶ美しい願いの翼を
非情な運命の女神よ、あなたに断たれ、
あなたの恵みをすべて断って生きるわたしは
このつたなくか弱いペンで語ろう
内なる苦しみのいくつかを。それは
あなたひとりが引き起こしたもの
この茨のあいだに、この理性も才知もない
粗野な者たちの因習のあいだに。
そのなかで支えもなく、わたしは
生きつづけなくてはならない、
だれからもことごとく忘れられて。

彼女は、自分の不幸はすべて非情な運命のしわざだと言いつつも、この先の六連を、運命の女神に語りかけてつづってゆく。このあとは抄訳である。

「幼くして愛する父を奪われた……花の盛りの年頃も暗く枯れはてたまま、孤独と不安のうちに過ぎ去った、美しいと讃えられることすら知らないままに。疲れはてた魂の衣をこのつらい牢獄から引き出してくれる人もなく、白雪が太陽に焼かれるように、刻々とあなたに虐げられて……この逆境のなか、女として生きることのかなわぬ身にもしも甘い生があるとしたら、それは死のみ。弟たちはわたしにつきまとって泣く。ああ、なんと悲惨な運命か、他人の摘んだ苦い果実を食べさせられるのは。無邪気で単純な弟たちには虎や蛇でさえ憐れみをかけるだろうに、運命の女神よ、あなたはつれない……苦しみを訴えても、無知な者たちは理解はおろか、咎めるばかり。都会で育っていれば、もっと憐れみをかけてもらえただろうに。子は老いた母親の杖となるべきなのに、弟たちはあなたに翻弄されて無気力になり、本来のやさしさを失った……あなたの意地悪はすべて許そう、偉大な王にわたしのため息をとどけてくれさえするならば」

「偉大な王」とはフランスのフランソワ一世である。スペインとフランスによるイタリアにおける主導権争いであるイタリア戦争で、南イタリアを支配していたナーポリ王国がスペイン領となったために、反スペイン陣営の父親は家督を長男にゆだね、妻子を捨て、次男だけをつれてフランスに逃亡した。その後彼はかの地で宮廷詩人として名を上げ、王の愛顧を得て、二度と帰国することはなかった。

九歳で父親を失った少女にとって、図版に見るような、辺境の切り立つ岸壁に立つ中世そのままの城砦の生活はまさに牢獄だった。ギリシア語やラテン語を学ばせてくれたものの、それを生かす道も、フランスに呼び寄せることもせず、結婚も考えてくれなかった父親こそ、彼女の悲劇の最大の張本人であろう。母親は横暴な長男や義弟たちを恐れて子どもたちの教育もま

▲モッラ城、バジリカータ州

まならず、幼い弟たちは兄の威嚇と専横のもと、いつしか兄や叔父たちと同じような、山では獣たちを、領地の村では娘たちを追いまわすだけが楽しみの粗暴な人間になっていた。彼らにとって、学問や詩に孤独を癒す女は、別世界のことばを話す、うとましいだけの存在だった。だが彼女は、のちに自分を殺害する弟たちのことを「虎や蛇でさえ憐れみをかける」だろう無邪気で単純な、そして「運命の女神に翻弄されて、本来のやさしさを失った」犠牲者だと言うのである。

彼女は隣接する領地の貴婦人アントーニア・カラッチョロとの交際に牢獄からの解放のかすかな希望を託した。そして老家庭教師を介して、アントーニアの夫のスペイン貴族ディエーゴ・サンドヴァルとの詩の交換が始まった。だが、恋愛とも友情とも定めがたい、二人の知的交流を許されざるものと考えた者たちがいたのである。彼女の感情はむしろ、年上の貴婦人アントーニアに対する思慕の色彩がつよいのであったが。凶行の実行犯は三人の弟たちだが、首謀者はまちがいなく兄と叔父たちである。

まずは仲介者の老家庭教師が、つぎにイザベッラが、そして最後に二人の叔父も加担して、サンドヴァルが殺された。叔父たちの加担と、サンドヴァルがスペイン人だったことから、政治陰謀説がもちあがったが、はっきりしない。弟たちはすぐにフランスに逃亡し、アンリ二世妃カテリーナ・デ・メーディチの宮廷で書記官となっていた次兄の尽力で追跡を免れ、のちにかの地で高位聖職者や宮廷人になった。長兄は逮捕されて長い牢獄生活を送ったのち釈放された。

官憲による城の捜索のさいにイザベッラの手になる十三編の詩が発見された。それが先に述べた『女性の人生の三段階に則した教育』の著者ルドヴィーコ・ドルチェの目にとまり、作者の死後六年目に九編がアンソロジーに収められて、にわかに詩人イザベッラ・ディ・モッラの名が、その流血の悲劇とともにイタリアじゅうに、そしてアルプスを越えてひろまったのである。

まず、山の上から父親に呼びかける哀切なソネットを紹介しよう。

海の見える高い山の上から、わたしは、
あなたの娘イザベッラは、しばしば目を凝らす、

その海に黒く光る船があらわれ、
お父さま、あなたの消息を伝えてくれないかと。

でもわたしの敵の無慈悲な星は
この悲しい心にどんな慰めもやどるのを許さない。
それどころか、あらゆる憐れみをきらい、
燃えあがる願いまで涙に変えてしまう。

それゆえ海には何ひとつ見えない
(わびしい浜辺にはだれもいない)
波を切りすすむ櫂も風にふくらむ帆も。

それゆえわたしは運命の女神を呪うばかり、
そしてこの呪われた場所を憎むばかり、
わたしの苦しみのただひとつの原因だから。

「高い山」とは、標高八九〇メートルのコッポロ山で、「海」はイオーニア海である。山頂から、ヴァルシンニの町も現存するモッラ城も見えるとクローチェは述べている。彼女はしばしばこの山に登り、時には想像のうちに、実際にはフランスにつづいていない海を眺めては父を想っていた。

ところで、十三編のどの詩にも、サンドヴァルはおろか、具体的な愛の対象は登場しない。それらしきものがあるとすれば、フランスを想いつつ呼びかける父親と「偉大な王」フランソワ一世、父と同じくフランスに亡命した宮廷詩人のルイージ・アラマンニなどだが、彼らは、結婚の女神ユーノーや聖母マリーア、キリストなどと同じように、彼女を囚われの身から解放してくれる可能性のある救い主として、助けを乞うている対象以上のものではない。

また、彼女が恋愛にも似た思慕を込めて「あの女性」と呼ぶ、その正体がさまざまに推測される貴婦人がいる。クローチェはこの貴婦人を、モッラ家の領地の東方、モンテ・コトーニョ湖をはさんだセニーゼという土地に住む貴婦人ジューリア・オルシーニ――ラウラ・テッラチーニの項で述べたように、彼女も夫に毒殺された――としており、大方の研究者もそれを踏襲しているが、イザベッラがただひとり実際に親交をむすんだ、サンドヴァルの妻のアントーニア・カラッチョロという説もある。この貴婦人がジューリアであれ、アントーニアであれ、同じような状況に閉ざされた、身分の高い、知的な女性たちが、ともに孤独のうちに自由を求め、解放の希望に友情の絆を強めていたのである。それを思うと、むしろそのような、因習を超えようとする連帯のほうが、女性たちを支配していた男性たちにとって危険であったはずだが、そこまで考えのおよばない「無知で粗野な」殺人者たちは、家庭教師がアントーニアにとどけたイザベッラの手紙をその夫への恋文と曲解し、ありもしない恋物語を仕立て上げたと思われる。

次のソネットは、荒れた自然や獣たちに孤独を訴える彼女の叫びである。孤独を訴える自然の景観や獣たちのなかに、人間でありながら、「美徳を欠く粗野な者たち」も含まれていることがいっそう彼女の孤独と絶望を物語っている。

さあ、いまいちど、おお、地獄の谷間よ、
おお、けわしい急流よ、おお、崩れおちた岩場よ、
おお、美徳を欠く粗野な者たちよ、
わたしの嘆きと永遠の悲しみを聞いておくれ。

どの山も、どの洞穴も、耳をすましておくれ、
わたしの足音の止まるところ、歩きだすところに。
運命の女神が、いっときも休みなく、刻々と
わたしの不幸を、永遠の不幸をつのらせているから。

ああ、わたしが夜も昼も嘆いているとき、
おお、獣たちよ、おお、岩よ、おお、恐ろしい廃墟よ、
おお、荒れた森よ、おお、うつろな洞穴よ、

梟たちよ、人の不幸を予言する鳥たちよ、
わたしと泣いておくれ、とぎれる声を張りあげて、
ほかのだれよりも惨めなわたしの最期を。

彼女にはペトラルキズモの技巧も制約もとどかなかった。愛の理想にも規範にも《毒されず》、苦しみを他者と共有しようともせず、ひたすら「わたしの」苦しみを訴える。ついにこの世のすべてを諦め、救いを求めた彼女の声が神にとどいたのか、次のソネットで、キリストと聖母マリーアに祈り、このソネットの最後の一行に込められた死の誘惑にうちかったはずの彼女に、ふいに、死が訪れたのだ、かつて彼女につきまとっていた弟たちによって。その死は彼女の願った「甘い生」であろうか。

冒頭に述べた、北部の大都会トリーノで生まれたカルロ・レーヴィは、流刑者の辛酸をなめながらも、自分たちの文化とは異なる文化の豊かさを発見したこの土地を選んで永眠の地とした。だが、イザベッラは生まれたときからの、まさに流刑地以上に自由を奪われた土地を一度

も出ることなく、牢獄で短い一生を終えたのである。

男装の麗人――マッダレーナ・カンピリア（一五五三―九五）

対抗宗教改革ののち、女性の生きかたがより厳しく規制され、結婚が女性の唯一の社会的価値として称揚されるどころか、なかば強制されるようになったことはすでに述べた。ここに登場するのは、そんな時代に、女性同士の愛と友情、そして男女の精神的な愛を讃え、それを体現した詩人である。

北イタリアの中堅都市ヴィチェンツァのマッダレーナ・カンピリアの作品も生きかたも、当時の社会良識から大きく逸脱するものだった。そもそも、ともにヴィチェンツァの貴族で再婚者同士だった両親が正式に入籍したのが、彼女が十二歳のときで、同じ両親から生まれた二人の兄のほかに異母兄が二人いた。父親は彼女に相当の資産を残し、実兄たちに妹の結婚を託した。二十三歳で遠縁の貴族と結婚したが、結婚生活は数年で破綻し、彼女は兄の家にもどった。破綻の原因は明らかでなく、彼女のほうから離婚を申請した記録はあるものの認可された形跡はない。遺言状に「夫は一度も夫ではなかった」と記し、子どももいないことから、彼女がのちに自作で理想の結婚として描いている、性生活のない《白い結婚》を望んだ結果ではな

▲アレッサンドロ・マガンツァ作『マッダレーナ・カンピリアの肖像』(1580年頃)
ヴィチェンツァ、ムゼーオ・チーヴィコ所蔵

いかとも考えられる。

図版の四十歳前後の肖像画からもわかるように、貴族の女性としては異様な、身を飾るものは自著だけという、まるでのちの疾風怒濤のロマン派詩人のような風貌で描かせており、かなり特異な女性であっただろうことがうかがわれる。

最初の著書である論評『聖処女マリーアの懐胎について』(一五八五)で、彼女は聖母を哲学の師と讃えている。聖母に象徴される処女性こそ彼女の追求した最大の価値だった。とはいえそれは、教会と男性社会がふりかざす、嫡出子をうるための結婚を前提とした純潔の価値ではない。処女性を守ることによって男性の支配を拒絶し、子どもではなく詩を産みだす生きかたを求めたのである。しかもそれは人間としての欲望を否定するのではなく、女性同士の愛という快楽の解放による知的な生産活動なのである。

この時代にこれほどのことを宣言し、表現した女性がいたこと自体驚異的だが、それを許容した当時のヴィチェンツァという都市の文化的特異性も強調しておかなくてはならない。先にみたように、ヴェネツィアはあれだけの文化的栄華を誇る大都会でありながら、女性にとってはきわめて閉ざされた空間だった。それに反し、ヴェネツィア共和国の一員であり、封建領主が君臨しつづけてきたヴィチェンツァの支配層のメンタリティは、ヴェネツィア共和国以上に、イタリアの他のいくつかの先取的君主国家に見られる伝統に近く、女性の能力を積極的に評価したのだと考えられる。妻でも寡婦でも修道女でもない女に世間の目は冷たかったはずだが、ヴィチェンツァの文学界は彼女を詩人として認めていた。

ヴィチェンツァはまた演劇の盛んな町で、大建築家アンドレーア・パッラーディオ（一五〇四—八〇）の設計した、ヨーロッパ初の屋内常設劇場テアートロ・オリンピコがあり、現在も演劇や音楽の殿堂となっている。この劇場に彼女のこの肖像画がいまもかかっている。劇場の建設に貢献したアッカデーミア・オリンピカは、女性ゆえに会員とはしなかったものの、知的な交流の仲間として彼女を迎えた。また図書館を創設して町の文化事業を支えていた地元の出版社が彼女の著書を出版した。

一五八八年に刊行された牧歌劇『フローリ』が一躍、この男装の女性詩人の名を高めた。古代ローマのウェルギリウスや同時代の大詩人トルクァート・タッソの『アミンタ』（一五七三）の影響はいうまでもないが、それ以上にわたしたちの注目を引くのは、出版はされなかったものの、当時、各地で上演されて大評判になっていたパルマの女性作家バルバラ・トレッリ（一五四六—一六〇三）の牧歌劇『パルテニア』に創作意欲を刺激されたと思われることだ。『フローリ』は、このトレッリをはじめ、女性知識人たちの理解ある保護者だったパルマの貴婦人イザベッラ・パッラヴィチーナ・ルーピに捧げられている。その献辞のなかでマッダレーナは自作を「わたしの娘」と呼び、「わたしは娘を世に出すにあたり、ふつうの母親のように娘の服装などには配慮しませんでした。どうか、尊い知性の目で娘の真価をごらんくださいますよう」と述べている。刺激しあう女性創造者たち、それを理解し庇護する女性、そしてそれを享受し楽しむ女性たち。ここにはすでに、女性たちがつくりだす牧歌の世界がある。

羊飼いの田園生活を描く文学形式《牧歌》は、古代ギリシアのテオクリトスにまでさかのぼり、ローマのウェルギリウスからペトラルカやボッカッチョに継承された牧歌詩をへて、アンジェロ・ポリツィアーノの詩劇『オルペウス物語』(一四九四)、ヤーコポ・サンナザーロの詩文混交体の『アルカディア』(一五〇四)で完成の域に達した。宮廷を牧人の理想郷アルカディアに見立て、暗に現実の宮廷や実在の人物を描きだすこの手法が大流行となり、各地の宮廷で催される祝祭のために詩人や文人たちが腕をきそった。タッソの『アミンタ』がその代表作で、この小品は、従来は悲劇と喜劇のつなぎにすぎなかった牧歌劇を独立した演劇のジャンルとして確立した。マッダレーナのあとにも、ヴェネツィアのルクレツィア・マリネッラの『幸福なアルカディア』(一六〇五)や、同じくヴェネツィアのイザベッラ・アンドレイーニの『ミルティッラ』(一五八八)など、同時代の女性たちもこの牧歌劇というジャンルですぐれた作品を残している。

『フローリ』は八行韻詩による五幕の牧歌劇である。舞台は古代の理想郷アルカディア。主要登場人物は三人のニンフと六人の牧人、獣神サーティロ(ギリシアのサテュロス)、神官などである。主人公のフローリは処女神ディアーナ(ギリシアのアルテミス)のニンフだが、愛するニンフのアマランタの死を嘆くあまり、狂っている。フローリを熱愛するも冷たく拒絶された牧人アンドロジェーオも同じだ。二人を正気にもどすために神官が《犠牲の式典》を行うのだが、プロローグに登場する愛神アモーレ（ギリシアのエロース）の介入で、フローリは目覚めたときに最初に見た者を愛するように仕組まれている。しかも愛神は、フローリがそれまで彼の力に屈しなかったことに対する復讐のために秘術を用いて、彼女が「熱く、しかも純潔のまま、燃えるようにしてやる」と宣言する。

儀式によってフローリとアンドロジェーオは正気にもどるが、そのときフローリが目にしたのは、すでに愛神に恋の矢を射られた遠来の見知らぬ放浪の牧人アレッシだった。アンドロジェーオは過去の狂気の愛を悔い、フローリに彼女のためならなんでもすると申し出、フローリはかねてから彼を愛していた親友のニンフ、リーコリとの結婚を約束させる。彼女自身はアレッシを心から愛しながらも、自分はディアーナに仕える身だからと、肉体関係のない愛の絆を申し出る。このときの彼女の告白は、先述の愛神の采配によるのであり、ここで作者は、《純潔のままの愛》の宿命、その正当性を表明するのである。愛していたニンフを死神に奪われて以来、やはりディアーナに身を捧げていたアレッシも、フローリへの愛を誓い、彼女の申し出を受け入れる。

こうして幸福な結末に終わるこの牧歌劇は、まさに対抗宗教改革後の厳しい統制のさなかに生まれている。すでに見たように、一五五九年には禁書令が発布され、一五八一年以降になると、職業演劇団の活動も大幅に禁止されるようになった。そのうえ、比較的ゆるやかだったヴェネツィアをはじめとするヴェーネト一帯でも、宗教改革の同調者や嫌疑をかけられた多くの知識人が異端審問の法廷に送られるようになっていた。それゆえ作者は、嫌疑を回避するために、慎重に、自作を一見したところキリスト教のモラルに則した体裁にしているのである。つまり牧歌劇という、それ自体が異教の世界をあつかう作品に、すでに多くの先達がそうしてきたように、キリスト教のモラルを導入し、牧人とニンフの狂気を《犠牲の式典》というキリスト教の儀式になぞらえられる社会的良識の介入で正気にもどらせ、結婚という、カトリック教会が女性に強要する結末に導くかたちをとっているのである。とはいえ、この結婚自体が尋常ではないのだが。

同年に刊行されたイザベッラ・アンドレイーニの牧歌劇『ミルティッラ』に比べてモラル的傾向が強いのも、イザベッラが、伝統的な仮面劇コンメーディア・デッラルテの大劇団の座長であり俳優である夫と多くの子どもに恵まれた花形女優という、社会的に安定した身分であるのに比して、たえず世間の悪意ある批判にさらされかねないマッダレーナには、当然の、避けがたい手法だった。

だが作品としては、イザベッラの作品に比べて構成がより複雑で、女性の心理や情感がより深まっている。そしてさらに傑出しているのは、先に述べたように、それまで表現されたことのなかった女性同士の愛が描かれていることである。愛するニンフを失ってフローリは正気を失った。一幕はほぼ全体が、狂った彼女の、恋人と死神への呼びかけである。先述の擬装にもかかわらず、この愛の表現と結末での通常の結婚の否定は明白であり、それゆえ同時代の評価は賛否両論のまっぷたつに分かれた。純潔の理想、男女の精神的結合のテーマそのものはすでにキリスト教の伝統的な禁欲主義のなかにあり、ダンテやペトラルカをへてネオプラトニズムの理想として定着していたが、レスボス島のサッポー以来の女性同士の愛は、女性の書き手をえてはじめて、高らかにうたわれたのである。

しかも作者はさらに、女性であるフローリと男性であるアレッシの完全な対等性をかかげた。また、従来は男性人文学者たちの特権であった独身者の《閑暇》という知的探究の道を、知識を求める女性の生きかたのひとつの選択として提示し、当時の多くの女性にとって苦役と束縛でしかない結婚制度に異議を唱えているのである。愛するニンフの死を嘆くばかりだったフローリが《犠牲の式典》でよみがえってアレッシを見いだし、彼を愛し、彼と精神的に対等な知的関係を築くという展開は、現実にはかなわぬことを作品で実現させようとする、女性の書き手が多くもちいた手法であり、当時の状況を考えれば、なお切実で、かつ大胆な訴えとなっているのである。

さらにこの牧歌劇で、男性同士の友情という人文主義のテーマが、女性同士の友情に置きかえられていることも見逃してはならない。リーコリは最初のうちは、「あなたはいつも女を軽蔑していたから、天罰が下って女のために狂ってしまったのではない？」などとフローリをからかいながら、それでも彼女のために心をくだき、アンドロジェーオへの自分の愛を封じていた。その彼女のかなわぬ愛の嘆きをたまたま隠れて聞いたフローリは、親友のためにひと肌脱ぐのである。結婚し、かわいい子どもが欲しいというリーコリは、フローリの考えを理解できず、「あなたはいつも不可能なことばかり追いかけている」と言っていた。それに対してフローリは「わたしにはそれが楽しいの。あなたも知っているように、高貴な精神は達成するのがむずかしければむずかしいほど燃えあがり、達成すればますます名声を得られるから」と答える。これは創造者としての作者の生の声であろう。こうしてフローリはリーコリの、リーコリはフローリの愛の仲立ちとなり、リーコリとアンドロジェーオの結婚、フローリとアレッシの精神的な結婚が約束されて、幕がおりる。

女性同士の愛を《狂気》としなければ——とはいえ、ニンフへの愛それ自体が狂気の愛というのではない、愛の対象の喪失ゆえにフローリは狂ったのである——、そしてそれを《犠牲の式典》という擬装で正気にもどさなければ舞台にあげることのできなかったテーマを、作者は古代ラテン文学の伝統をふまえつつ、新しい形式である牧歌劇に、狂気から正気への回帰という装いをこらし、時代の制約と女性に対する制約にさからって、男性社会のなかに前代未聞の女性像を登場させた。それゆえ『アミンタ』の作者タッソを彷彿とさせる漂泊の牧人アレッシが「愛は、愛されれば愛し返さずにはいられないもの」と、ダンテの『神曲』第五歌のフランチェスカ・ダ・リーミニのことばで自分の愛を告げると、フローリは「わたしの魂は、わたしの神の次にあなたを崇拝しつづけます」と答えるのであり、それをアンドロジェーオは「新しい愛に結ばれた二人、新しい愛のかたち」と讃えるのである。

この牧歌劇には、エピローグの代わりに「マッダレーナ・カンピリアから彼女のフローリへ」と題する詩が添えられている。その冒頭で詩人は、「おお、わたしのフローリよ、選ばれた白鳥の群れにつづいて、大胆に飛びあがれ」と自分の創り出したヒロインに託して、白鳥の栄光を願っている。白鳥は不滅の詩を残す詩人の象徴である。

翌年刊行された対話形式の牧歌劇『カリーザ』のヒロインもフローリという名のニンフである。彼女もニンフのカリーザを愛しているが、この作品では、「女の身で女を愛した」と咎められても、もはや狂うことなく、愛を断念することを拒む。カリーザが前作を捧げた貴婦人イザベッラ・パッラヴィチーナ・ルーピであることは明らかであり、作者は、ニンフ同士の愛のかたちをとって、現実の貴婦人に、詩人として、生身の女性としての愛を捧げるのである。のちに出版された詩で彼女はうたっている。

わたしの燃える欲望の火壇にのぼると
人間の胸にはおさまりきれないほど
喜ばしい思いの翼がひろがる。
目がわたしの崇拝する太陽を見つめ
恍惚として清らかな炎に焼かれるとき
魂から不完全なものが洗われ、

甘い炎につつまれて、わたしは
かがやく対象に相対しているのを感じ、
不思議なただ一羽の不死の鳥の姿となる。

そして『フローリ』と『カリーザ』に、炎から飛び立とうとするフェニックスを描いたインプレーザ（標語の入った寓意的な図）と、「こうしてわたしは時に耐える」というラテン語の標語を付している。本を手にしただけで、全身を黒衣ですっぽりつつんだこの女性詩人は、焼かれてはよみがえる不死鳥であり、自分の創り出した作品も不滅の白鳥となって飛び立つことを願ったのである。

四百年後によみがえった名女優・劇作家
——イザベッラ・アンドレイーニ（一五六二—一六〇四）

「典雅なイザベッラ、舞台に咲く一輪の花、劇場のほまれ、徳と美を誇る演技。彼女はこの職業を栄えあるものとした。この先幾世紀、時間と秩序のつづくかぎり、彼女の声のことごとくが、台詞のことごとくが、叫びのことごとくが、彼女の名声を高らかに鳴りひびかせるだろう」

同時代の劇評家がこう絶讃したイザベッラ・アンドレイーニは、職業俳優が演ずる民衆的な仮面喜劇コンメーディア・デッラルテの、フラミーニオ・スカーラが率いる《ジェロージ座》の花形女優だった。ジョットのフレスコ画で有名な大学町パードヴァで生まれ、十四歳ですでに人気女優となっていたが、父親はカナーリという姓のヴェネツィア人らしいという以外は、両親についても生い立ちについても詳しいことはわからない。ただ、両親は貧しいながらも娘の教育をないがしろにしなかったという記録が残っており、そのおかげで、のちに彼女は文学の才能を結実させる。

十六歳で、三十歳ほどの、同じ劇団の俳優フランチェスコ・アンドレイーニ（一五八四―一六二四）と結婚した。彼はヴェネツィア海軍の水兵だったが、八年間トルコ軍の捕虜となったのちに帰国して、一座に加わり、劇団の呼び物である『スパヴェント隊長の武勇談』の隊長役で名をあげていた。十四歳だったイザベッラに恋して、結婚まえにすでに最初の子が生まれていた。彼の本名はチェッラキだが、当時まだ社会的に低い身分だった俳優という職業が家名を汚すことを恐れたらしく、アンドレイーニを名乗った。やがて彼は座長となり、イザベッラとともに一座をさらに盛り上げた。彼の努力と、イザベッラの演技と人気によって、《ジェロージ座》は俳優という職業を栄えあるものとした。彼らはヴェネツィアを中心に、北から南までイタリア全土を巡業し、さらにバイエルンやフランスなど、外国の各地をまわった。

イザベッラは《恋する乙女》役を筆頭に、仮面劇のあらゆる役をみごとに演じた。なかでも、一五八九年にフィレンツェ大公の前で演じたフラミーニオ・スカーラ作の『イザベッラの狂気』のイザベッラ役は、のちのシェイクスピアの《狂えるオフェリア》とともに彼女の当たり役となった。一座はメーディチ家の結婚式をはじめ、一六〇〇年の聖年の祝祭などで評判をとり、さらにアンリ四世妃マリーア・デ・メーディチに招かれ、パリやリヨンの宮廷での上演ののち、パリでの一般公演でも大成功をおさめた。しかし、帰国直前に、イザベッラは八番目の子どもを流産して、急死した。四十四歳だった。

長男ジョヴァン・バッティスタも有名な俳優となって活躍し、一六〇六年には、亡き母に捧げた詩集を出している。彼は母親の死で解散した《ジェロージ座》のあと、《フェデーリ座》を設立して一座を率いるとともに、いくつかの戯曲も残して、アンドレイーニ一家の演劇史上の名声をゆるぎないものとした。

女優といえば芸術家というより娼婦と見られ、しかもつい少しまえまで女の役も男が演じていた世界で、有名な職業演劇団の花形女優となり、志を同じくする夫と子だくさんの家庭のしあわせに恵まれたイザベッラだったが、彼女はそれで満足しなかった。

アッカデーミア・デッリ・インテンティというアカデミー会員となって詩を書き、知識人たちとの文学的交流をはたした。彼女のアカデミー名はラッチェーザ（燃える女）であり、インプレーザの図柄には燃え上がる炎を用いている。二十六歳のときには代表作の牧歌劇『ミルティッラ』を刊行した。その五年後には、ローマのアルドブランディーニ枢機卿の宮殿で催された詩の競技会で、当代の大詩人トルクァート・タッソについで第二位になっている。さらに三十九歳のときに『詩集』を刊行した。そのなかのある詩で彼女は、「わたしたちの仕事はこの世に何も残らない、永遠の紙に美しい痕跡として名を残さないかぎりは」、「身振りを超えて、声を超えてとどまること」などと記している。「書くこと」が新たな情熱となったとき、彼女は女優として絶頂期にあった。夜な夜な満員の観客を熱狂させ、名声が高まれば高まるほど、舞台という過ぎ去ってしまう時間と、その果てに死が待つ人間の宿命を感じたのにちがいない。こうして、希代の名女優は劇作家となった。

女性は長らく男性詩人に霊感を与えるムーサとして讃えられるだけの存在だったが、先にみたように、いまや多くの女性がみずからペンをとる時代になっていた。それら先人の女性たちの仕事に力をえて、イザベッラは、幼いときから肉体で表現していたものを、文字で表現することによって《不滅》になろうとした。長らく文学史は、彼女の「身振りと声」を絶賛したものの、彼女の願った「永遠の紙に残す美しい痕跡」のほうは無視してきたが、一九九六年に、マリーア・ルイーザ・ドッリオによって『ミルティッラ』(一五八八)の現代版が刊行された。彼女の『詩集』のなかの、詩人のガブリエッロ・キアブレーラに捧げた詩に次のような一節がある。

わたしは飽くことなく名声を求めよう
わたしの名が嫉妬ぶかい忘却におおわれないように。
わかっているけれども、懸命に作品にはげむ者は
顔は蒼ざめ、髪は白くなることが。

このようにうたった四百年まえの彼女の願いが、現代の女性研究者の手で忘却の淵からよみがえったのである。

『ミルティッラ』はヴァスト侯妃ラヴィーナ・デッラ・ローヴェレに献じられた。作者はその献辞のなかで率直に執筆の動機を語っている。

「……わたくしはほとんど遊びのつもりで詩の勉強をはじめましたが、それがあまりに楽しく、自分の天職ではないと思っていたこの高貴な営みをもはやめることができず、ならばと、雪深いアルプスや荒れ地に生まれ育った人びとが懸命に畑を耕して豊かな作物を実らせるのをまねて、励むことにしました。人間の才知は神聖なものです。それを育まず、怠惰に、獣のように自然の恵みを消費するだけでは人間の名に値しません。わたくしはそのような生活から脱するために勉学をはじめ、書きつづけました……」

『ミルティッラ』の構成は、愛神アモーレ（エロース）と美神ヴェーネレ（ヴィーナス）の対話によるプロローグと五幕から成り、ほかに三人の牧人と三人のニンフ、狩人ティルシ、老

牧人オーピコ、獣神サーティロ、山羊番ゴルゴなどが登場する。ウェルギリウスをはじめ、「勉強して」学んだ先人や同時代人の牧歌詩に登場する人物の名前や場景を踏襲しつつ、彼女はそれらに新たな生命を吹き込む。愛神と美神は愛が《暴君、人殺し、無慈悲、偽り》と責められるのを憂い、真の愛は喜びと快楽を与えることを知らしめようと相談し、この二神のたくらみに沿って物語が進行する。愛の束縛をきらって野山を走りまわり、泉に映る自分に恋するニンフのアルデリア。ギリシア神話のナルキッソスを逆転させたアルデリアは他者を必要とせず、自分だけの完結した世界に生きている。その彼女に恋する牧人ウラーニオ。またニンフのフィッリともうひとりのニンフのミルティィッラはともにウラーニオに恋している。そして牧人イジーニオはフィッリに恋している。

この錯綜した恋の調停者が老牧人オーピコである。彼は同じ男を愛して争う二人のニンフを和解させ、一方で、愛には見向きもせず、狩りにうつつを抜かすティルシに自分の若きころの愛の喜びを語って聞かせる。ついにティルシはミルティッラに愛を告白するが、拒絶されて愛の苦しみを味わう破目になる。そして彼が死を決意したときにはじめて、ミルティッラは彼の真情に心を動かされ、彼を受け入れる。フィッリもイジードロの死の決意に心をやわらげ、彼を受け入れる。そして自分しか愛さなかったアルデリアもウラーニオの愛の告白に、水面に映った影ではなく実体を愛することに目覚める。こうして三組の恋人たちは愛神と美神に供物を捧げて感謝するのである。

作者は、報われない愛に苦しみ、あるいは愛を退けていた若者たちに経験者の説得で幸福な愛を見いださせる。それは愛神アモーレの采配によるのだが、観客は、舞台の人物のことばがつれない心をやわらげ、争うニンフたちを和解させ、愛を成就させるのを目の当たりにする。名女優であるイザベッラの筆づかいは、舞台での彼女の台詞そのままに流暢で陰影に富み、生き生きとしている。そして彼女は、師と仰ぎ、多くを学んだタッソから徐々にはなれて、独自の世界をつくってゆくのである。たとえばタッソの『アミンタ』は、ギリシア古典劇のように、合唱隊コロスに物語の進行と群衆の声の代弁という重要な役をになわせ、伝聞の手法で事件を観客の想像力にゆだねたが、イザベッラは、舞台の人物にすべてを自分の口で語らせ、直接、相手に、そして観客に訴える手法をとっている。

また、多くの牧歌劇に登場する、よく知られた神話の人物やできごとにも、新しい解釈をほどこしている。『アミンタ』では、ニンフのシルヴィアが獣神サーティロにつかまって木に縛られ、その後、助けられたものの、狼に食い殺されたという誤報が伝わる。このとき観客の想像のなかに若きニンフの血まみれの裸身が浮かぶのだが、イザベッラはその情景を逆転させる。つまり、獣神がフィッリをつかまえて「裸で樫の木につないでやる」と言うと、フィッリは賢くも「ほんとうはあなたを愛していたの」といつわり、「口づけをしてあげるから、あまりきつく締めつけないようにあなたの腕を結わえさせて」と言う。そして、のぼせあがった獣神を巧みに言いくるめ、「これを食べると、口づけをしたときにいい匂いがするから」といつわって苦い野草を食べさせ、「熊や狼の餌食になるがいい」と彼をしばったまま放置する。観客は裸身の乙女ではなく、怪物が野獣に食いちぎられるさまを想像するというわけである。

だが女性劇作家はこの血なまぐさい場景を陽気な結末に一転させる。獣神は通りかかった山羊番に救われ、愛神を呪う彼と五感を食欲の快楽にささげる山羊番はたちまち意気投合して、にぎやかに酒神バッコスを讃えるのだ。また先に述べたように、水に映る自分の姿に恋するのは、美少年ナルキッソスではなく、ニンフのアルデリアとなっている。いがみあっていた女性たちが和解して、愛にめざめ、男たちに死を思いとどまらせ、あの黄金時代の幸福な、永遠の春の喜びを先導してゆく。まさに女性作家ならではの牧歌劇である。イザベッラはこの戯曲のなかで、やさしく、理解力のある、賢いフィッリを自分の役としたという。

一九七三年にローマで、詩人、作家、劇作家のダーチャ・マライーニが中心となって結成し、果敢なフェミニズムの理念を発信しつづけた女性だけの前衛劇団《マッダレーナ》が、十六年後、実りある活動を終えた。その理念を継承した新しい演劇集団が一九九二年に結成されたとき、女性たちは自分たちの劇団を《イザベッレ》(イザベッラたち)と名づけた。名女優にして詩人、劇作家であるイザベッラの精神をいまに引き継いでいるのである。

9　女性による女性論

『女性の価値』――モデラータ・フォンテ（一五五五―九二）

ルネサンス期には男性の書き手によるおびただしい数の女性論や家族論が刊行されているが、十六世紀半ばにエヴァを擁護して、その後の女性論のさきがけとなったイゾッタ・ノガローラのあと、新世紀の幕あけとともに、ようやく、女性自身による女性論が世に出た。モデラータ・フォンテの『女性の価値』（一六〇〇）と、次に述べるルクレツィア・マリネッラの『女性の高貴と卓越および男性の不完全と欠陥』（一六〇〇）で、作者はともにヴェネツィアの女性である。前者はイタリア人女性研究者アドリアーナ・ケメッロによって一九八八年に再刊され、すでに英、仏、独訳が出ている。後者はイタリア語の現代版はなく、一九九九年の英訳のみである。

女性による二冊の女性論が同じ年にヴェネツィアで刊行されたのは、この共和国が世界的な

▲作者不詳『34歳のモデラータ・フォンテの肖像』(『女性の価値』1600年より)
流行の角型ヘアスタイル。ヴェネツィア,サン・マルコ図書館所蔵

出版活動の中心地であり、また他のどの都市よりも、この時期は、先に述べたような女性に対する閉鎖的な風潮がありながら、多くの女性の書き手を輩出し、女性の発言力が高まっていたからである。と同時に、その反動として、十六世紀末の十年間に、つづく世紀に引き継がれる新たな反女性の波が押し寄せていたという事実がある。その代表作が、前年に同じくヴェネツィアで刊行された、ジュゼッペ・パッシの悪意にみちた反女性論『女性の欠陥』である。しかし女性たちはもはや黙って批判にさらされてはいない。そして出版社も、いまや多くの女性読者を見込んで、パッシに対する反論であるこの二冊を刊行したのである。

モデラータ・フォンテは、ヴェネツィアの、貴族ではないが貴族につぐ裕福な市民階級の家に生まれた。一歳で両親を失い、兄とともに母方の祖母に引きとられた。莫大な遺産をめぐる争いで、別の親族が強引に祖母から引きはなし、九歳までの数年間、修道院で過ごした。利発な少女は修道院でも人気者で、高貴な来客があると、修道女たちは彼女に詩を朗読させたという。あるとき、高名な説教師が彼女の朗読に驚嘆して、「この子はまるで肉体のない霊みたいだ」と言ったところ、少女はこれを侮辱と受け止め、この説教師がかなりの肥満体だったところを突いて、「あなたは霊のない肉体のようだ」とすかさず言い返したというエピソードを義理の叔父が紹介している。その後、祖母の家にもどったが、女子ゆえに学校へは通えず、叔父の指導のもと、ラテン語や絵、音楽を学び、祖父の蔵書に親しんだ。ラテン語学校に通う兄の帰宅を待ちうけて、兄に学校で学んできたことを復習させ、兄よりも多くを習得したという。

彼女ははやくから詩才を認められて、叔父の尽力で、二十六歳でアリオストの『オルランド狂乱』風の未完の騎士道叙事詩『フロリドーロ十三歌』を、翌年、詩集を出版した。二十七歳で港湾局の税務弁護士と結婚した。当時としては晩婚で、三歳年下の夫は理解があり、家庭内では夫と対等、自分の持参金を自分で管理するという、きわめて異例な、恵まれた結婚生活だったが、四人目の出産が命取りとなった。死の直前に完成し、死後、叔父が彼女の略伝を付して出版したのが、ここで紹介する『女性の価値』である。四百年以上もまえに書かれたものとは思われない、斬新で決然とした、楽しい対話編である。

読者は、「あらゆる優雅さと卓越さの住まう聖なる都ヴェネツィア」の、とある館に導かれる。そこは、女性七人による、二日にわたる内輪の談論の場である。美しい庭園の中央には六角形の噴水があり、それぞれの角に立つ女性像は、頭に月桂冠をいただき、左手にはオリーヴの小枝、右手にはインプレーザをもち、その乳房からは「澄んだ、さわやかな、甘い水」がほとばしっている。この牧歌的な場景を舞台に、遊戯としての楽しい論争が繰りひろげられるのである。この詩句はペトラルカのものだが、作者はそれをまったく別種の状況に転用しているのだ。

さて女性たちは、ボッカッチョの『デカメロン』のように、全員が庭園に円形をつくって腰をおろし、最年長で、ローマ皇帝ハドリアヌス（イタリア語でアドリアーノ）とヴェネツィアのシンボルであるアードリア海の名をもつ寡婦のアドリアーナを《女王》に選ぶ。こうして、プラトーンの『饗宴』ならぬ《愛の法廷》が始まる。裁かれるのは男性たちだ。女王は女性群をふたつの陣営に分ける。館の主で寡婦となったばかりのレオノーラ、若妻のコルネーリア、そして独身のコリンナが男性批判の側に、結婚歴の長いルクレツィア、新婚のエレーナ、そして女王の独身の娘ヴェルジーニアが男性擁護の側に指名される。女性たちはいずれも貴族で、美徳と才気と優雅さをそなえ、年齢と社会的身分は異なるものの、いずれも古典文学で貞節や美徳、学識、勇気、美貌などを讃えられる女性の名がついている。たとえばエレーナは、トロイアの美女ヘレネーである。

このように、各自の名前のうちにかがやかしい古代の女性たちの特性をまとった女性たちが遊戯のなかで与えられた《役》を演ずることによって、これから始まる遊戯である談論がさらに遊戯のなかの遊戯という性格を帯びて、作品の奥行きがより深まっているのである。また主なる発言者で先導役のコリンナは、実際は「結婚歴の長い妻」である作者自身の分身である。くわえて、作者の本来の姓はポッツォ（井戸、水たまり）だが、それをフォンテ（泉、噴水）という、より文学的で躍動感のある筆名に変えている。こうして、ヴェネツィアを舞台にしたこの作品には、全体に海や運河、ゴンドラの水音、六体の女性像の乳房の放つ甘い水など、随所に水の気配があり、それらが作者の筆名とひびきあって、こころよいリズムとなっているのである。

女性たちは男性の欠陥を列挙し、男性は女性があらゆる点ですぐれているのを知りながら、嫉妬ゆえにそれを表明しないという合意を出発点として、伝統的な反女性観につきものの女性の生物学的な劣性と淫乱説をくつがえし、女性の徳を表明してゆく。男性擁護派の女性たちは、男性が欠陥だらけならば、なぜ彼らは女性の上位にいるのか、彼らが体質的に欲望に屈しやすいのにそれを克服するなら、より賞讃に値するのではないか、多くの男性が愛に生命をかけ、女性讃歌の詩を書いているではないか、女性はどんな男性も愛してはならないというのか、人類の堕落の原因はエヴァではないかなどと、従来の男性の言い分をもちだして反論してくる。対する男性批判派の女性たちは、従来の男性の手になる女性論には見られない溌剌とした反論を展開する。それを要約すればおよそ次のようになる。

男性はアリストテレースの言説と偏った聖書解釈を楯に自分たちの優位性を自分たちにつごうよく慣習化、法制化して勝手に権力をふるっている。だが真の権力は女性にある。男性の本分は領地の管理人よろしく外であくせく働いて、富を追うことにあるが、女性は家のなかで主人として命令して、生活を楽しんでいるから。歴史の書き手である男性は自分たちの悪徳を棚にあげて、女の悪徳ばかり記してきた。彼らこそ諸悪の根源なのに、何ゆえ女性だけが過ちを責められ、厳罰に処されるのか。エヴァが禁断の実を食べたのは善悪の別を認識するという高尚な意図からだったが、アダムはエヴァのことばに惑わされ、低俗な食い意地だけで食べた。神はアダムのこの行為ゆえに彼らを楽園から追放したのだと答える。さらに女性たちは、擁護派も批判派もしばしば、あらかじめ設定された対立を忘れて、あるいは無視して、自分の悲惨な経験や、日ごろ目にする男性の悪徳ぶりを思い思いに語る。この逸脱がこの作品を生き生きとした楽しい読み物にしているのである。

女性たちは、コリンナを、寡婦でも、妻でも、結婚願望の娘でもなく、男に関係なく天与の才を生かして詩を書き、自分を不滅の存在にしている女性と讃え、若い娘たちのために本を書いてほしいと頼む。それがこの作品であるという構図なのだが、まずは何か詩でもと女王にうながされ、コリンナは次のソネットを朗読する。

わたしの胸には自由な精神が宿っている、
わたしはだれにも仕えない、自分だけのもの。
つつましさと礼節が日々の糧、
徳がわたしを高め、純潔がわたしを飾る。

この魂は神にのみ屈し、神にたちもどる、
人間の衣をまとって生きてはいるけれど。
そしてこの魂はこの世の邪悪と不実をさげすむ、
無垢な心をあざむき、うち砕くゆえ。

美貌も、若さも、快楽も、贅沢も、
何もいらない、汚れない思いのほかは。
それは運ではなく、意志による戦利品。

若いときも、成熟しても、
男の偽善がわたしを妨げることはないゆえ、
わたしはこの世とあの世の名声と栄光を待つ。

二日目は、レオノーラの館の庭園を散策しようと、全員が早朝に集まり、レオノーラが、男たちと剣を交えて戦い、めった斬りに殺しまくった夢をみた、とみなを笑わせるところから始まる。話題は、アリストテレースからプリニウス、ギリシア・ローマの古典文学、同時代の詩人、文学者などのありとあらゆる文献を引用して、天文学、地学、航海術、動物生態学、薬草、鉱物、農作物などまさに博物誌的に展開し、雄弁術、神話、歴史、政治、さらにはファッションや化粧、料理、結婚、絵画・彫刻論争、詩の評価など、あらゆる分野におよぶ。それぞれの女性が自分の体験や生活をとおした疑問や意見を述べ、主としてコリンナが博学な知識を披露してそれに答える。女性たちはそれらの学問や知識の世界で古来、女性がいかに能力を発揮してきたか、にもかかわらずその評価がいかに不当であるかを実例をあげて論ずる。こうして読者は、身近な話しことばで語られる百科全書的な教養の一大パノラマを堪能しつつ、同時に、「獣は鎖で、人間はことばでつながれている」という人間性、人間の根源的な能力の確認と、悪しき男性に騙されないための「女性の教育の必要」という作者の切迫したメッセージを受けとるのである。

注意深い読者は、レオノーラとコルネーリアが、かぎりなく拡散するコリンナの膨大な知識の展開をたえず《男性批判》という本来のテーマに引きもどそうとしていることに気づくだろう。たとえば、万病に効くというさまざまの薬草や温泉が列挙されると、「ところで男につける薬はあるのかしら？　男に効く温泉は？」と挑発し、相手方が「獣の世界では雄は雌をたいせつにしている」と言うと、「人間の男はわたしたちまで食べようとする」と言い返す。コリンナが、「父親が女の子の誕生を喜ばないのはおかしい、心配ばかりかける男の子にくらべて、せいぜい夫を買うための持参金をととのえてやるだけの心配しかかけないのに」、「結婚なんかしたら、自分を失い、手に入るのは仕事をふやす子どもといばりちらす夫だけ」と言うと、レオノーラが「夫を買うより、まるまる太った豚を買うほうがまし」とまで合いの手を打つ。また「夫が持参金を払うべきだ」という意見が出ると、「わたしたちは値段などつけられない高価な宝石なのよ、だから、男に買われるなんてプライドが許さない」と反論するのである。

議論はいよいよ白熱し、ついに男性擁護の側のヴェルジーニアが、「どんな男にも支配されたくない、だから結婚しない」と宣言する。さんざん不幸な結婚生活を嘆いていた女王は、自分の娘のこととなると、あわてて、「女は結婚しないでまともな生活はできないのよ」と、にわかに伝統的な結婚観をもちだしていさめ、「妻が夫を正しく導くべきだ」と、アルベルティなどの人文学者や男性著者たちが盛んに称揚する理想の妻の枠のなかに談論を決着させようとする。離婚したばかりでようやく不幸な結婚生活から解放され、金輪際再婚などしないと言うレオノーラは、「女たちはアマゾーンになって男に宣戦布告をすべきだ」と過激な発言をする。女王がそれをたしなめ、笑いをまじえた応酬のあと、一同が年配の経験者に敬意を表して、議論は一件落着のかたちを見せる。

ところが実際は、これほど多彩なテーマの議論を展開させながら、女王が吐露した母親の苦しい心情は別として、結婚の最大の目的である嫡出子を産み育てる母親としての役割にはいっさい触れられていないのである。これこそ男性社会の推奨する結婚観の巧妙な転覆であり、作者はじつにたくみな文学的技巧を駆使して、悲惨な女性の現状と理想を対比させつつ、年長者に敬意を払いながらも若い女性の理想論に軍配をあげ、それを未知の若い女性読者へのメッセージとするのである。

随所にペトラルカやアリオストなどの詩のほかに、コリンナの（つまり作者の）詩がちりばめられている。そして男との決戦に出るときにまとう甲冑の色やインプレーザ、標語などをいろいろ楽しく提案しあったあとで、レオノーラがコリンナに現代の男性が何ゆえ昔の男性のように、愛する女性のためには生命すら惜しまないという愛を示せなくなったのか、それをコリンナがうたった詩を、みなのまえで朗読してほしいと頼む。

男性が昔のように女性を愛せなくなったのは、ローマ神話最大の女神ユーノー（ギリシアのヘーラー）が、愛神の王国が世界じゅうを支配し、どの神々の力をも圧倒しているのを妬み、愛神に追放された《高慢》と《貪欲》と図って、愛の矢を折ってしまったからなのだった。こうして洗練された風習はことごとくすたれ、奥ゆかしく高貴なふるまいもみな失われた。そして喜ばしい思いが人の胸に宿ることはなくなり、美徳はその美しい光とともにこの世を捨てて天にもどってしまい、この世はどこもかしこも悪徳ばかりとなった。それゆえ、と詩はつづく。

それゆえ女性たちよ、、男たちがあなたがたを
不実だ、邪悪だ、冷酷だと言うのがわかっているゆえ
彼らには目も耳も、そして心もつねに閉ざしなさい、
もはや信頼できる男はいないのだから。
彼らはあなたがたを罠に陥れようとし
あなたがたと神のことを嘆くばかり。

そしてあなたがたのだれかが彼らに少しでも好意を示せば
たちまち町じゅうに噂がひろまるのだから。

そして美徳も、やさしさも
あわれな愛神のこおむった被害をつぐなえず、
あなたがたの優雅さも生来の美しさも
男たちの胸には欺瞞を芽生えさせるばかりゆえ
彼らには容赦なく心を閉ざしなさい、
断じて彼らの奸計に欺かれないように。
なぜならば、愛神の真の力はいまや失われ
この世にはその名前しか残っていないのだから。

それゆえ過ちをおかしてはならない、そのために
傷つき、恥をこおむって後悔しないように
男たちの気まぐれな求愛をしりぞけなさい、
ましてや憐れみなどかけないように。
そしてあなたの気高い欲求をよりよい仕事や

よりいっそうすばらしい勉学に向け
永遠のかがやかしい名声で自分を飾りなさい、
傲慢で貪欲な心をもつ男たちなどはねつけて。

またレオノーラは、この作品のひとつのテーマである《ことばの力》の証明として、「すべての女性の名において、男性がわたしたちを愛し、尊敬するように説得する」演説をする。だが、その演説の審判は、批判しつづけてきた不在の男性に託す。こうして演説の審判も、談論の結論も宙吊りにされたまま、この遊戯の終焉とともに停止し、遊戯の枠の外へ、すなわち実生活における男性の自己変革に委ねられるという策略になっているのである。

そして最後にレオノーラが「もしも彼らが自分の過ちに気づくなら、わたしも考えを改めるかもしれない。これまで話してきたように、男と女はおたがいに助け合うようにこの世に生まれてきた。だから、男も自分だけではなく女の役に立つ義務があると考えるはず」と男性の良識に希望を託し、女王のことばとともに全員が夕べのさわやかな風に誘われてしばし庭をそぞろ歩きする。そして女王の権限の放棄とともに遊戯は終わり、仮面をはずした女性たちが庭園から館へ、つまり遊戯の世界から現実の世界へ移行する。その遊戯と現実の境界で、作者は最後の切り札を投ずる。未婚のコリンナとヴェルジーニアに次のような、《地上の楽園》の先にあるかもしれない男女の調和ある世界に希望を託すマドリガルを歌わせるのである。

天を飾る星々のように
女たちはこの世を飾っている
美しく喜ばしいすべてのものとともに。
死すべき者はみな魂と心がなくては
生きるに値しない。それと同じように
女たちがいなくては男たちは
彼らを支える者をもてない、女は
男の心、魂、そして生命ゆえ。

本書を出版した叔父は、作者略伝で、彼女の異例の執筆のはやさの理由を述べている。「……彼女には縫い物などの女の仕事もあり、家事にしか女性の徳を見出そうとしない、いまこの町に蔓延している偏見ゆえに、それらの仕事もないがしろにしなかったからである」

彼女自身は四人の子どもを産んだ模範的な女性だったが、この作品で、教会と国家に真っ向から楯つく、反結婚、自由をかかげた。文学が政治から自立したものであり、国家の政策とは無縁に、ときには楯つくことでこそ後世に偉大な影響をおよぼす作品が生まれることを、この『女性の価値』は証明しているのである。

『女性の高貴と卓越および男性の不完全と欠陥』——ルクレツィア・マリネッラ（一五七一―一六五三）

二十二歳で出版した最初の詩集から三十五歳までに、英雄詩や宗教詩、牧歌体小説など十冊の著書を世に問い、なかでも二十九歳のときの『女性の高貴と卓越および男性の不完全と欠陥』（一六〇〇）でヨーロッパじゅうに一躍その名をとどろかせたヴェネツィアのルクレツィア・マリネッラ。七十四歳であらたな著書を出し、八十二歳の長寿をまっとうした彼女もまた長らく忘れられた詩人、作家だった。

父親も兄もヴェネツィアの著名な医師で、父親には十冊ほどの著書がある。産婦人科の医師や助産婦向けの専門的な医学書のほかに、とくに注目されるのが、『女性の装飾』である。これは自然哲学者として、はじめて健康と美容を学術的に論じて、女性がみずから健康と美に留意するように説いた先駆的な啓蒙書で、これによって、彼の名はヨーロッパ全土に知られていた。内容は、具体的に、たとえば髪の毛の染め方や歯を白くする方法、体臭の除去の方法など、女性の身になったさまざまな助言がなされており、女性の化粧やおしゃれに批判的な風潮がつよまっていたなかで、このような父親の思想は娘に絶大な影響力を与えたはずである。母

▲『ルクレツィア・マリネッラの肖像』(彼女の詩集『エンリーコ』1844年版より)

親についてはなにひとつ知られていない。サヴォイア宮廷の医師であるルクレツィアの夫の存在も影がうすく、宮廷文書には私生児の名があるのみ、死亡証明書にも名のみで、結婚の記述すらない。一方で、ルクレツィアが七十四歳とその三年後に書いた遺言書には忽然として二人の子どもと孫たちが登場する。

同時代の文学者サンソヴィーノは、「彼女は一日中、部屋にこもって熱心に文学の勉強に励み、すばらしい成果をあげた」と讃えている。女性ゆえに入会は認められなかったものの、父や兄とともにアッカデーミアの知識人たちと交わり、その学識を知られていた。

長命だった彼女の著作活動にふたつの長いブランクがある。『女性の高貴と卓越および男性の不完全と欠陥』のあと、三十一歳のときに出版されてしばしば再版され、彼女の宗教的作品のなかでもっとも読まれた『聖母マリーア伝』（一六〇二）についで、『聖詩』（一六〇三）、牧歌体小説『幸福なアルカディア』（一六〇五）、宗教詩『聖ジュスティーナ伝』（一六〇六）、そして一五九七年に刊行した『聖フランチェスコ伝』の再刊など、たてつづけに著作を世に出していたが、その後出版はぷつりと途絶える。それからの十八年間の空白の理由は、結婚生活と育児のためと推測される以上のはっきりした根拠はない。そして長い沈黙ののち、シエーナの聖女カテリーナをめぐる散文詩で文学者としてのカテリーナを讃えたあと、またもや十一年間のブランク。そのあと、タッソの『エルサレム解放』に挑戦するかのような叙事詩の傑作『エンリーコもしくはビザンツ獲得』（一六三五）をかかげてふたたび躍り出るのである。このとき彼女は六十四歳である。十年後の最後の著書についてはのちに述べる。

『女性の高貴と卓越および男性の不完全と欠陥』は、前述のモデラータ・フォンテの『女性の価値』と同じく、一六〇〇年にヴェネツィアで刊行された。「原罪の元凶はアダムである」と女性を擁護したコルネリウス・アグリッパの『女性の高貴と卓越』（一五二九）の書名を踏襲し、前年刊行されたジュゼッペ・パッシのあからさまな女性中傷の書『女性の欠陥』に対する反論である。冒頭で著者は明言する。

「……真実にもとづき、女性が男性と同様にすぐれた価値と能力を有するのみならず、男性以上に価値があり、すぐれていることを、論述と実例をもって証明し、頑迷な男性もみずからの口でそれを認めざるをえないようにしたい。アリストテレースが数冊の著書で女性を侮辱しているのは、侮蔑か憎悪か嫉妬ゆえとしか思われないが、ジュゼッペ・パッシが『女性の欠陥』を著した動機もおそらく同じであろう」

彼女のこの著書は、国境を越えてひろく読まれ、のちの枢機卿クリストーファノ・ブロンジーニも、自著『女性の尊厳と高貴』（一六二二）のなかで「われらが世紀の名誉」と絶賛した。

全体は第一部「女性の高貴と卓越」、第二部「男性の不完全と欠陥」からなる二部構成になっている。第一部第一章は「女性に与えられた名称の高貴さ」で、女性を指示する各国語の語源が、Donna（女主人）、Femin（火および胎児）、Eva（生命）、Isciab（聖なる火）、Mulier（やわらかさ）というように、いずれも「生命を産む」という高貴な営みにかかわる女性の卓越した特性に由来することの根拠づけをする。つづいて、「女性が生まれる原因」、「女性の本性」、「男性による女性讃歌」などの項で太古以来の女性の美点を述べ、つづいて、女性の高貴な行為を、「学識および多大の技量をそなえた女性」、「節度と自制心のある女性」、「慎重な女性、助言する女性」などの項目に分けて列挙する。それらの項目自体はすでに従来の女性論でなじみのものだが、従来の好意的な女性論者も悪意あるパッシも中世の聖人伝や説教談を引用して自説をすすめたのに反して、彼女はギリシア・ローマの詩人や文筆家、ダンテ、ペトラルカ、ボッカッチョ、ベンボやペトラルキズモの詩人たち、アリオスト、タッソなどをはじめとする同時代の騎士道叙事詩の詩人たちや女性詩人たちの声を随所にちりばめて、いきいきとした筆致になっている。

とくに際立っているのが、第一部の「学識および多大の技量をそなえた女性」の項である。遠くは、プラトーンの『饗宴』でソークラテースが師と讃えたディオテマにはじまり、ギリシア語やラテン語でサッポー風の詩を書いた人文学者のラウラ・ヴェロネーゼ、ヴェネツィアの詩人カッサンドラ・フェデーレ、アリオストが『オルランド狂乱』で讃えた詩人のヴェローニカ・ガンバラとヴィットーリア・コロンナ、エヴァを擁護した人文学者イゾッタ・ノガローラ、ナーポリの詩人ラウラ・テッラチーナなど、本書で取り上げてきた多くの女性たちの名をあげ、同時代の男性詩人たちが彼女たちを讃える洗練されたことばを引用しつつ、華麗な論述を展開する。

つづく章は、古今の男性の根も葉もない女性批判に対する反論である。恋して結婚した妻の徳に自分がおよばないことに嫉妬して女性批判の元祖となったというアリストテレース、ついに愛する女性を得ることができずに痛烈な女性批判の書『コルバッチョ』を著したボッカッチョをはじめとして、男性は自分の個人的な経験を一般化し、かつひとりの女性の欠陥を独断で全女性のせいにすると論破して、同時代のかずかずの悪意ある女性論に反撃の矢を向ける。

「男性の不完全と欠陥」と題する第二部は、「怒りやすく、変人で、野蛮な男」、「頑固で執拗な男」、「恩知らずで無礼な男」、「気まぐれで浮気な男」、「すぐに他人を憎む悪辣な男」、「おしゃれにうつつを抜かし、化粧する男」、「自分の身内を殺す男」などの項目について、古今の実例を列挙してゆく。そしてそれらの男性と対照的に、理性と知性でみずからを制し、ほどほどの化粧とおしゃれで、神から授かった美をさらに磨いて世界に喜びを与え、温和で謙虚に世界の調和を求めようとする女性の姿を浮かび上がらせる。そして彼女は言う。

「これはわたしの希望だが、もしも女性たちがこれまで押しつけられてきた眠りから覚めれば、これらの不実で傲慢な男性たちも温和で謙虚になるだろう。わたしが本書で大詩人や教会博士、哲学者、とくにアリストテレースなどの権威的な主張に逆らって展開したすべての議論は、何かと女性を非難してきたあらゆる男性への最高の反論となるだろう」

彼女は「もしも」という仮定法で、女性自身が目覚めることによって男性が変わることに希望を託した。本書は好評をえて、翌年、再刊となり、その二十年後にも刊行されている。対抗宗教改革の反動で、教会がますます女性を厳しく束縛し、女性の生きかたを規制した時代にあって、本書は高度な専門書であることから、著者が期待したほどには当時の女性たちにひろく浸透することも、女性たちが目覚めることもなかったようだが、種は確実に撒かれたはずである。

五年後に彼女は牧歌体小説『幸福なアルカディア』を発表した。イタリアはサンナザーロからタッソ、グァリーニなどが詩や劇で牧歌体を復活させたものの、その後、スペインのモンテマヨルの『ディアナ』、フランスのデュルフェの全五巻の『アストレ』、イギリスのシドニーの、これも全五巻の『アーケディア』に匹敵するような牧歌体小説の傑作を欠いていた。そこへ登場したこの作品は、その欠落を埋めるものと言えよう。しかもアッカーデミアの伝統に深く根ざした先人たちのそれと異なり、この作品はよりヨーロッパ的、より近代的な意味における《小説》となっている。一九九三年に、フランスの女性研究者フランソワーズ・ラヴォカによる校訂本が出ている。

物語は、退位したローマ皇帝ディオクレティアヌス（二四五—三一三）が《皇帝＝庭園師》として理想郷アルカディアに到着するところから始まる。彼がキリスト教徒を迫害した史実は伏せられている。従来の牧歌詩や小説がアルカディアを当代の宮廷とみたて、暗に実在の支配者を讃えたのに反して、この作品は、マントヴァ公妃に捧げられ、作中人物にもゴンザーガ家の人たちの気配があるものの、同時にヴェネツィアの雰囲気も感じられ、皇帝自身もふくめて、実在の人物や宮廷を意図的に特定しがたくしているようである。

構成は四部から成り、本筋の進行とともに、挿入された三つの副次的な物語が展開する。まずはアルカディアの美しさを讃え、皇帝を歓迎するさまざまな種目の競技会のようすが語られるときに、用意されていた最初の物語が姿をあらわす。華麗な踊りで居並ぶ人たちを魅了し、飛びたつ鳩を弓で射止め、さらに競走の勝者になって喝采を浴びる若い牧人が、じつは某国の姫君という正体をあらわし、彼女の語る波瀾万丈の物語が人びとの涙を誘う。つづく詩の合戦の勝者も別のニンフで、こうして女性作家は男性をしのぐ女性の能力を宣言するのである。

二つ目は、恋するニンフに拒まれ、死を願う若い牧人が、老賢者の経験談によって愛の煩悶から解放され、死を思いとどまる物語である。老賢者は愛は苦しみのもと、諸悪の根源と若者をさとす。最後に皇帝はかずかずの科学の先端技術と魔術を駆使する隠者と、その師で予言者のニンフの魔法の庭園を訪れて彼女の地獄めぐりの話を聞き、森羅万象の秘密を知る。そこへ、幼いときに山賊にさらわれ、やがてその首領となったのち、一国の王となった青年がアルカディアにもどってきて、皇帝の前で父親との再会をはたすという三つ目の物語で幕が閉じる。変装、誘拐、身分発覚というギリシア古来の物語構成の伝統と、権力を放棄する皇帝という理想の生きかた、純潔な愛というアルカディアの理想をふまえつつ、女性作家は先人の作品にはない女性の価値を強調する。

とくに従来の牧歌体小説と異なるのは、詩と散文の混在を排して、詩が少なくなっていることと、スペインやフランスの牧歌体小説では考えられなかった女性の存在感の強調、従来、尊重されていた神話の脱神話化、実在の宮廷や君主讃歌の欠落などである。要するに、作者が女性であることが、この作品をヨーロッパの牧歌体小説のなかで特異な、より近代的なものとしているのである。そしてローマ最後の皇帝をアルカディアに設置することによって、ルネサンスが理想としてきたローマという神話の崩壊を描き、バロックという新時代に、たからかに女性の価値をかかげて踏み出したと言えよう。

ところがそれから四十年後――二度目のブランクのあと叙事詩の傑作を世に出してからさらに十年後、作者七十四歳である――、多数の著作のなかでもとりわけ果敢な論考である『女性の高貴と卓越および男性の不完全と欠陥』と斬新な牧歌体小説『幸福なアルカディア』を書いたこの作家は、最後の著書『女性と他の人びとへの勧告』を著し、そのなかで『女性の高貴と卓越および男性の不完全と欠陥』を否認するのである。「アマゾーンを讃え、アリストテレースを否定した同じペンが、女性たちに家庭にもどれと助言している」と、校訂者のフランソワーズ・ラヴォカは解説で言う。それに答えるかのように、作者は言う。

「わたしのこのような隠遁生活について、男性が、女を世間知らずで、大それたことをしない、価値なき者にするために、世間の経験をさせずに家に閉じ込めておくからだと言う人たちがいる。わたしもかつて『女性の高貴と卓越および男性の不完全と欠陥』でそう言った。だが現在のより成熟した考えでは、それは人が考え出したことでも、偏見のなせる業でもなく、自然と神の意図によるものだということがわかった。そしてそれが真実であることは容易に知りうるのである。もしもそれが暴力行為なら、何世紀も何千年も維持されることはないのだ。暴力的なことは長続きしないのだから」

この著書の第二章「無益で慰めにならない学問」の項で彼女は言う。

「母親や姉妹は、女の仕事をしないとわたしを白眼視し、家族にはやっかいもの扱い、世間には怪物扱いされる。生きているかぎり、男たちの嫉妬の的になり、女たちに嫌われつづける。本ばかり読んで美貌と若さをむなしく費し、しかもそんな努力に君主はろくに報いてくれず、才能のない男を重用するばかり。価値ある本を世に出しても、女が書いたことを否定されがちだ」

こうして彼女は自分をふくめた女性作家の困難さを列挙するのである。さらに結婚の項では、円満な結婚生活を望むなら、個性のない従順な娘を選ぶようにと男性に助言する。この変節が、たとえばボッカッチョが自分の最大傑作である『デカメロン』を否定したような、文学史のなかで少なからずあった文学的擬装であるのかどうか、それとも全体が強烈なアイロニーであるのかどうか、その真意まではかりかねるものの、彼女のこの最後の著書は、より切実な、個人的な調子で書かれており、はからずも、長い生涯に《欠落》の多かったひとりの女性知識人の私生活と内面、そして依然として根深い周囲の女性蔑視の風潮を伝えており、非常に興味深い。

彼女はあるいは、かつての自説をひるがえし、自己を表現しようとする女性の困難な状況を述べつつ、それでも後世の女性がその状況を克服して自分の道をすすむことを期待したのかもしれない。あるいは退位して理想郷に移った皇帝のように、《ここではないほかの場所》をついの住処とすることを願ったのであろうか。いずれにせよ、先述のモデラータ・フォンテとこのルクレツィア・マリネッラという二人のヴェネツィア女性が、新世紀の幕開けとともに颯爽と世に問うた女性論のあと、宗教詩は別として、女性の著書の出版は激減するのである。

10　魔女と訴えられた女性

　これまで見てきた女性詩人や作家たちは、高級娼婦のコルティジャーナや女優のイザベッラ・アンドレイーニは別として、いずれも貴族や裕福な市民階級の出身である。字を読み、ましてや書くのは、とくに女性にとっては、特権階級にのみ可能なことだったから。しかし文字を知らない民衆や、さらに下層の階級にも、先に述べたように、民話などの豊かな伝承の系譜があった。十六世紀最後の女性として、一冊の著作も一編の詩も残さなかったものの、みずから主人公となって想像の物語を織りあげ、それが先の「異端の女たち」の場合のように、他者の手になる記録――彼女の場合は魔女裁判の記録――に残っている女性を紹介しよう。名の知られた詩人や名門女性だけでなく、社会の片隅にあって、ルネサンスという激動の時代に、確実に自分の生の痕跡を残した女性たちをすくいあげたオッターヴィア・ニッコリ編『女性のルネサンス』（一九九一）に登場する、魔女と訴えられたひとりの産婆である。

　一五九四年十一月三日、フィレンツェ大公国のサン・ミニアートという町で、フィレンツェの異端審問代理をつとめる地元の若いフランシスコ会修道院院長と老司教代理のもと、ひとつの裁判が始まった。ゴスタンツァ・ダ・リッピアーノという、六十歳ほどの寡婦が村民に魔女と訴えられたのだ。彼女は腕のいい産婆であると同時に、薬草を使う民間療法も行っていた。最初に、ひとりの女が訴え出た。

「子どもが病気になったのでつれていったら、あの女は子どものズボンを三、四回たたんだ。そのあとで、カーネーションの根とナツメッグをつぶして卵に混ぜて飲ませれば治ると言ったので、そうしたが、子どもは死んでしまった」

ゴスタンツァのような民間療法師は、神の助けをえて治療し、治療のさなかにも神に祈る。ゴスタンツァも「わたしではなく神が治してくださったのだ」と言っているように、従来はこのような療法を神の意にかなったものと教会も認めていた。だが、十六世紀後半になり対抗宗教改革の時代になると、もはやこのような治療も、療法師の行う、司祭の行為に似た手順や仕種も許されないものとなった。それゆえ、訴え出た女が表明した「布をたたむ」行為をはじめ、患部に手を触れたりする所作がミサでの司祭のそれと類似しているという理由から、異端行為の決定的な証拠とされたのである。

そもそもゴスタンツァが告発されたのは、産婆、療法師としての並はずれた技量と稼ぎぶりに対する村人の積もりつもった妬みがその根底にあり、しかも老いた寡婦で、男気がなく、幼い孫娘と二人きりで暮らしている弱みにつけこまれたのである。さらに彼女は、夫亡きあと、他所から移り住んだ《よそ者》であり、共同体のなかで暮らしながらも、日常生活では共同体の掟や習慣と密接な接点はなく、緊急時に特殊な能力を頼りとされる存在だった。出産や病気の治療でさんざん助けられていながら、村民の妬みは根深く陰湿だった。

それはイタリアのみならず、ヨーロッパ各地の、とくに農村に見られた状況である。天災や疫病などにより、そもそも食べるものさえこと欠く貧しさのなか、他者が多くを配分されることに対する羨望と不安のなさしむ現象なのだ。そして天災や疫病、それにともなう幼児の高死亡率などが生じるたびに、苦しむ人びとのうちに《魔女》のイメージがふくらみ、犠牲の羊としての女もしくは男が求められた。

また産婆は、出産のみならず、頼まれれば堕胎も引き受け、生命をこの世に引き出しもすれば、あの世へ送りもすることがあり、その仕事自体にたえず後ろ暗さがまとわりついていた、とくに出産の場から排除される男たちの目には。扉の内側で行われていることに対する彼らの不信と疑惑は、産婆という存在そのものに対する不信となり、やがて次の世紀になると、産婆はしだいに男の産科医にとって代わられるようになるのである。

産婆はまた、客の依頼で、薬草の知識を駆使して、病気の治療だけでなく、怨恨相手の体調を狂わせたり、だれかれの牛の乳を出なくさせたり、鶏の産卵を狂わせたりする薬の調合や呪いまがいの行為をすることもあり、たとえそのような人間や家畜の変調が産婆の仕業でなく、他に原因がある場合でも、しばしば産婆が恨みの標的となった。そしてそれらの現象が、ゴスタンツァの場合のように、魔女行為と結びつけられることによって、「患者の体液や肉体の一部を採取して魔法に使った」、「子どもに悪魔の名において洗礼をした」、「子どもの血を吸った」などと、まことしやかに語られることになるのである。迷信との区別のつけがたいこれらの悪魔崇拝のさまざまな行為は、土着の民間信仰のうちに連綿として保持されていたものであり、教皇をはじめ、異端審問にたずさわる聖職者たちも迷信と悪魔信仰を厳密に区別するように留意していた。

魔女裁判の歴史的展開についてはここでは触れないが、ひとつだけ思い出しておきたいのは、一四八九年に悪名高い一冊の著書が刊行されたことである。ヤーコプ・シュプレンガーとハインリヒ・インスティトリスという二人のドイツ人ドメニコ会士の『魔女に与える鉄槌』というラテン語の著書で、それを機に、それまでのゆるやかだった裁判が決定的に魔女に不利な採決に加担するようになった。

この本は一五二〇年までに十三版、その後十七世紀末までにさらに十六版も刊行されて、ドイツ語、フランス語、イタリア語に翻訳されていた。徹底した反女性の視点から、悪魔の王国、魔女や魔術師たちの行為、悪魔と魔女とのいかがわしい関係、性の饗宴、サバトなど、のちにひろく魔女裁判のキーワードとなる用語を定着させ、裁判をつかさどる聖職者たちに、誘導尋問や拷問の方法など、厳しく非道な裁判の進めかたを指南する。こうしてこの本は、長引く裁判に手を焼いていた審問官たちにとって、たちまち格好のマニュアルとなり、十六世紀から十七世紀へと移行するにつれ、魔女裁判は加速度的に、かつ効率よく犠牲者たちを火刑台へ送るようになったのである。しかし訴えられた女たちも、訴えた村民たちも、多くは極端に貧しく、むろん字を読めないので、彼らがこの本を読むことはない。裁判で彼らが口にする、悪魔や魔女にまつわるさまざまな用語とそのイメージは、民間伝承のなかに深く堆積していた素朴なイメージに、説教説話などで繰りかえし語られる教会側の脅迫的なそれが巧みに重ねられ、人心に植えつけられて、できあがったものなのである。

ゴスタンツァの裁判がはじまると、村民がつぎつぎと証人として出頭し、彼女が治療に使っていた薬草や、さまざまな器具などを魔女行為の証拠に仕立てあげ、魔術との境界の定めがたい彼女の行為を列挙した。そして、訴えられた彼女自身も、追いつめられるにつれて、しだいに異界のヒロインとなっていった。

二回目の尋問では、審問官の前に裸で引き出され、拷問をかけられた。審問官は彼女が実際に魔術を使っていたのかどうかを知ろうとした。彼女は最初は否定していたが、拷問の苦しみに耐えきれずに認めてしまう。尋問は筋書きどおりに、魔女行為の核心にせまってゆく。同業の女たちと夜中に集会に出かけなかったか、と問われて、彼女は答える。

「わたしが呼ぶと、悪魔が山羊の姿になってあらわれ、わたしはそれに乗って、踊ったり歌ったりする場所へ行きました」

そしてこのあたりから、彼女の応答は一般に知られている魔女の物語と交錯してゆく。

三回目の尋問で、はじめは、前回は拷問されて話しただけだと前言を取り消したが、さらに激しい拷問を加えられて、彼女は叫ぶ。

「嘘をつくことをお望みなのなら、話します、降ろしてくだされば何もかも話します」

そして、立て板に水の勢いで、自分は魔法をつかえる、悪魔のサバトに行った、仕種とまなざしで魔法をかけた、と虚偽の告白をするのである。

こうして想像の、彼女自身が「嘘」と言う旅が始まる。彼女は言った。

「……この世のどこにもいないような、キリスト教徒の心をもった人たちがいました。この世の人たちよりも身なりも立派で、きちんとしていました。大魔王はだれよりもわたしを好いてくれました、わたしがだれよりも美しく若かったからです。サバトではたらふく食べたり、飲んだり、他愛のない話をしたりしました。悪魔はいつもわたしをそばにおいて、かたときも離さず、部屋でも家でも、たとえ鍵がかかっていても、猫の出入口や壁の割れ目など、どこからでもなかに入らせました。ある晩、女の赤ん坊の血を吸いにある家に入ると、その子の父親が、黒猫が揺り籠のなかにいるのを見つけ、わたしは箒で引っぱたかれて追い払われました。腕も首も傷だらけになりました……」

このあたりから審問官は、彼女の話の信憑性を疑うようになった。だが尋問はつづいた。

やがて彼女の物語は不幸だった少女時代へと飛んでゆく。自分はフィレンツェのある貴族と女中の娘で、八歳のときに牧童たちにさらわれた。父の邸館からはるか離れた山中につれていかれ、無理やり結婚させられた、と言う。

「お察しください、あんなに小さくて、夫と床をともにするなんて、どんなに辛かったことか！」

出自や八歳という年齢の真偽は別として、この話からは、身近な男たちから少女たちに加えられる暴力、そしてその解決策としての強制的な結婚という当時の——そしておそらく現在も皆無とはいえない——状況がかいま見える。かどわかされたか否かは別として、幼いゴスタンツァが、想像とはあまりにちがう、あるいは想像することすらなかった、一方的で暴力的な結婚生活を経験したことはたしかだろう。そして、それから二か月後にひとりの女があらわれ、甘いことばでサバトに誘われた、と物語をつづける。

「雷がとどろいて、雨が降り、稲妻の走る嵐の夜でした……」それは想像の旅であり、行き先は暴力的な夫のいる場所ではなく、美しくてやさしい男のいる、絢爛とした、幸福にみちた世界だった。彼女は、夫とは似ても似つかぬ美男子の《敵》——と彼女は悪魔のことを呼ぶ——のことを繰りかえし語る。しかもその場所は、通常の魔女の物語につきものの奥深い山中ではなく、絢爛たる都会なのだ。

「フィレンツェよりも美しく、すべてが黄金にかがやき、目のさめるような宮殿やこの上もなく美しいものであふれ、一度行ったらかならずまた行きたくなるようなところでした」

つまり彼女を魅了していたのは大都会なのである。審問官たちは魔女たちの想像空間である

《場所》に注目する。それが彼女たちの現実には満たされない欲望の定着点だからだ。ここで彼女は審問官たちのマニュアルに記されている魔女の《場所》から逸脱して、いまや自分だけのゆるぎない物語の世界に入っているのである。食べきれないほどの豪華な食事で食欲をみたしたあとは性の饗宴となる。

「わたしは獅子のように精力旺盛で、悪魔は水もしたたるいい男でした。繊細でやさしく、わたしを抱きしめていつまでも愛撫しました。彼の精子は氷のようなもので、溶けてしまいますから、身ごもることを恐れずに自分を与えることができました」

彼女は実際の結婚生活では体験できなかっただろう甘美な性の快楽を悪魔との交わりとして繰りかえす。審問官は「おまえは夫と同じように悪魔と交わったと言うが、天使には（悪魔も堕ちた天使である）肉体がなく、人間の男のように生殖器官がないゆえ、おまえの申し立てる性交は虚偽である」と断じる。

だが彼女は言いはる。

「彼はあらゆるキリスト教徒の若者のなかでもっとも美しい男でした。口も腕も脚もほかの部分もありました」

審問官たちの神学論争を尻目に、ゴスタンツァは記憶のなかの魔女伝説や説教説話の断片をかきあつめ、そこに自分だけの体験と、さらにそのさかしまの、欲望に発する体験を想像力でつくりあげて、物語を紡いでゆく。

「悪魔たちはみなきれいな服を着ていました。《悪魔の都》の城壁も宮殿も美しくて豪勢でした」

彼女の想像のなかの悪魔の都は、当時、華やかな祝祭や行列でにぎわっていたフィレンツェにほかならない。幼いときに見たことがあるのか、一五四〇年に近隣の町で四人の魔女が火焙りになったのを見物したか、人づてに聞いたのかもしれない。ところが最後の尋問になると、彼女は床にひれ伏して、絶望の声をあげる。

「これまでの話はみな、拷問がこわくて言ったことです。いまは何もこわくありません、ようやく本当のことを言うのですから」審問官は、彼女は哀れな妄想癖の老婆で、その告白は信じるにあたわずと、当初からの仮定を確信に変えた。そして判決が下り、ゴスタンツァは釈放された。

十四世紀から十八世紀にかけてヨーロッパ全体で火刑に処された魔女は数十万人にもおよぶと言われている。しかしイタリアでは一五八〇年代からプロテスタントの浸透の恐れはほぼなくなっていて、教皇庁は基本的にすべての民のキリスト教化をめざし、そのための聖職者教育や信心会の慈善活動などに力をいれはじめており、他のヨーロッパ諸国にくらべて魔女裁判自体は少ないほうだった。また、国内各地で政治抗争がたえず、くわえて経済危機と社会不安のつのるなか、とくに農村で、犠牲の羊としての魔女刈りや、村民の妬みなどの私情による密告が後を絶たないことを教皇庁は熟知しており、審問では古来の民間伝承や迷信の類と異端を区別して、慎重を期するようにと通達していた。通達に従う度合いは個々の審問官の思想と力量によって異なるが、ゴスタンツァを調べたフィレンツェの審問官は教皇庁の通達を尊重して冷静に審議し、判定したものと思われる。同時期にドイツやスペインなどで、彼女と同じような経緯で魔女の嫌疑をかけられ、過酷な拷問に耐えきれずに、誘導されるままにありもしない物語を紡ぎ、それが事実として記録されて火刑になったおびただしい数の女がいたのに比べて、イタリアでの魔女裁判は裁判手続きも相対的に守られ、拷問自体も少なかったと、最近の研究で明らかにされている。

それにしても、民間伝承と説教説話ぐらいの知識しかない無学な女が、薬草の知識とその療法に長け、基本的な医術を駆使し、人に羨まれ、妬まれるほどの生計を立て、魔女と訴えられて追いつめられたはてに、一大空想物語をあみだした想像力には驚嘆をおぼえずにはいられない。彼女の物語はまさに、文字ではなく、語り継がれてきた民話や伝承の民衆文学の世界をあらわしている。そしてそれを語っていたとき、彼女は審問官という知識人と同一次元の言語を交わし、神学や教義でつくりあげた知識人たちの想像世界に対して自分に親しい悪魔や魔女の想像世界をぶつけて、現実のかなたの異界の主人公としての栄光に浸っていたのである。

古来、女たちは虐げられ、自由を奪われたなかで、夜な夜な手仕事をしながら、豊かな物語の世界を紡いできた。しかし彼女たちが魔女の嫌疑でもかけられて生命を脅かされなかったならば、あるいはシェヘラザード姫のような状況になかったならば、これほどまでに迫真に迫る物語を語ることはなかったであろう。女たちの胸には、表現されないままに蓄積された膨大な物語が宿っているのである。

ある審問官は「悪魔の巧妙な策略には男より女がだまされやすい」と言った。また、先述の女性中傷の書『女性の欠陥』の著者ジュゼッペ・パッシは、丸ごと一章を魔女行為の記述にあて、「その本性から、女のほうがはるかに多くこのような邪悪な行為に走る」と言った。しかし、そもそも悪魔は堕ちた天使であり、聖者も異端者も魔女も――そしてその嫌疑をかけられただけの者たちも――《現実のかなたの世界》を見ていたという点で同じなのであり、その想像力と表現力において、多くは無学であった女たちがより豊かな世界を見、わたしたちにまでそれをかいま見させてくれるのである。

11 美しきユダヤ娘――サーラ・コーピオ・スッラム（一五九二？―一六四一）

サーラ・コーピオ・スッラムは、ヴェネツィアの強制的ユダヤ人居住区域であるゲットー・ヴェッキオ（古ゲットー）で生まれ、そこで育ち、詩を書き、ゲットーから外の世界へ出ることなく生涯を終えた。いまはリード島の聖ニコロー教会の古ユダヤ人墓地に眠っている。

鉄道のサンタ・ルチーア駅を出て左手の道を歩いてゆくと、聖ジェレミーア教会があり、その先のカンナレージョ運河にかかる橋をわたって、運河沿いに左に歩いてゆくと、ほどなく、建物にうがたれた、ソットポルテゴと呼ばれる低くて狭い通路がある。それがゲットーの入口で、かつては日没とともに錠をかけて閉ざされた。

イタリアは紀元前二世紀からユダヤ人が継続的に定住し、古代のユダヤ人は、《イタリア》という語を《イ・タル・ヤ》と分節して、《聖なる露の島》とヘブライ語に翻訳していた。このように、他の国々のユダヤ人共同体に比べて、ユダヤ人自身がみずからのユダヤ性を住みついた国に適応させようとし、それを許容したイタリアは、その後、イベリア半島やイスラム圏を追われて到来したユダヤ人がもっとも安心して暮らせる国だった。なかでも、東方貿易全盛期のヴェネツィアには、この共和国政府の政教分離策もあって、他の諸都市をはるかにしのぐ多数のユダヤ人が住みつき、シェイクスピアの『ベニスの商人』のシャイロックのように、カトリック教徒には禁じられていた利息をとる金融業をはじめとして、商業、医療、印刷・出版業などの分野で幅ひろく活躍していた。

ところが十六世紀にはいると、それまでの対ユダヤ策が一転し、一五一六年、四一年、さらに一六三三年に、ゲットーが設置された。ゲットーは、ユダヤ人を強制的に居住させ、移動を制限し、隔離するものだが、同時にそれは彼らにとって安全な、保護された空間でもあった。世界各地の出身地域別のシナゴーグや学校、集会所などがあり、それぞれの言語や儀礼、風習も保たれていた。しかし安全と多様性が保たれていたとはいえ、閉ざされていたことに変わりなく、文学もまた内面に向かう傾向をおびていた。だがこの女性詩人サーラは、ゲットーのなかにあって、みずからのユダヤ性をまもりつつ、懸命に外部のイタリア社会と交流しようとしたのである。

現代のユダヤ系作家ジョルジョ・バッサーニの小説『フィンツィ・コンティーニ家の庭』（一九六二）の一節に、迫害が迫りつつあるなか、フィンツィ・コンティーニ家の主人であるユダヤ人の大学教授が、主人公で作者の分身である学生に、妻の先祖にあたるこの女性詩人を讃える場面がある。

「……彼女はゲットー・ヴェッキオの自宅で、十数年にわたって重要な文学サロンをひらいていた。学識あるラビのレオーネ・ダ・モーデナを筆頭に、イタリア人のみならず当時の第一線の文学者がつねに数多く集まっていた。彼女はすぐれた多くのソネットを書いた。それらの詩はいまなおその美しさを評価できる人間があらわれるのを待っている。彼女は四年以上ものあいだ、ジェーノヴァの有名な詩人で、王妃エステルをめぐる叙事詩の作者アンサルド・チェバーと文通をつづけた。チェバーは彼女をカトリック教に改宗させようとしたが、熱心な説得も無駄に終わり、ついに断念した。要するに彼女は偉大な女性であり、対抗宗教改革まっただなかのイタリアにおけるヘブライ精神の名誉であり誇りなのだ」

そして教授はさらに、彼女はさまざまな中傷にさらされ、いまや忘れられた存在だが、もしも自分に《明日》があるならば、彼女の名誉を回復したいと話す。しかし彼に《明日》はなかった。

また、アウシュヴィッツから生還したユダヤ系作家プリーモ・レーヴィも、ヴェネツィアのユダヤ人共同体に関する研究書に寄せた序文で、彼女の愛と詩才に触れている。

「彼女の才能に恋し、むなしく彼女をキリスト教に改宗させようとしたジェーノヴァの紳士との精神的な愛の葛藤に悩んだ、学識ある絶世の美女」

レーヴィはアウシュヴィッツの証言者として精力的に執筆や講演活動をつづけていたが、一九八七年に自殺した。

サーラの文学サロンを支えたのは、裕福な商人でユダヤ人社会の有力者である父親と、一六一三年ごろに結婚した夫である。とくに父親のシモーネ・コーピオは、先祖伝来の教えを尊重し、若いユダヤ人の教育のための寄宿舎を建設したほどの人物だったが、同時に彼は、ユダヤ人が外部の世界と接し、文化的交流を深める必要性も痛感していた。二つの世界の架け橋となるべく、娘はあらゆる教育を授けられ、当時のヴェネツィアのもっとも教養ある女性のひとりとなった。ヘブライ語、イタリア語はもとより、ギリシア語、ラテン語、スペイン語の古典文学を読み、さらに詩作、作曲にすぐれ、旧約聖書を深く理解し、サロンの知識人たちと教養や哲学を論じた。

文学史家たちは彼女を「美しきユダヤ娘」と呼んできた。これは、チェバーの『王妃エステル』に感激して彼女が彼に書き送ったソネットの冒頭の語に由来する。

美しきユダヤ娘は敬虔なことばをつくして
この上もなく気高い、心からの恩恵を懇願した。
かくていま天上の星々のなか、聖なる熱情につつまれて、
喜ばしくも、彼女は至高の知性を享受している……

つまり「美しきユダヤ娘」とは、旧約聖書「エステル記」の、同胞を迫害から守ったユダヤ

娘エステルのことなのだが、サーラが金髪の美女だったために彼女自身に転化されたのである。実際はチェバーの『王妃エステル』は、対抗宗教改革の支配的理念に従い、読者にカトリックへの改宗をうながすもので、エステルはユダヤ教徒というよりキリスト教徒として描かれている。さらにこの作品は、聖書の記述にない《放恣な》場面があるという理由で、教皇庁から禁書の圧力をかけられていた。しかしサーラはそれらの事情は知らなかったようだ。

現存するサーラの作品は、十四編のソネットと、彼女を中傷した相手への反論である『マニフェスト』、そして二通の書簡だけである。チェバーとの文通は、一六一八年から二二年までで、彼女はすでに結婚していた。チェバーが愛の手紙と肖像画を送ってよこすと、彼女も肖像画を描かせ、次のソネットを添えて送りかえした。

これは胸にただひとつ
あなたの姿を刻む女の姿。
女は胸に手をあて、世に示す、
ここにみなが崇めるわが恋人がいると。
女は左手に愛の武器をもっている、
それはあなたの詩だった。矢を射られた場所を

右手で示し、蒼ざめ、とまどいつつ、女は
言う。アンサルド、わたしの心はあなたのために死ぬ。

囚われの女があなたの前に行き
助けを求めて、あなたに差し出す、あの、
わたしの変わらぬいちずな愛がある鎖を。

ああ！　あなたの忠実なはしための影を受けてください、
そしてせめてわたしの偽りの顔に楽しませてください、
よこしまな星がこの目に拒むものを。

中世の吟遊詩人の《はるかな恋》さながらの熱烈な手紙と詩による二人の愛は、円熟の詩人が若い恋人の改宗を断念すると同時に終わった、《影》を、《偽りの顔》を交換しあっただけで、一度も相見ることのないままに。もとより、ジェーノヴァの詩人にとって、ゲットーの恋人は、「美しいが、《真の信仰》を欠く《暗い魂》をもつユダヤ女性」という、何世紀にもわたってキリスト教徒が描いてきたイメージに発し、彼が《暗い魂》をキリスト教の光のもとに導こうとすればするほど、彼女の魂はそれに抵抗せざるをえなかったのだ。

その後、サロンの常連で、クレモーナの高名な聖職者バルダッサーレ・ボニファーチョが、彼女は霊魂の不滅を信じていないという中傷文を発表した。これは、このころ、ハンブルクやアムステルダムのユダヤ人共同体から侵入していた異端的な教義の一端で、カトリックのみならず、ユダヤの伝統的なラビたちも警戒心を強めていたことである。ボニファーチョの意図は定かではないが、この野心的な聖職者の売名行為であろうと言われている。サーラ個人にとどまらず、ユダヤ社会全体にとっても、外部社会との関係にとっても、重大な結果をもたらしかねない中傷である。彼女は『マニフェスト』（一六二一）で反論する。

まず、「読者へ」と題して、不当な中傷に反論する意図を述べたあと、父親への献辞がつづく。父が自分を導いてくれたことに感謝しつつ、父が自分の名の継承者として男の子を望んだのはかなわなかったが、このささやかな作品で、女の子を産んだことに満足してくれるのではないか、とユーモラスに述べている。献辞のあとに、『マニフェスト』本文への序章として、神に祈りつつ、自己を防御し、反撃に出ることを告げる二遍のソネットがつづく。そして本文の冒頭で彼女は宣言するのである。

「バルダッサーレ殿、人間の霊魂は神によって創られ、わたしたちの肉体に吹き込まれたものので、それは腐敗せず、不滅で、神聖です。そしてこの真実はわたしにとっても、すべてのユダヤ人やキリスト教徒にとっても、確実で絶対的な、疑いの余地のないことなのです」

そして彼女は、的確な引用と比喩を多用したゆるぎない文章で自己を正当化してゆく。異端の嫌疑をかけられる可能性のある論議は避け、相手の欠陥やことば遣いの不備を指摘しつつ、自分のユダヤ性を表明する。

「……あなたがこの中傷文を執筆した動機はなんなのか、できもしないことを試みる人間の愚かしさゆえなのか、それとも虚しい野心からなのか、なぜ無学な女ではなく、より学識のある哲学者を攻撃しないのか」と迫る。

「……戦いたいなら戦うがいい、だがわたしは戦わない。あなたはあなたのキリスト教の掟を守っていればいい、わたしはわたしのユダヤの掟を守る」

そして最後に「あなたはオルペウス気取りで、竪琴を手に新たなエウリュディケーを地獄からつれ出そうというソネットを添えてくれましたから」と、自作の二遍のソネットを返す。その一編を紹介しよう。はかない肉体の美とこの世の名声ではない、真の信仰の泉と、詩人としての永遠の名声を求めようというものである。

わたしはよく知っている、世にもてはやされる美は
はかない花であり、奢りにみちていることを。
だがわたしを包むそのもろい脱け殻を尊ぶことなど、
それがなんであれ、魂はわたしにそれを許さない。

わたしの心はより気高い欲求のためにできている、
バルダッサーレよ、それゆえ恐れもなく、渇いて
わたしは探す、あの、そこから絶えず
人に真の名声をもたらす水のほとばしる泉を。

ほかの泉やほかの流れを探してはならないのだ
ひたすらおのれの記憶をこの世に永遠に、
生き生きと残そうと願う者は。

魂が天で祝福されたものとなるためなら
わたしはいとわないだろうから、
この顔をも胸をもかき濡らす涙の波が流れるのを。

二つ目のソネットは、哲学的神学的内容で、『マニフェスト』の結論として、きっぱりと自分の思想と信仰を表明するものである。『創世記』の記述を思い起こしながら、神の創造の御技の終着点として、神が死すべき人間に吹き込んだ不滅の霊魂を讃える。そして人間の理性の限界を示したあとで、人間がこの世の生を終えるときにあらわれる天使たちに魂を託す、と決

然と自分の信ずるところを表明する。じつは、たしかな記録としては残っていないが、サーラ自身、《はるかな恋人》との別離のあと、先述のアムステルダムあたりから到来した異端思想の重大な問題提起に知的な関心を示していたらしく、そこをボニファーチョに突かれたのだが、『マニフェスト』を書くことによって、この内面的な危機を克服したとも言われている。

しかし一難去ってまた一難、その後またもや、サロン仲間で、彼女の個人教師でもあったヌミーディオ・パルッツィという詩人でもある男が『マニフェスト』は盗作だと発表したのである。彼女はこの男を《家のなかの怪物》と名指してはげしく攻撃し、師や友人たちの証言で疑惑は晴らされた。だが彼女もまた、先に、あのコンピュータ・ドンゼッラやトゥッリア・ダラゴーナが、そしてルクレツィア・マリネッラが最後の著書で嘆いたように、女性であるというだけで、作者としての権利を否定されかけたのだ。また、先述の、すぐれた女性論『女性の価値』を著したモデラータ・フォンテですら、さほどの自覚なしに反ユダヤ的なことばを作中に残している時代である。自己の信仰をつらぬいたと、現代の二人のユダヤ人作家に讃えられたこの詩人の詩は、女性で、かつユダヤ人である二重の困難を一身に背負った魂の、灼けつくような情熱と、なお静謐さを求めようとする緊迫した、悲壮なまでの叫びとなっており、二十世紀のユダヤ人の悲劇を知るわたしたち読む者の胸を打つのである。

そしてまた、先述のように、作品を発表するごとに、作者であることを疑われたり、異端性を中傷されたりしたこの詩人にとって、詩は自身だけでなく、ユダヤ性の擁護であり、ときには、それを守る楯でもあり、それゆえ他の女性詩人たちの詩にはない、英雄叙事詩を背景とした、武器や戦闘にかんする単語が頻出する。ペトラルキズモを学び、大詩人タッソなどの同時代のイタリア詩と旧約聖書の精神、それこそ、この二つの世界の架け橋となろうとしたユダヤ人女性詩人の詩の核になっている。

彼女の墓の碑銘には、「高度な才能に恵まれた女性」とだけあり、執筆活動には触れられず、母親として妻としていかに献身的であったかが刻まれているという。ヴェネツィア社会以上に保守的なユダヤ社会の求める女性像にはめ込まれたのだと言えよう。

数年まえ、私は彼女の墓を訪れたが、十八世紀以前の古ユダヤ人墓地は、本島で発行する許可証を入手していなかったので入園できなかった。隣接する新墓地は開放されていて、ひろい草地に、レーヴィ、フィンツィ、コンティーニなど、ユダヤ系の知識人の家名を刻んだ墓碑が目についた。

一七九七年のヴェネツィア共和国の崩壊とともにゲットーは開放されて、強制ではないユダヤ人居住区域として残った。だが、一九四三年十一月五日深夜、ファシスト警察が踏み込み、最終的に九十七名が中部イタリアのフォッソリ強制収容所へ、そしてそこから、北イタリアから送り込まれたユダヤ人たち（そのなかにプリーモ・レーヴィもいた）とともにアウシュヴィッツに送られた。長い歴史をもつヴェネツィアのゲットーの最後の悲劇だが、近年ふたたび、反イスラエルやネオナチの暴徒やたんなる無知な若者によるシナゴーグや墓地荒らしが起こっている。サーラの墓にむかうバスのなかで、彼女の評伝を手にしていた私に、ひとりの中年女性が「それはしまっておいたほうがいい」と注意してくれたのだった。

12　ガリレーイの娘、尼僧マリーア・チェレステの手紙（一六〇〇―三四）

大自然科学者ガリレーオ・ガリレーイの娘ヴィルジーニアは一六〇〇年に生まれた。この年、宇宙の無限性と神の遍在を説いた哲学者ジョルダーノ・ブルーノが異端のかどでローマのカンポ・ディ・フィオーリ広場で火刑に処された。《花の野》という名のとおり、現在も花市の立つこの広場に彼の彫像が立っている。一九七〇年代、三月八日の《女性の日》には、広場にも家々の窓辺にも、女性解放のシンボルのミモザが飾られ、髪や胸元にその黄色い花をつけた女性たちが元気に拳をあげていた。そして教会権力に逆らって焼かれたブルーノの彫像の足元にもその小枝が添えられていた。ヴィルジーニアは、ブルーノと同じように焼かれかねなかった父親を生涯支えつづけた。

ガリレーイは三人の子をもうけたマリーナ・ガンバという女性とついに正式に結婚しなかった。彼女の家柄と、貧しいながらもピーサの貴族であるガリレーイ家の身分がつりあわなかったのだという。ヴィルジーニアは十三歳のとき、一歳年下の妹とともに、フィレンツェ郊外のアルチェルティの丘に建つサン・マッテーオ修道院に入れられた。十六歳になって、結婚か、誓願を立てて修道女になるかを決めなければならなかったとき、彼女には結婚という選択肢はなかった。ガリレーイはすでに著名な学者としてメーディチ家のコージモ二世の宮廷に招かれていたものの、宮廷から支払われる年金では、寡婦の母親を養い、二人の姉妹の結婚持参金を支払い、かつ弟一家や友人知人を援助するのに精一杯で、娘の持参金にまで手がまわらなかったのである。これまで見てきたように、この時代の娘の運命は父親の手に握られていた。こうしてガリレーイの娘は、父親が夜ごと眺めていた天空（チェレステ）を名乗って、修道院で一生を過ごすことになった。

尼僧マリーア・チェレステとなったヴィルジーニアは、このような運命を決めた父親を恨まなかっただろうか？　彼女の手紙から推測するかぎり、ガリレーイは決して横暴な父親でも吝嗇でもない。自分の研究に没頭して娘を犠牲にしたという多くの評伝とは少しニュアンスがちがって、娘たちだけではなく、だれに対しても度量の大きい人間だったようである。ついに結婚しなかった彼女たちの母親を別の男に嫁がせ、その夫の仕事の世話もしたという。結果的には、愛していた女性も娘たちも学問のために捨てたことになるのだが、持参金が用意できていれば娘を結婚させてやりたかったのかもしれず、さらにそれ以上に、新しい天文学を唱え、すでに自分の身に異端の嫌疑がかかりだしていた事情を考慮して、娘たちにとって修道院が安全な場所と判断したとも考えられる。

一六二三年から死の前年の一六三三年まで、彼女が父親に宛てて書いた一二四通の手紙が残っている。父親が大切に保管し、四百年近くも生きのびたものだ。便箋は茶色に変色し、縁がすり切れ、虫食いや水や油の染みだらけだという。便箋の余白には、手紙の内容についてのガリレーイ自身のメモのほかに、数値の計算や幾何学図形などが書き込まれ、また明らかに涙とわかる染みもあるという。書き手の涙なのか、読み手の涙なのか、想像をかき立てられるところだ。これらの手紙は十九世紀末から近年にいたるまで、たびたび出版されている。ガリレーイが娘に宛てた手紙のほうは、彼女が大切に保管して繰りかえし読むのを楽しみにしていたが、彼女の死後、異端審問所の介入を恐れる修道院長がただちに処分したらしく、ガリレーイ研究者たちの懸命の捜索もむなしく、一通も見つかっていない。

彼女の手紙を読んでまず驚くのは、ほぼ毎回ごとに、物品や金銭などを無心していることだ。部屋が寒すぎるので、家で使わない帳（とばり）があったら届けさせてほしい。ジャムやお菓子を作る砂糖がいる。ワインや果物、魚など、病気の修道女のために滋養のあるものがほしい。病気がちの妹に部屋をゆずって、自分は他の修道女と相部屋にいるので心が休まらない。ある修道女が部屋を明けわたしてくれるというので、お金を用立ててほしい。修道院への寄付のほかに、個人的に院長や他の修道女に用立てしたいので工面してほしい……。それらの要望に対してガリレーイはつねに頼まれた以上のものを届けさせ、決してないがしろにしていない。

彼女は、これまで見てきた詩人や人文学者たちのように、ペンを武器として女性の権利を訴え、社会や男性を糾弾して、詩人、文学者として不滅の名声を求めた女性ではない。みずからラテン語はできないと言っているように、とくに学問をした形跡もない。しかし、喜んで願いをかなえてくれる寛大な父親の愛情を、アレクサンドロス大王の気前のよさや、プリニウスの『博物誌』にある、自分の胸を嘴（くちばし）でつついて雛に血を与えるペリカンの父性愛にたとえたり、出版されたばかりの父親の『贋金鑑定官』を送ってほしいと頼んだりしていることから、かなり読書に親しんでいたものと思われる。また「院長に頼まれて行政官などへの重要な手紙を書かなくてはならないので、手本になるような書簡集を送ってほしい」と頼んだりしており、修道院の上層部から学識と人柄を信頼されていたこともうかがわれる。

　聖女キアーラ（クララ）の清貧思想を引きつぐサン・マッテーオ修道院は貧しかった。修道女たちは野良に出て畑をたがやし、刺繍や保存食品、パンなどを作っては売り、ほそぼそと自給自足の生活をしていた。むろんチェレステも裸足での修行や深夜の祈りなどの宗教義務のほかに、畑仕事や病人の看病、炊事、掃除、縫い物、パン焼き、聖歌隊の指導、薬草づくりなどで、眠るひまもないほど多忙だったが、時間をひねりだしては、父親と弟の洗濯物やつくろい物を引きうけ、お菓子やキャンディなどを作って送る一方で、多くの手紙を書いていたのである。また父親としっくりいかなかったらしい弟妹と父親との調停役となったり、高齢で病気がちの父親のためにいろいろの療法を指示したり薬草を送ったりし、とくに、彼が異端審問に喚問されてからは、大きな精神的支えとなった。

十九歳のときに死なれた母親にはいっさい触れていない。また、同じ修道院にいる妹についての言及も少なく、手紙をとおして父親を独占しようとするかのような気配も感じられる。父親の愛情を疑っては苦しみ、確認しては喜ぶ文面からは、愛する父親と自分の絆を強めて、ひとつの世界をつくろうとする思いが伝わり、ガリレーイという大思想家の娘の手紙という資料的な価値以上に、ひとりの女性のゆれ動く心の記録となっている。

おずおずと、父と自分をへだてる扉を開けようとするように、彼女は父親に語りかける。最初のころの宛て名は、《令名高き父上さま》だが、やがて、《最愛の》が加わり、三年ほどたつと、《令名高き》が消えて、《最愛のお父さま》という呼びかけだけになる。結びは一貫して、《最愛の娘、尼僧マリーア・チェレステ》である。

父親が体調を崩して面会に来てくれない寂しさを訴えて、彼女は書く。

「……お父さまが毎日のように書いてくださるお手紙をすべてしまっておき、時間ができたときに繰りかえし読みかえすのをとても楽しみにしております」（一六二三年八月十三日）

一通だけ、聴罪師の修道司祭たちの無知と堕落をつよい調子で嘆く手紙がある。彼らは三年の任期で派遣されてくるのだが、修道女たちについての知識は皆無で、「魂を導くよりも兎を追いかけるのに慣れている」ような粗野な者たちばかりだった。任期中にかなりの蓄財をし、任務の終了後も足しげく修道院を訪れ、食事をするだけでなく、一部の修道女たちと懇意になるというありさまだった。彼女は彼らを、堕落し、私腹を肥やすことしか念頭にないと厳しく批判し、しかるべき修道院から学識と経験のある司祭が派遣されるように取りはからってほしいと父親に頼む。だが、それに対してガリレーイがどのような措置を講じたのかは、それに触れた手紙がないので、残念ながらわからない。

また、父親の愛情を推しはかるかのように、冗談めかしながら父親を責める手紙もある。

「子どもに対する父親の愛情は、きっと父親の悪しき習慣や行動のために幾分か減少するのでしょうね。この思いはお父さまのふるまいで確信となりました。以前はあれほど心からの慈愛を示してくださったのに、それが少し弱まったように思われるからです。もう三か月も面会に来てくださらず、わたくしたちにはそれが三年にも思われます。それにこのところ、お元気でいらっしゃるはずなのに、ただの一通もお手紙をくださいません……お会いしたいと思っていることをどうかお忘れなく」(一六二八年三月四日)

二年後の手紙にも、父親の愛情を求めるものがある。

「面会に来てくださらない、お手紙がこないと嘆く手紙を書こうとしていたところへ、お手紙が届いて、文句を言えなくなりました。でもわたくしはあまりに不安に、疑い深くなっています。お父さまは身近にいる人たちに愛情をふり分けて、その分、離れているわたくしたちに対する愛情が薄まり、少なくなっているのではないかと。こんなことを考えるのは心が卑しい証拠ですし、わたくしがだれよりもお父さまを愛し、お父さまはだれよりもわたくしたちを愛してくださることはわかっているのですが……」(一六三〇年七月二十一日)

こう書きながらも、最後に、「部屋の窓に蠟紙を貼りたいので、窓枠を届けさせます、こんなことは哲学者ではなく、大工さんの仕事ですけれど」、とユーモラスに結んでいる。

父の愛情を確かめたい思いから、心がゆれ動いていたが、思いがけなく、父が自分の手紙を保管していることを知って、父の愛情を確信したらしく、その後の手紙では安心して甘えている。

ガリレーイは親しい教皇ウルバヌス八世の就任を機に、再度、地動説の公認化をくわだて、一六三二年に『天文対話』を出版した。しかし周知のように、期待は裏切られ、著書は発禁となり、彼は教皇庁の検邪聖省に喚問されて、自説の公式な撤回を迫られた。いまや三十歳になった娘は、その後の裁判つづきの困難な時期と一六三三年にローマ、そしてシエーナに軟禁された父親に五十通もの手紙を書いて、失意の父親を支える。長引く軟禁を嘆きながらも、父を元気づけようとする。

「愛するお父さま、今こそ主から授かった思慮と、信仰とお仕事と年齢で培った強い精神力を発揮して、この打撃に耐えるべきときです。そうすれば多くの経験から、この現世のよろずのことごとのはかなさ、変わりやすさを熟知していらっしゃるお父さまのことですから、きっとこの災難にも動ぜず、やがて何もかもが静まり、満足できる結果になると希望をもてるはずです」（一六三三年七月二日）

また、家のこまごまとしたことや、菜園の作物の状態などを報告しながら、父親を笑わせようとまでする。
「そら豆の乾燥期になりました。茎はラバの餌にしますが、このラバはすっかり尊大になって、人を乗せようとしません。気の毒なジェッポはときどきこっぴどくふり落とされています。一度、アスカーニオが遠出をするので、このラバを貸したのですが、彼はプラートの城門の近くで引き返さざるをえなかったそうです。ラバが強情でそれ以上前進させられなかったのです。きっと、本当のご主人ではなく、他の人間に乗られるのがいやだったのでしょう」（一六三三年六月十八日）
「大司教さまのお屋敷ではさぞや優雅で結構な暮らしをしておいでなのでしょうね……あなたのあばら屋はあなたのご不在を心から嘆いております。とくに酒樽は、あなたがそちらのワインをお褒めになっていらしゃる腹いせに、そのひとつがワインを台無しにしてしまいました。でもそれは自業自得というもの、台無しになさったのはお父さまですから」（一六三三年七月十三日）
「わたくしはマレンマの湿原地帯の水牛も顔負けの大水牛ですね。水牛の卵を七個届けてくださると書いてあったのを、本物の卵と思いこみ、ルイーザ尼僧と大喜びで、巨大卵で巨大オムレツを作ろうとしたのですから。彼女はわたくしの愚かぶりを笑うどころではなかったのですのに。翌日、使いの少年が、お父さまの注文なさった袋を受けとりにいって……」（一六三三年九月三日）

水牛には愚か者という意味があり、その卵とは、水牛の乳からつくる丸いモッツァレッラ・チーズのことである。

ついにガリレーオは修道院の近くに買った家での自宅軟禁となり、その喜びのうちにチェレステの手紙は終わる。この家は《宝石館》と命名されて、現在はフィレンツェ大学の自然博物館となっており、修道院と、のちに建てられた天文台とともに現存している。彼女はその後大病にかかり、翌一六三四年春、世を去った。ガリレーイは「娘はじつに洗練された心をもつ、まれにみる善人で、わたしを心から愛してくれた」と友人に書き送っている。彼は『新科学対話』（一六三八）を書き、一六四二年に死んだ。

13　もうひとつのゲットーから——尼僧作家アルカンジェラ（一六〇四—五二）

ヴェネツィア。この運河の入り組む水の都に、ナポレオンが騎馬用に運河に石をかぶせた広いガリバルディ大通りがある。アードリア海を右手に見てスキアヴォーニ海岸を歩いてゆくと、この大通りに出る。石の道がつきてふたたび小さな運河があらわれる右手に、《修復中》と記されたサンタ・アンナ教会堂がある。《修復中》というものの、何年も工事がなされた痕跡はなく、崩れかけたままの無残な姿だ。運河にも、そこにかかる小さな橋にも聖女アンナの名が残っているが、教会堂は長らく軍の施設として使われたのち放置されたまま、いまや見る影もなく、一般の案内書にはなんの記述もない。付属の修道院のほうだけは、現在は老人施設として使われていると、道をたずねた中年の男性が教えてくれた。そこに住んでいた尼僧作家のことを調べていると言うと、彼は「アルカンジェラは革命家だ」と言った。彼女は、このベネディクト派の修道院で一生を終え、そこの墓地に埋葬されているのである。

アルカンジェラ（俗名エレーナ・カッサンドラ・タラボッティ）は十一人の子の五番目、六人姉妹の長女としてヴェネツィアに生まれ、妹二人は結婚、三人は未婚のまま家に残った（五人姉妹で、妹二人が結婚、二人が未婚という説もある）。（父親はかなりの財力があったようだが、五人もしくは六人の娘を平等に結婚させるよりも、条件のいい、つまり美しい下の二人をかなり無理した持参金で嫁がせて、有力な縁戚関係を築くほうを選んだ。アルカンジェラは父親と同じような、わずかに足を引きずる障害と、「美しくなかった」という悪条件のために、最初から結婚の見込みはなく、十一歳で修道院に送られた。

資産の分散を阻止するために、政府が修道院への持参金を千ドゥカート以下と規制したことによる親の負担軽減もそれを後押しした。通常三、四千ドゥカートにものぼる莫大な結婚持参金に悩む親にとって、この軽減策は魅力的で、かつ未婚で家にいられるより世間体のよいことでもあった。十七世紀半ばの人口およそ十三万人のヴェネツィアには三十もの女子修道院があり、二千五百人ほどの修道女がいた。贅沢で知られる他の有名修道院にくらべて、町はずれのサンタ・アンナ修道院は地味だったが、それでも多くの裕福な家の娘たちもいたのである。

前述のガリレーイの娘と同じように、最初から結婚という選択肢のなかったアルカンジェラは十六歳で誓願を立てた。この修道院では、日祷書を与えられるだけで、ラテン語の聖書を読むことは禁じられていた。彼女の著作に頻出するラテン語聖書からの引用は、祈祷のさいの記憶によるものと思われ、記憶ちがいも多い。またギリシアやローマの古典文学からの引用も、直接の読書によるのでなく、当時かなり出まわっていた、数種のマニュアルからの引用であろうと言われている。しかし俗語で書かれたものは、禁書になっていたボッカッチョやエラスムスは別として、修道院にもかなりの蔵書があったし、多岐にわたる知識人との交流で、容易に入手できた。なかでも彼女が愛読したのはダンテである。

たとえ多額の持参金を支払っても――モデラータ・フォンテの『女性の価値』に登場する女性たちは、持参金で「夫を買う」と言っていたが――、妻の多くは家に縛られ、夫の横暴に耐えながら嫡出子を産みつづけ、片や、少数の成功したコルティジャーナは別として、貧困から、あるいは男にだまされて娼婦に転落したおびただしい数の女性がいたことを思えば、修道院での静かな一生もひとつの選択かとも思われる。しかしそれはあくまでも本人が選択した場合のことだ。また、とくに信仰心も意志もなくても、多くの女性は祈りの生活のうちに、なかば諦めから、運命を受け入れていっただろう。だがアルカンジェラはそうではなかった。父親の決めた運命を最後まで受け入れず、修道院の壁のなかから、自分の体験をとおして、女性の条件について考察し、自分たちの不幸の元凶である父親、家父長制を強いる国家、そして堕落した修道院の支配層をはげしく攻撃したのである。孤独の唯一の友であり、慰めである文学が道をひらいた。

これまで見てきたように、ヴェネツィアにはすでにひときわ多くの女性詩人や作家が登場していた。とくにモデラータ・フォンテとルクレツィア・マリネッラはすぐれた女性論で名を高めていたが、この二人の女性知識人以上にわれらが尼僧作家は政治的であり、彼女の恐れるところのない論争は、まさに時代を切りひらくものだった、道を教えてくれた、まじめそうな男性が「革命家だ」と言ったように。

彼女の最初の作品は『父親の横暴』（執筆、一六四三年以前）である。意に反して、しかも信仰の自覚もないままに、強制的に修道院に入れられた自分自身を例に、吝嗇と保身ゆえに娘たちを選別して自由を奪い、その運命を決定する父権の横暴、そしてこのような制度を奨励する国家を彼女ははげしく攻撃した。とくに父親に対する矛先は鋭く、同時代のガリレーイの娘の愛情あふれる書簡を読んだあとでは、この二組の父と娘の関係の決定的なちがいが浮き彫りになる。アルカンジェラも多くの手紙を書き、時代の大流行に応じて、生存中に書簡集を出版しているが、父親はむろん、家族に宛てた手紙はほとんどない。彼女の手紙は、相手との心情の交換ではなく、文学や政治、宗教などの分野で影響力のある人物に文学者としての自分の存在を知らせようとする実利的なものが多い。

『父親の横暴』で、彼女は聖書とダンテを導き手として、人間がひとしく神から授かった自由意思を娘たちから奪い、強制的に修道院に閉じ込める不正を糾弾する。父親は現世の物欲のために娘たちを差別して、一族の利益を見込める娘を結婚させ、美しくなかったり、障害があったりする娘や非嫡出子などには不幸を強いている。彼女は言う。

「女には本来、大きな力がある。女が法を学んでいたら、この世には正義が存在していただろう。女は、かずかずの悪を犯してきた男たちに助言を与え、男たちを善に導くことができるのだ」

また人文学者イゾッタ・ノガローラのように、原罪の元凶はアダムである、そしてひとりの女性、聖母マリーアによってその罪があがなわれたと言い、本書の第三巻で聖母を強い女性と讃える。内容が内容だけに、手稿は出まわったものの、作者の懸命の試みもむなしく、生前は日の目をみることはなかった。死後の一六五四年にようやくライデンで、書名が『欺かれた純真さ』、作者名がガレラーナ・バラトッティとして刊行されたが、はやくも七年後に禁書目録に載せられた。わたしたちが現在読めるのは、この『欺かれた純真さ』をもとのタイトルにもどした英訳本（Paternal Tyranny）である。

つづく代表作の『地獄の修道院』は、さらに内容が過激で、生前はむろんその後も長く出版されず、ようやく一九九〇年に、イタリア人女性研究者フランチェスカ・メディオーリの手で世に出た。前作と同じように自分の体験をもとに、強制的に修道院に送られた少女たちの不幸を訴えるが、それはたんなる個人的な嘆きではなく、よりひろく女性全体の不幸として、女性を不幸に追いやる社会と教会を糾弾する。しかも前作では攻撃対象が父権とヴェネツィア政府だったが、本書では、主に教会と修道院になっている。誓願の解除を許さず、トレント公会議後に発布された過度の強制入信の禁止令を守らない教会と、目にあまるばかりに堕落した修道院内部の実態まで告発したために、前作以上に危険な著作となった。

幼い少女たちは、家族や親族に地上の楽園のようなところだと教えられて修道院に送られる。だが成長するにつれてそこで目にするのは、楽園どころか、まさに地獄なのだ。そして作者が何よりも悲しみ、いきどおるのは、そのような地上の地獄を存在させている男性社会の不正もさることながら、同じようにだまされて修道院で暮らすかつての少女たちが、いつしか不正に加担する側の者となり、無垢な少女たちを《教育》しているという悪と偽善の再生産である。自分の意志と関係なく修道院に閉ざされた少女たちは、真の信仰とはほど遠い地獄の実態に接し、外の世界を知ることもないままに悪に染まってゆく。

彼女はダンテにならって、みずから地獄の案内人となり、地獄を知らない、外の社会の未知の読者に地獄の実態を訴える。そしてダンテと同じように「地獄」につづいて「煉獄」と「天国」から成る三部作を構想していたが、次に述べる『天国』は別として、『地獄』のあとの『不幸な結婚の煉獄』という作品は、出版はおろか、手稿も失われてしまった。

二十世紀末まで闇に埋もれていたこの『地獄の修道院』は、しかし、写本では知られ、作者は嵐のような攻撃にさらされた。修道院上層部から撤回を迫られ、文学者としての道を断たれかけたが、彼女はしたたかに、妥協的な一計をめぐらす。その名もずばり『天国の修道院』(一六四三)を書き、真の信仰心から修道女となった女性にとって修道院がいかにすばらしい場であるかを述べ、信仰への帰依を告白するのである。これがはじめて活字となった著書で、たちまち評判となり、《尼僧作家アルカンジェラ》の名は一気に高まった。

従来の解釈では、この作品で作者は前作を撤回し、世論に屈して自分の置かれた境遇を受け入れたと言われているが、彼女はそれほど簡単に圧力に屈する女性ではない。彼女が真の信仰から修道院に入ったという、自分とは似ても似つかない女性にとっての天国のような修道院を描いた真意はほかにある。何はともあれ自作を世に出して、ひろく世の人びとに自分の声を届けるために、このような状況に置かれた多くの男性作家たちがしてきたように、まずは文学者としての地位を確立しようとしたと解釈するほうが理にかなっている。それには、修道院の外の多くの友人たちの支援があっただろう。このような解釈を裏づけるのが、『天国の修道院』で一躍有名作家となった彼女が翌年ただちに世に送った、『天国の修道院』とまったく対照的な『反風刺』という作品である。

これは、女性の虚栄を風刺するフランチェスコ・ブオーニセーニの『女性の奢侈に対するメニッポス流の風刺』(一六三八)への反論の書である。メニッポスは古代ギリシアの作家で、散文と詩の混交体による風刺文学の祖といわれている。ブオーニセーニの『風刺』はアッカデーミアの聴衆を前に朗読されたもので、女性の過剰な奢侈と虚栄を辛辣に、かつユーモラスに攻撃する、洒脱な楽しい読み物である。それに対し、おしゃれや奢侈に無縁なはずの尼僧作家は、序文でブオーニセーニの文才を讃えつつ、彼女もまた洒脱な語り口で、だがより辛辣に、男性が女性顔負けのおしゃれにうつつを抜かしている実態をあばき、彼らの偽善を批判して、女性のおしゃれを擁護するのである。それに対しブオーニセーニは別の作品で彼女の手腕を讃えつつ自分の敗北を認め、冗談めかして、もう充分に復讐なさったでしょう、と述べている。

しかし当然ながら、執拗な反女性の男性たちからは猛烈な批判が噴出し、『反・反風刺』という著作まで出たが、この尼僧作家にはいまや怖いものはなかった。

さらに彼女は、新たな論争を発表する。前世紀末に、なんと「女は人間か」という論争が起こっていた。のちにカトリックに改宗した若いドイツ人哲学者ファーレンス・アキダリウスが、フランクフルトで匿名のラテン語の反女性論『女は人間ではない』(一五九五)を著し、それに対して、同じくドイツのルター派の神学者シモン・ゲディクスが反論したのである。アキダリウスの著書のイタリア語訳が一六四七年にリヨンで刊行されると、アルカンジェラはヴェネツィアのアッカデーミア・インコーニティの友人たちの援助を得て、一六五一年に『女性は男性と同じ種である』をガレッラーナ・バルチトッティという筆名でニュルンベルクで出版したのである。アキダリウスは冒頭で述べる。

「あらゆる自由が支配しているサルマティアの地では、神の子で、われわれの魂の救世主であり、聖霊とともにあるイエス・キリストが神ではないと信じ、それを教えることが許されている。それゆえ、それに比べてはるかにささいなこと、つまり女は人間の種ではなく、イエス・キリストは彼女たちのために苦しんだのではない、女たちは救われないということを信じ、教えることができるはずである」

サルマティアとはポーランドの古名で、反正統派、とくにソッツィーニや再洗礼派の安息地であったために、異端の地と言われていた。著者は聖書の記述を恣意的に引用して女性蔑視の言説を構築しながら、聖書は虚偽やばかげたことの証明にも利用されうる、聖書は絶対的な真実の書ではない、文学書として扱うべきだと主張して、みずから異端者のひとりを装い、かつ反女性論というもうひとつの隠れ蓑を用いるというこみいった論法で、じつは異端を糾弾しているのである。きまじめなルター派のゲディクスはきまじめに反論したが、論争文学になじんでいる知識人には冒頭の一文を読んだだけで、アキダリウスの著書の《遊び》の要素は明らかであり、むろんわれらが尼僧作家も論争を楽しんでいるのである。

同書の一六三八年のハーグ版には《楽しい論争》という副題がついており、イタリア語の訳者はこの版を利用したらしく、副題にそのイタリア語訳が入っている。教皇庁はこの本が一部の知識人に読まれているかぎりは寛容だったが、その副題のついたイタリア語訳が登場することによって、より広範な論争が展開し、読者層が拡大することを恐れて、四年後の一六五一年に禁書とした。訳者名は偽名だが、アルカンジェラの友人で、アッカデーミア・インコーニティの創始者で自由主義思想の持ち主として知られるジョーヴァン・フランチェスコ・ロレダーノだと言われている。

アルカンジェラの論争の手腕はすでに『反風刺』で証明されており、アキダリウスの著書も彼女には恰好の材料だった。しかもそれは《楽しい論争》と銘打って、反論を待ち受けているのだ。女性として、反女性的な論争を《楽しい》で片づけるわけにはいかないとばかりに、彼女は相手を「哲学者先生」、「野蛮な知識人」、「偽りの探究者」などと揶揄しながら攻撃し、相手の論拠のあまりの脆弱さに驚いてみせつつ、あたかも二人の男女が流行の女性論争を戦わせているかのように、原著の五十五の《欺瞞》に逐一、反論して、《楽しい論争》を展開するのである。これが出版された彼女の最後の著書となった。

その前年には、ロレダーノに捧げた先述の『書簡集』が刊行されている。これは、生涯を修道院の壁のなかで送った作家の驚くほどの教養と、壁から一歩も出ないで築いていた豊かな人脈を一挙に明るみに出し、当時の文学者との交流や作品の評価から、異端をめぐる動きや自著の出版をめぐる駆け引きなどまで、当時の文学事情を知る豊富な情報源となっている。ヴェネツィア総督やトスカーナ大公、パルマ公、枢機卿、外交官などの権力者や有名な文学者たちへの儀礼的・社交的書簡や各種の嘆願などのほかに、女性文学者たちに宛てた手紙も多い。女性たちとはとくに心をひらいて話し、作品を交換しあい、批評し、励ましあい、あたかも女性の小さなコミュニティーのような世界を築いている。ある女性に書いている。

「出版に漕ぎつけるには大いに頭を使わなくてはなりません。何しろ男性たちはみなわたしたちを批判したがりますから。彼らは、女が彼らの助けがなくても作品を書けるということを頑として望まないのです」

彼女の著書に一貫しているのは、女性が男性よりもすぐれているという自負と男性の不誠実である。すでにモデラータ・フォンテやルクレツィア・マリネッラも表明していた精神である。世俗の教養人にかこまれていた二人と異なり、アルカンジェラは、「外部世界と遮断された牢獄、地獄」と言う修道院から声をあげた。同じくヴェネツィアで生まれて死んだサーラ・コーピオ・スッラムは、ゲットーの壁の外の世界との架け橋となろうとしたものの、壁の外に出なかった、というより、ユダヤ人という家族や先祖の運命ゆえに出ることはできなかった。アルカンジェラは父親の一存で外の世界からもうひとつのゲットーに閉じ込められた。サーラが家族と民族の運命を押しつけられたのに反し、アルカンジェラは家族のなかで一人だけ望みもしない運命を押しつけられて、ゲットーのなかで安住などできなかったのである。

それでも、このもうひとつのゲットーである修道院にも外部の人間と接する空間があった。面会所（パルラトーリオ）である。格子でへだてられているとはいえ、彼女のような女性にとっては、それはヴェネツィア社会の有力者や知識人との交流の場であり、外部の文学界の状況を知り、自作の出版を頼み、本の貸し借りをする場である。一方でそれは、一部の修道女にとっては世俗社会の快楽やアヴァンチュールへの通路であり、ヴェネツィアの修道院を舞台にした禁断の愛の物語は、次の世紀のカサノーヴァをはじめとして、多くの文学作品や裁判記録に残っているとおりである。

アルカンジェラの果敢な文学活動と豊かな人脈、出版のための権謀術数ともいえるほどの策略を考えると、彼女は読書に没頭する——おそらく祈りに没頭する以上に——場としての修道院の小さな部屋とともに、格子をへだてかいま見る世界にもうひとつの広大な想像の部屋をもち、自分がそこにいないことの不公平を嘆きつつ、作品をとおして二つの世界を行き来していたのだろうと思われるのである。

14　ジャコバンの女――エレオノーラ・デ・フォンセーカ・ピメンテル（一七五二―九九）

うるわしのイタリアの甘い鶯よ
あなたのソネットは慰めてくれる、いまや声も才もなく
羽をむしられてジュラ山地の穴ぐらにひそむ老いた梟を。
彼の願いはわずらわしい故国を捨てて
ナーポリのあなたのそばに行くこと
あなたに会い、あなたの声を聞けたら、
失ったすべてを取りもどせるだろうから。

これはスイスとの国境の町に居をかまえて、旺盛な執筆活動と社交生活を送っていたいまや八十二歳のヴォルテールの、二十一歳の未来の革命詩人エレオノーラ・デ・フォンセーカ・ピメンテルの詩への返詩である。残念ながら彼女が送ったソネットも書簡も残っていない。啓蒙

主義の大哲学者《フェルネーの長老》は自分を「老いた梟」として、かつて訪れたであろうナーポリに思いを馳せつつ、若い女性詩人を讃えた。

早熟な文学少女だったエレオノーラは、母語のポルトガル語とイタリア語のほかに、はやくからギリシア語、ラテン語、フランス語、英語に熟達し、文学、哲学はもとより、数学、天文学、化学、鉱石学、植物学に精通し、女性に開放的なナーポリのアッカデーミアに迎えられて、名高い知識人たちと交流していた。かつてルネサンス期の女性たちは、モデラータ・フォンテなどのように、古代ローマのプリニウスの博物誌などを知識の宝庫としていたが、いまや知識欲の旺盛な女性たちは、フランスの『百科全書』という同時代の啓蒙書に親しみ、また直接、それらの執筆者の知識人たちと交流することもできるようになっていた。

エレオノーラはわずか十六歳で、ハプスブルク家からナーポリ国王フェルディナンド四世のもとに嫁いできたマリーア・カロリーナの結婚を祝す七十九連の長大な『栄光の殿堂』を上梓して、一躍宮廷詩人として名をあげた。数々のソネットや讃歌ののち、二十三歳のときには、王子の誕生を祝す『オルフェウス誕生』を献上して、特権的な地位である王妃の書庫番という地位をえた。ウィーンの宮廷詩人として活躍していたメタシタージオや哲学者ヴォルテールとの文通もこのころのことである。

両親はポルトガルの貴族だが、はやくからローマに住み、彼女はローマで生まれた。しかし、八歳のとき、教皇庁との関係が悪化したポルトガル政府がローマ在住のポルトガル人に教皇の膝元からの退出を命じたために、一家はナーポリに移った。ナーポリは、スペインとオーストリアに二百年以上も支配されていたが、一七三四年に両シチーリア王国となり、当時は人口がローマの三倍の、パリにつぐヨーロッパ第二の大都会だった。とくに彼女にとって幸いだったのは、啓蒙思想の洗礼を受けた多くの知的な女性たちの存在である。この開明的な女性受容によって、前述のサレルノの医学校やボローニャ大学ののちイタリアで皆無だった女性の大学入学、教授職が可能になっていた。一七二二年にはエレオノーラ・バルバピッコラという女性がデカルトの『哲学原理』を翻訳し、ほかにも数学、物理学、社会学などの分野で多くの女性が活躍していた。一七三七年にはこの地で啓蒙主義者アルガロッティの『女性のためのニュートン学説』が刊行されている。エレオノーラのおびただしい数の詩作や書簡は、彼女が国家反逆者となって処刑されたのちほとんどが焼却された。現存するのは、書簡が八通、ソネット十二、数編のカンタータやオラトリオに、彼女が発行し、主筆をつとめた革命紙『モニトーレ・ナポレターノ（ナーポリの警告者）』である。

結婚は不幸に終わった。妻二十五歳、夫四十四歳という年齢差以上に彼女を苦しめたのが、保守的な教皇派でブルボン派の軍人の夫の反教養主義である。彼は自分の知らない言語を話して知識人たちと交流する妻の活動を不貞としか理解できず、日ごとに夫というより看守の様相を呈し、ついに、生まれた息子が八か月で死亡したのち、二度の流産をへて、別居訴訟となった。彼女に関する資料はすべて、彼女の死とともに焼却されたが、この民事裁判の記録だけは残った。裁判で、夫の浪費癖と妻の資産の横領、二度の流産の原因となった暴力、愛人とその子どもを強制的に家に同居させたことなどが明らかになった。夫はまた同居していた姉妹たちと共謀して、彼女宛ての知識人からの手紙をいっさい彼女に渡さず、不貞の証拠として裁判に提出した。結局、彼女の父親の提案で、現在でいう慰謝料を支払うことで長引く裁判に決着をつけることにし、借金まみれの夫は示談に応じた。理解ある両親と聡明な娘が、何ゆえこんな男との結婚を選択したのかという詳細は不明である。

こうしてようやく詩作と執筆を再開したものの、それもつかの間、フランス革命によって、啓蒙主義者とナーポリ宮廷の蜜月は終わった。彼らの理解者であり保護者だった王妃マリーア・カロリーナはルイ十六世妃マリー・アントワネットの姉である。ナーポリ宮廷は革命がナーポリに波及することを恐れ、次第に態度を硬化して、ついにフランス王と王妃が斬首されるにおよんで、ナーポリは喪に服するとともに、王妃は妹の復讐を誓い、一挙に啓蒙主義者たちは王家の敵となった。スパイ網がはりめぐらされ、密告が横行した。エレオノーラは王妃の書庫番を解任され、外国の印刷物、とくにフランス革命の機関紙『モニトゥール』などがきびしく禁止された。

そして迫害が始まった。フランス革命に触発された急進的なジャコビーノ（ジャコバンのイタリア語読み）たちが逮捕されたり亡命したりし、折からの不作に苦しむ農民たちの一斉蜂起の計画が密告で摘発され、エレオノーラの仲間の三名が処刑された。ローマで共和国が樹立して、ナーポリ王がローマを攻撃して敗走した一七九八年、エレオノーラは、禁書を読み、自宅で反乱の集会を開いていたというかどで逮捕された。このとき獄中の彼女は、翌年共和国樹立のさいに朗読されたソネット「自由讃歌」（その後消失）と王妃をはげしく攻撃するソネットを書いた。三か月の収監ののち、王家がナーポリを去ったのを機に彼女は民衆に救出された。この三か月のあいだに彼女は下層民の囚人たちを知り、ナーポリ方言を習得し、自分の姓から貴族の出自をしめす《デ》を削除した。

一七九九年一月十九日と二十日、フランス軍が入城するまえにサンテルモ城を占拠しようとする民衆の先頭に彼女はいた。ジャコビーノのサロン仲間の知識人たちのほかに主として中産階級と貴族階級の女たちが、断髪に、ギロチン台にのぼるときのシャツ姿で行進した。そして彼女は自作の「自由讃歌」を朗読し、民衆が高らかにそれに応えた。

だがナーポリ共和国はあえなく崩壊した。六月、フランス軍と反革命派がナーポリに進撃し、共和派は果敢な抵抗ののち、身の安全と亡命を保証するという取引に応じて調印したが、提督ネルソンはその取引を無効として、すでに船に乗っていた亡命者を逮捕し、首謀者のほぼ全員である八名が死刑を宣告された。エレオノーラはせめて絞首刑ではなく貴族としての斬首を求めたが、イタリアの貴族ではないと却下された。八月二十日、他の同志たちとともにメルカート（市場）広場に引きだされ、絞首台で民衆にむかって最後の演説をしかけたが、刑吏に制止され、ただちに刑が執行された。そしてそのまま丸一日吊り下げられたまま放置された。

亡骸は市場周辺の教会に埋葬されたと記されているが、どの教会なのか特定されない。
彼女の詩のなかでもかなり特異な二編を紹介しよう。ひとつは歴史家クローチェをして、「病理学的細部にこだわり、無邪気に描写するじつに突拍子もない詩」と辟易させた、「流産悲歌」である。七音節の四行詩節の形式で、全体で二二四行もの長詩である。詩神ムーサとイギリス人宮廷医師、そして彼を産んだ国への讃歌につづいて、妊娠五か月で死んだ胎児が胎外に出ずに、瀕死のベッドに横たわる自分を描写する。以前、生後八か月で死んだ子と同じ男の子の誕生を願い、同じ名をつけようとし、希望と不安の日々を過ごしていたが、非情な運命の女神は「閉ざされた牢獄のなかで待たれていた果実を殺した」。そのまま十日たち、

……

わたしは、疲れ、不安なまま、
もはやわたしのなかで
甘くゆるやかに動く気配を
感じない。

ついにその時はきた、
自然がむなしい重荷から

解放される時が、
だがその出口はあかない。

そしてはげしい痛みのうちに
あの、命をつなぐ
強力な液体だけが
出口を見出した。

蒼ざめた、恐ろしい死の
妖怪が、ベッドの両側を
姿なく、ことばなくうろつき
見えない罠をしかける。

わたしははやくも氷の冷たさに
胸がふさがれるのを感じる、
……

破水したまま、胎児が出てこなくて、詩人が死を覚悟したときに、救い主の医師が登場する。

手際のいい確実な手が
救命に専念し、
ひたすら、すばやい
果敢な手術をして

光を見ないための
暗い隠れ家から
ひらかれた大気へと、死んだ
胎児を引きだした。

おお、あまりにむなしい苦しみよ、
無意味な危険よ、
わたしが命を失うべきだった、
それなのに息子にそれを与えなかった！

…………
わたしは死にかけていた、
だが、そのとき、勇敢な
学識ある手が差し伸べられ、
わたしの命をつないだのだ。
……

こうして、流産という個人的な事件を科学的な冷徹な目で描写しつつ、死神に打ち勝った科学の勝利と詩神を讃えるという前代未聞の詩が生まれた。これまで女性が自分の肉体の傷を赤裸々に表現することは思いつきもしなかっただろうし、むしろ社会的なタブーだったはずだが、いまや啓蒙主義を知った社会では、女性がそれを表現するという自由の扉がひらかれていたのだ、次の世紀にはあらたな締めつけがそれを閉ざすのだが。

もうひとつの詩は王妃マリーア・カロリーナを驚くほどはげしく、過大に攻撃するソネットである。これは獄中で「自由讃歌」とともにつくられたもので、王妃の手にわたり、これで彼女の死刑が決定した。かつて彼女たちの理解者だった王妃の豹変ぶりに対する怒りが死を覚悟した激烈なことばとなって噴出している。王妃のたとえに使われているポッパエアとは、失脚した夫を捨てて、暴君ネロの愛人に、そして妻になり、タキトゥスによるとネロに殺された女である。

おろかな暴君の、いかがわしく不潔で
邪悪な伴侶ポッパエアの再来の女よ、
われらの縄をすきなだけ締めつけ
人間性と自然を踏みにじるがいい……
おまえは確信しているのか、王座がかくも
喜ばしく運命の前髪をつかめるとでも？
狂った女よ！　知らないのか、暗い雲のなかの雷鳴が
抑えられると抑えられるほどにはげしく爆発することを？

おまえと同じように、おまえの悪名高き妹が
抑圧されたフランスで戦争と嵐を起こし
ついに恥ずべき首が地に転がった……

そしておまえは？　たしかに運命の定めを延ばすことはできる
だがそれは天に記され、ただ一本の糸が止めているのだ

いままだおまえの首の上に吊るされている斧を。

またエレオノーラの活動のなかで特筆されるのは、ナーポリ共和国樹立時に創刊し、主筆をつとめた共和国の機関紙『モニトーレ・ナポレターノ』である。モニトーレとは、警告者、助言者という意味で、フランス革命紙『モニトゥール・ユニヴェルサル（『世界報知』と訳されている）』に呼応したもので、イタリアではすでに前年に、詩人のウーゴ・フォスコロらがミラーノで戦闘的な『モニトーレ・イタリアーノ』（イタリアの警告者）を発刊している。彼女の『モニトーレ』の目的は、ひろく大衆に共和国政府の理念と活動を知らしめようとするもので、市民に親しまれ、教養のない民衆も理解できるように、ナーポリ語版も刊行した。発行は週二回、それぞれ四ページで、読者をひろく獲得するために意図的に過激化をひかえて未来への展望を述べ、封土廃止法、国営銀行の設立などの重大政策を語っている。フランス、イギリスなどに比べて遅れていた女性ジャーナリストがようやくエレオノーラとともに誕生したが、彼女の死によって、この機関紙は三五号で終了した。

あとがき

本書では、イタリア文学の黎明期からフランス革命期までの女性詩人・作家を取りあげてきた。最後にあげたエレオノーラ・デ・フォンセーカ・ピメンテルはフランス革命の世紀が幕を閉じる年に絞首台の露と消えた。ここで、その後のイタリア社会と女性作家たちについて簡単にまとめておく。

一八六〇年の国家統一までの、リソルジメント（再興）と呼ばれる時代には、近代化へ向けてさまざまな変革が見られた。重すぎるほどの過去の栄光の記憶をよみがえらせ、フランスの革命と啓蒙の精神を糧として、新しい国家、新しい市民としての国民の理想が求められた。そもそもルネサンス、すなわちイタリア語のリナシタもしくはリナシメントも再生、再興であり、そのときは古代の文芸復興、人間性回復をめざしたが、二度目の再興で意識されたのは古代ではなく、中世の都市国家の繁栄である。

女性の存在感も増し、女性を対象とした多くの教育書が書かれた。だが、それらは女性の解放ではなく、家庭への奉仕をめざすものにとどまった。イギリスやフランスに比して、女性ジャーナリストが少なかったなかで、十九世紀初頭のナポレオンに占領されたミラーノで、週刊紙『女性新聞』を刊行して大成功をおさめたカロリーナ・ラッタンツィ、パリで政治的な文化サロンをひらき、愛国新聞『アウソーニオ』を発刊したクリスティーナ・トリブルツィオ・ディ・ベルジョイオーソなどがいる。ベルジョイオーソはオーストリアから独立してサヴォイア王家のもとにおける国家統一を説いた。国民の教育、経済状態などが未熟なままでの共和政体は時期尚早ととらえたのである。またこの時代は、ミラーノやトリーノなどの大都会で女性知識人の主催するサロン文化が発達し、男性中心の宮廷に拮抗する文化の発信の場として、情報交換、世論形成の中心ともなった。しかしこれらの女性たちは、「書くこと」によって生計を得なくてもよい階層に属していた。

国家統一後のイタリアの悲願は、いまだに生成過程にある「イタリア人」の形成である。以前にもまして国民、女性の教育がかかげられたが、国家が推奨する女性像とは、依然として、国家の基礎であり、国家への人材を育てる健全な家庭を守る妻、母親である。女性自身の手になる教育書の多くも、責任ある母親、政治に介入しない妻を説き、さらには女性を文学者にしないようにと公然と表明した。デ・アミーチスの『クオーレ』(一八八六)をモデルに、愛国的、キリスト教的少年が母親の育てる子どもの理想であった。だが当時もいまも、子どもたちが好きなのは、五年前に子ども向け新聞に発表されていたコッローディの『ピノッキオ』のいたずらっ子である。夫とともに日刊紙「コッリエーレ・ディ・ローマ」を発刊したマティルデ・セラーオは上流社会のゴシップや読者との往復書簡を掲載して読者の興味をひきつつ、政治的社会的啓発をした。

二十世紀には、多くの女性小説家が輩出した。いまではフェミニズムの先駆的作品と評価されるシビッラ・アレラーモの自伝小説『ある女』（一九〇七）は世界的ベストセラーとなった。イプセンの『人形の家』に重ねた作品だが、母親が子どもを捨てて家を出るという内容にごうごうたる批判が噴出した。クローチェはこの作家を、「彼女は病気だ、適応障害だ、制御できない性的欲望の犠牲者だ」とまで言った。ヴァージニア・ウルフが女性たちに《自分だけの部屋》を提唱していたころ、イタリアの女性たちはより基本的な権利と行動の自由を求めざるをえなかったのであり、男性作家たちが形式と言語の実験をしていたとき、彼女たちはようやく自分の経験に声を与えることを開始したのだった。

男性の目から見れば、女性作家たちは「逸脱した女傑」だった。近代化に直面したものの、依然として保守的で農本主義的なイタリア社会では、女性作家の爆発的な登場が脅威であり、衝撃であることが、彼らの作品にあらわれている。ある作家は「文学のことを語る彼女は女ではない」と言い、従来の女性たちを劣等と貶めつつ、「逸脱した女傑」の男性性を強調して、女性作家とは「スカートをはいた男」だと評した。このような「書く女性」の急増とさかんな女性評もまた、これまで見てきたルネサンス期の文学クリマを想起させる。かつて女性たちはペトラルキズモの規範を学びつつ独自の表現を模索し、「女傑」として畏怖されつつも讃美されていた。ところが二十世紀の「女傑」は讃美以上に恐れられ、誹謗されたのである。

文学史はことごとく男性によって書かれてきた。十八世紀後半には体系的な文学史や文学辞典の再検討がなされ、女性の作品も対象となり、このころ編纂された文学史や文学辞典には多数の女性執筆者（文芸だけではなく、科学、医学などあらゆるジャンルの「書く女性」たち）が収録されている。男性による視点、評価はさておき、その数だけでも目をみはるものがある。ところが、ほぼ一世紀後の、大文学者デ・サンクティスの『イタリア文学史』には、女性作家はほとんど登場していない。そのなかで、シエーナの聖女カテリーナが特別視され、多くの紙数を割いてほとんど理想の女性像に仕立てあげられているのは、この文学史に充満しているカトリック精神によるのであろう。

一方で、大都会では、確実に増大した女性読者を当て込んで出版がさかんになる。とくに、ローマ以上の産業都市ミラーノが、文化・政治、女性解放精神、ジャーナリズムの中心地となった。台頭しつつあった急進的社会主義者たちは、十九世紀末にすでに百五十万人に達していた女性工場労働者たちの労働条件改善に取り組み、新聞雑誌も、彼女たちの教育に小説が有効な道具になるととらえた。グァルディア・アライデ・ベッカリという女性は、『女性の星』という女性列伝を刊行して、無視されていた女性たちを収録した。彼女は一八九五年に発足した社会党に入党し、女性の法的制約を訴え、社会的、ジェンダー的平等、従来の家父長主義的保護政策の廃止、そして普通選挙を求めて活発な執筆活動をした。

デ・サンクティス後、文学界に君臨したのが、本書にたびたび登場したベネデット・クローチェである。彼は歴史に埋もれていた女性詩人たちを発掘して学術的に文学史のなかに位置づけるという大きな業績を残したが、同時代の女性作家たちには一貫して厳しい。「女性詩人や小説家たちは、それぞれ個性豊かだが、彼女たちに共通するのは身のまわりに見える人生や彼女たちを動かす情念から直接霊感をえていることだ。女性のほとんどが学識がなく、不備や間違いが多いうえ、形式に一貫性がない。とはいえ彼女たちの人間性、文体の熱っぽさ、鮮やかさで救われて、それがさまざまな欠陥を補っている。過去には男性以上に女性が厳格な学識を身につけていた時代もあり、女性特有の語り口や感情的なすすり泣きで簡潔な文体や文学的モデルの模倣を破壊することのなかったイタリアでは、こんな学識のない女性たちはほとんど新奇なる出現である」と、褒めているのか、けなしているのかわからないような評価をしている。要するに女性作家の情熱、真摯さ、誠実さ、道徳性、その愛、苦悩などを讃えつつ、内容はいいが形式が伴わない、曖昧で、否定はしないが定義できない。つまり過去と照らして、文化ではない、文学ではない、詩ではない、芸術ではない、不完全だと言うのだ。彼の言う「過去」とはルネサンス期のことであり、「文学的モデルの模倣を破壊することがなかった」という評価は、本文で検討したように、いまやくつがえされているのである。クローチェだけではない。左翼的、実験的文芸誌ですら、女性の作品は暴露的で大衆的、一時的に消費されるだけだ、古典の教養がない、男の文学を繰りかえしているだけ、文学の伝統のなかで女性は余計者だったと評した。まるで中世以来の「女嫌い」の再現である。かつ有名男性作家の多くは反フェミニストである。

サルデーニャ出身のグラーツィア・デレッダがイタリア以上に海外で高い評価をえて一九二六年にノーベル文学賞を受賞したとき、イタリア文学界の最初の反応は、驚愕であった。彼女はローマやミラーノなどの文化の中心地から遠い出身地サルデーニャを舞台にし、当時の主流のジョヴァンニ・ヴェルガに代表されるヴェリズモ（イタリアにおける自然主義）やガブリエーレ・ダンヌンツィオなどのデカダンスからも遠い地方作家であったから。

そして二十年間のファシズム支配の時代。ファシズムは、体制の女性観である良妻賢母、多産、銃後の奉仕などを押しつけたが、女性作家の作品はそれ以前よりも多く刊行され、女性による小説が多くの新聞の文化面に掲載された。恋愛、母性、家庭婦人称揚などの作品が多かったが、四三年までは、政治的発言に執拗に検閲が加えられるなか、女性作家については寛大というより、最初から問題視しないところがあったようである。

そして戦後のネオレアリズの時代。レジスタンスの経験や労働者・農民の闘争をテーマにチェーザレ・パヴェーゼ、エーリオ・ヴィットリーニそして少し遅れてイータロ・カルヴィーノなどが、社会的責務を問う骨太の作品を次々と発表した。多くの女性たちも生命をかけてレジスタンスで闘ったが、女性が戦争や闘争を扱った作品は少ない。彼女たちは何を書いていたのか。それはその後発表された作品に結実しているが、結論を言えば、彼女たちはこの時期、自分たちが直接もしくは間接的に経験した戦争やパルチザン闘争などを記憶にたくわえていたのである。戦争直後の体験記や告発小説の氾濫の時期、女性たちはその種の文学ではほぼ沈黙に徹していた。自分自身の視点、新たな言語、新たなテーマ、物語の構想を模索していたのである。そして死者たちの声、自分自身の内なる声に耳をかたむけて、表現すべき物語を「自分のことばで」表現できる日を待っていた。要するに、男性の支配的な基準ではないところに作品を置こうとしていたのである。それらの作品については、稿を改めて論じたいと思う。

最後になりましたが、本稿に目をとめてくださった五柳書院の小川康彦氏に心から御礼申しあげます。またＮＨＫのテレビ・イタリア語講座テキスト連載時の図版使用を快諾くださったＮＨＫ出版の川竹克直氏に改めて御礼を申しあげます。

二〇一五年十月　　望月紀子

年	ヨーロッパ・イタリア史	年	文学史
		1575年	タッソ『エルサレム解放』ヴェローニカ・フランコ『テルツェ・リーメ』(または1576)
		1577年	ラウラ・テッラチーナ没。生存中に『第八詩集』まで刊行。最後となる『第九詩集』は 1993 年刊
1588年	スペイン無敵艦隊、イギリス海軍に敗れる	1588年	マッダレーナ・カンピリア『フローリ』にて名を高める。イザベッラ・アンドレイーニ『ミルティッラ』
		1600年	モデラータ・フォンテ『女性の価値』ルクレツィア・マリネッラ『女性の高貴と卓越および男性の不完全と欠陥』
		1602年	カンパネッラ『太陽の都』
		1621年	サーラ・コーピオ・スッラム『マニフェスト』
		1632年	ガリレーイ『天文対話』
		1634年	尼僧チェレステ没。父ガリレーオとの書簡（1623-33）が残る
1642年	イギリス、ピューリタン革命のはじまり		
1643年	フランス、ルイ 14 世国王に即位	1643年	尼僧作家アルカンジェラ『天国の修道院』
		1725年	ヴィーコ『新しい学』
1746年	ジェーノヴァ民衆の反乱（対オーストリア）		
		1751年	フランスで百科全書の刊行開始（ - 1772 年）
1775年	アメリカ独立戦争勃発（-1783）		
1789年	フランス革命（-1794）		
1798年	ナポレオンのエジプト遠征。第二次対仏大同盟結成	1798年	フォスコロ『ヤーコポ・オルティスの最後の手紙』
1799年	ナーポリ民衆の抵抗(対フランス)	1799年	エレオノーラ・デ・フォンセーカ・ピメンテル処刑

年	ヨーロッパ・イタリア史	年	文学史
		1451年	イゾッタ・ノガローラ、人文学者フォスカリーニと往復書簡開始。『アダムとエヴァの罪は同じか否かを論ずる対話』として1563年刊
1453年	東ローマ帝国滅亡		
1480年	異端審問所開設（スペイン）		
1492年	コロンブス、西インド諸島到達		
1494年	フランス、イタリアへ侵攻。イタリア戦争勃発（-1559）		
1498年	神権政治を行なったサヴォナローラ焚刑		
		1504年	サンナザーロ『アルカディア』
1512年	メーディチ家、フィレンツェ復帰		
		1513年	マキアヴェッリ、投獄、隠遁生活中（-1514）に『君主論』完成。1532年刊
		1516年	アリオスト『オルランド狂乱』。完成版は1532年刊
1517年	ルター『95カ条の提題』を提示。宗教改革のはじまり		
1519年	マゼラン世界周航出発		
		1525年	ベンボ『俗語の散文』
		1528年	カスティリオーネ『廷臣論』
1541年	ジャン・カルヴァン、ジュネーヴに戻り宗教改革開始		
1545年	トレント公会議始まる（-1563）	1546年	イザベッラ・ディ・モッラ没。9編の詩が1551年にアンソロジーに収録
		1547年	トゥッリア・ダラゴーナ『詩集』『愛の無限について』
		1550年	ヴェローニカ・ガンバラ没。詩集が1759年刊
		1554年	ガスパラ・スタンパ没。姉により詩集がまとめられる
		1555年	オリンピア・モラータ没。師のクリオーネがまとめ出版

本書に関連する文学略年表

年	ヨーロッパ・イタリア史	年	文学史
1077年	カノッサの屈辱		
		1088年	ボローニャ大学創設
1130年	両シチーリア王国成立。首都ナーポリ		
		1222年	パードヴァ大学創設
		1224年	アッシージの聖者フランチェスコ『被創造物の讃歌』執筆 ナーポリ大学創設
		1260年頃	文学史最初の女性詩人コンピュータ・ドンゼッラ誕生
		1293年	ダンテ『新生』成る
		1298年	マルコ・ポーロ『東方見聞録』
		1304年	ダンテ『俗語論』『饗宴』執筆開始（-1307）
		1307年頃	ダンテ『神曲』執筆開始（-1321）
1309年	教皇をアヴィニョン幽閉（-1377）		
		1327年	ペトラルカ『カンツォニエーレ』執筆開始（-1374）
1347年	史上最大規模でペスト大流行	1347年	シエーナの聖女カテリーナ誕生
		1348年	ボッカッチョ『デカメロン』執筆開始（-1353）
1378年	ローマとアヴィニヨン、教会大分裂（-1417）		
1431年	ジャンヌ・ダルク、ルーアンの宗教裁判にかけられ火刑		
1434年頃	メーディチ家のフィレンツェ支配、始まる		
		1441年	アルベルティ『家族論』
1445年頃	グーテンベルクが活版印刷機を発明		
		1447年	アレッサンドラ・マチンギ・ストロッツィ、息子たちに手紙を書き始める（-1470）。『流刑地の息子たちに宛てた15世紀フィレンツェの名門女性の手紙』として1877年刊

Suor Maria Celeste Galilei:*Lettere al Padre*,G.Morandini,La Rosa, 1983 マリーア・チェレステ・ガリレーイ『父親への手紙』

Arcangela Tarabotti:*L'inferno monacale*,a cura di Francesca Medioli,Rosenberg & Sellier, 1990 アルカンジェラ・タラボッティ『地獄の修道院』

Arcangela Tarabotti:Paternal Tyranny,by Letizia Panizza,The University of Chicago Press, 2004　アルカンジェラ・タラボッティ『父親の横暴』

Arcangela Tarabotti:*Lettere Familiari e di complimenti*,a cura di Meredith Ray e Lynn Westwater,Rosenberg & Sellier, 2005 アルカンジェラ・タラボッティ『書簡集』

Arcangela Tarabotti:*Satira e antisatira*,a cura di Elissa Weaver, Salerno Editrice, 1998 アルカンジェラ・タラボッティ『風刺と反風刺』

Arcangela Tarabotti:*Che le donne siano delle spezie degli uomini*,by Letizia Panizza,Institute of Romance studies, 1994 アルカンジェラ・タラボッティ『女性は男性と同じ種である』

Theresa M.Kenny:*Women are not human*.An anonymous Treatise and responses. The Crossroad Publishing Company, 1998

Elena Urgnani:*la vicenda lettraria e politica di Eleonora De Fonseca Pimentel*,LA CITTA DEL SOLE, 1998『エレオノーラ・デ・フォンセーカ・ピメンテルの文学と政治の浮沈』

Poesie italiane:il Settecento,a cura di Giovanna Gronda,Garzanti, 1984『イタリアの詩：18 世紀』

Barocco al femminile,a cura di Giulia Calvi,Laterza, 1992『女性形のバロック』
Maddalena Campiglia:.*Flori.A pastral drama*.A Bilingual Edition,byVirginia Cox and Lisa Sampson,University of Chicago Press,2004, マッダレーナ・カンピリア『牧歌劇フローリ』伊英対訳
Moderata Fonte:*Il merito delle donne*,a cura di Adriana Chemello,Eidos, 1988 モデラータ・フォンテ『女性の価値』
Moderata Fonte:*The worth of women*,by Virginia Cox,The University of Chicago Press, 1997
Moderata Fonte:*Tredici canti del Floridoro*,a cura di Valeria Finucci,Mucchi Editore, 1995 モデラータ・フォンテ『フロリドーロ 13 歌』
Paola Malpezzi Price:*Moderata Fonte*,Fairleigh Dickinson University Press,2003『モデラータ・フォンテ評伝』
Lucrezia Marinella:*The nobility and excellence of women and the defects and vices of men*,by Anne Dunhil,The University of Chicago Press,1999. ルクレツィア・マリネッラ『女性の高貴と卓越および男性の不完全と欠陥』
Lucrezia Marinella:*Arcadia felice*,Leo S.Olschki Editore 1998 ルクレツィア・マリネッラ『幸福なアルカディア』
Rinascimento al femminile,a cura di Ottavia Niccoli,Laterza,1991『女性形のルネサンス』
Giuliana Zanelli:*Streghe e società*,Longo Editore,1992『魔女と社会』
Vanna de Angelis:*Il libro nero della caccia alle streghe*,EDIZIONI PIEMME, 2004『魔女狩りの黒い本』
イングリット・アーレント・シュルテ『魔女にされた女性たち』野口芳子、小山真理子訳。勁草書房 ,1994
Umberto Fortis:*La bella ebrea Sara Copio Sullam*,Silvio Zamorani editore,2003『美しきユダヤ娘サーラ・コーピオ・スッラム』
Honorable Thomas P.DiNapoli:*The Italian Jewish experience*,Forum Italicum Publishing,2000
Giulio Busi:*Enigma dell'ebraico nel Rinascimento*,Aragno,2007『ルネサンスにおけるヘブライ語の謎』
Appartenenza e differenza:ebrei d'Itaria e letteratura,a cura di Hassine, J.M-Montefiore,S.D.Stow,Giuntina, 1998『所属と差違・イタリアのユダヤ人と文学』
Annie Sacerdoti:*Guida all'Italia ebraica*,Guide Marsilio, 2003『ユダヤのイタリア案内』
Brian Pullan:*Gli ebrei d'Europa e l'inquisizione a Venezia dal 1550 al 1670*,Il Veltro Editrice, 1985『ヨーロッパのユダヤ人と 1550 年から 1670 年のヴェネツィアにおける異端審問』

Veronica Gambara:*Rime*,a cura di Alan Bullock,Leo S.Olschki Editore,The University of Western Australia,1995 ヴェローニカ・ガンバラ『詩集』

Rime e lettere di Veronica Gambara,raccolte da Felice Rizzardi,in Brescia.Dalle Stampe di Giannaria Rizzardi, 1759『ヴェローニカ・ガンバラの詩と書簡』

Veronica Gambara e la poesia del suo tempo nell'Italia settentrionale,Atti del Convegno(Brescia-Correggio,17-19,ottobre 1985),a cura di Cesare Bozzetti,Pietro Gibellini,Ennio Sandal, Leo S.Olschki Editore,1989『ヴェローニカ・ガンバラと北部イタリアの同時代の詩』

Lettere di cortigiane del Rinascimento,a cura di Angelo Romano,Salerno Editrice, 1990『ルネサンスの娼婦の手紙』

Alvise Zorzi:*Cortigiana veneziana.Veronica Franco e i suoi poeti*,BUR 1993『ヴェネツィアの娼婦。ヴェローニカ・フランコと詩人たち』

Veronica Franco:*Rime*,a cura di Stefano Bianchi,Mursia, 1995 ヴェローニカ・フランコ『詩集』

Veronica Franco:*Lettere*,a cura di Stefano Bianchi,Salerno Editrice,1998 ヴェローニカ・フランコ『書簡集』

Margaret F.Rosenthal:*The Honest Courtisan.Veronica Franco,citizen and writer in sixteenth-century Venice*,The University of Chicago Press,1992

Contro le puttane.Rime venete del XVI secolo,a cura di Mirisa Milani,Ghedina & Tassotti Editori, 1994『16世紀ヴェーネト地方の反娼婦詩集』このなかに『花形娼婦一覧』が収録されている。

Trattati d'amore del Cinquecento,a cura di M.Pozzi,Laterza, 1980『16世紀の恋愛論集』トゥッリア・ダラゴーナの『愛の無限について』を含む。

Gaspara Stampa:*Rime*,a cura di Rodolfo Ceriello,BUR, 2002 ガスパラ・スタンパ『詩集』

Fiora A.Bassanese:*Gaspara Stampa*,Twayne Publishers,Boston, 1982

Luigi Montella:*Una poetessa del Rinascimento:Laura Terracina*,EDISIO Salerno, 1993『ルネサンスの女性詩人ラウラ・テッラチーナ』

Benedetto Croce:*Isabella di Morra e Diego Sandoval de Castro*,Sellerio editore Palermo 1983『イザベッラ・ディ・モッラとディエーゴ・サンドヴァル・デ・カストロ』

Isabella Morra e la poesia del Rinascimento Europeo,a cura di Neria De Giovanni,Nemapress Editore,2001『イザベッラ・モッラとヨーロッパ・ルネサンス』

Adele Cambria:*Isabella*,Edizioni Osanna, 2003『イザベッラ』

Franco Zizola:*Le favole di Isabella*,Lunargento, 2002『イザベッラ物語』

Andre Pieyre De Mandiargues:*Isabella Morra*,dramma in due atti,Edizioni Osanna 1990 ピエール・ド・マンディアルグ『戯曲イザベッラ・モッラ』

Doglio,Bulzoni Editore,2001 ガレアッツォ・フラーヴィオ・カープラ『女性の卓越と尊厳について』

Henricus Cornelius Agrippa:*Declamation on the nobility and preminence of the female sex*,by Albert Rabil,Jr.The University of Chicago Press, 1996

Baldesar Castiglione:*Il libro del Cortegiano*,a cura di Bruno Maier,UTET,1981 バルダッサーレ・カスティリオーネ『廷臣論』、邦訳『宮廷人』、清水純一、岩倉具忠、天野恵訳、東海大学出版会 ,1987

Leone Ebreo:*Dialoghi d'amore*,a cura di Santino Caramella,Laterza,1929、レオーネ・エブレーオ『愛の対話』、邦訳『愛の対話』、本田誠二訳、平凡社 , 1993

Ludovico Ariosto:*Satire*,Guido Davico Bonino,BUR,1990 ルドヴィーコ・アリオスト『風刺詩』

Jose Guidi:*Images de la femme dans la literature italienne de la Renaissance*,Université de la Sorbonne Nouvelle 1980『イタリア・ルネサンス文学における女性像』

5) ペトラルキズモ

Petrarca:*Canzoniere*,Gian franco Contini,Einaudi tascabili 1997 ペトラルカ『カンツォニエーレ』

ボッカッチョ、ペトラルカ、ミケランジェロ『デカメロン』、『カンツォニエーレ』(抄)、『詩集』(抄) 世界文学全集 4、河島英昭、高田博厚訳、講談社 , 1989

Pietro Bembo:*Gli Asolani,* a cura di Carlo Dionisotti,UTET,1992 ピエートロ・ベンボ『アゾラーニ』、邦訳『アーゾロの談論』、仲谷満寿美訳、ありな書房 ,2013

6) 詩人たち、その他

Giaia Servadio:*La donna nel Rinascimento*,Garzanti Vallardi,1986『ルネサンスの女』

Romeo de Maio:*Donna e Rinascimento-L'inizio della rivoluzione*,Edizioni Scientifiche Italiane,1995『女性とルネサンス—革命の始まり』

AA.VV:*Sulla scrittura.percorsi critici su testi letterari del XVI secolo*,Quaderni di studi internazionali sulla donna.1985『16 世紀文学作品に見られるエクリチュール』

Vittoria Colonna:*Rime*,a cura di Alan Bullock,Laterza, 1982 ヴィットーリア・コロンナ『詩集』

Emidio Campi:*Michelangelo e Vittoria Colonna*,Torino Claudiana, 1994『ミケランジェロとヴィットーリア・コロンナ』

Chiara Furgoni:*Storia di Chiara e Francesco*,Einaudi,2001『キアーラとフランチェスコの物語』
Dacia Maraini:*Chiara d'Assisi*,Rizzoli,2013『アッシージのキアーラ』
Jacopo da Motepulciano:*Poesie religiose e lettere*,a cura di Clementi Marigliani DE RUBEIS,1994. ヤーコポ・ダ・モンテプルチャーノ『宗教詩と書簡』
Marina Benedetti:*Milano 1300.I processi inquisitoriali contro le devote e i devoti di santa Guglielma e Maifreda*,Libri Scheiwiller,1999『ミラーノ 1300 年、聖女グリエルマとマイフレーダの信奉者に対する異端審問』
Luisa Muraro:*Guglielma e Maifreda*,Tartaruga Edizioni,1985,2003『グリエルマとマイフレーダ』
Caterina da Siena:*Lettere*.Biblioteca Fides,1973 カテリーナ・ダ・シエーナ『書簡集』
Caterina da Siena:*Io,serva e schiava*,a cura di Sara Cabibbo,Sellerio Editore Palermo『わたくし、しもべにして奴隷は』カテリーナ・ダ・シエーナの書簡集。
Santa Caterina da Siena,a cura di Gabriella Anodal,Edizioni Studio Domenicano,1990『カテリーナ・ダ・シエーナ伝』
Giusi Baldissone:*Le voci della novella,storia di una scrittura da ascolto*,Leo S.Olschki Editore,1992『物語の声、伝承文学の歴史』

3）人文主義

Eugenio Garin:*L'umanesimo italiano*,Editori Laterza,1973『イタリア人文主義』
Alessandra Macinghi Strozzi,*Tempo di affetti e di mercanti:Lettere ai figli esuli*,a cura di A.Bianchini,Garzanti,1987 アレッサンドラ・マチンギ・ストロッツィ『流刑地の息子たちへの手紙』
Maria Luisa Doglio:*Lettere e Donna*,Bulzoni Editore,1993『手紙と女性』
Leon Battista Alberti:*Libri della famiglia*,a cura di Ruggiero Romano e Alberto Tenenti, Einaudi,1980 アルベルティ『家族論』
Francesco Furlan:*La donna,la famiglia,l'amore tra Medioevo e Rinascimento*.Leo S.Olschki Editore,2004『中世からルネサンスの女性、家族、愛』
Isotta Nogarola:*Complete writings*,by Margaret L.King and Diana Robin,The University of Chicago Press,2004
Olympia Morata:*The complete writings of an Italian heretic*,by Holt.N.Parker,The University of Chicago Press,2003

4）女性論

Galeazzo Flavio Capra:*Della eccellenza e dignità delle donne*,a cura di Maria Luisa

参考文献

1）全体

『女の歴史』全5巻、藤原書店、1994—2001

Letteratura italiana:Einaudi(1982-1996).『イタリア文学史』全9巻

Gianfranco Contini:*Letteratura italiana delle origini*,Sansoni,1996『発生期のイタリア文学』

Ferruccio Ulivi,Marta Savini:*Poesia religiosa italiana dalle origini al 1900*,PIEMME,1994『発生期から20世紀までのイタリア宗教詩』

Dizionario critico della letteratura italiana,UTET,1974『イタリア文学批評辞典』

Letizia Panizza and Sharon Wood:*A History of Women's Writing in Italy*,Cambridge University Press,2000

Irma B.Jaffe:*Shining eyes,cruel fortune*,Fordham University Press, 2002

Le stanze ritrovate.Antologia di scrittrici venete dal Quattrocento al Novecento,a cura di Antonia Aslan,Adriana Chemello,Gilberto Pizzamiglio,Eidos 1991『見出された部屋。15世紀から20世紀までのヴェーネト地方女性作家選集』

Marina Zancan:*Nel cerchio della luna.Figure di donna in alcuni testi del XVI secolo*,Marsilio Editori,1983『月の輪のなかで。16世紀のテクストに見る女性像』

Marina Zancan:*Il doppio itinerario della scrittura.La donna nella tradizione letteraria italiana*,Einaudi 1998『エクリチュールの二重の行程、イタリア文学の伝統のなかの女性』

Margaret L.King:*Women of the Renaissance*,The University of Chicago Press, 1991

Bruno Rosada:*Donne veneziane,amori e valori*,Corbo e Fiore Editori, 2005『ヴェネツィア女性：愛と業績』

2)「イタリア文学の夜明け」から「シエーナの聖女カテリーナ」

Tomaso Garzoni:*Le vite delle donne illustri della scrittura sacra*,Longo Editore,1994『聖書における著名女性伝』

Giorgio Agamben:*Altissima povertà.Regole monastiche e forme di vita*,Neri Pozza,2011『至高の貧しさ：修道院の規律と生活形態』、邦訳『いと高き貧しさ』。上村忠男他訳、みすず書房、2014

La letteratura italiana,Poeti del duecento,tomo1,2,a cura di Gianfranco Contini, Riccardo Ricciardi Editore,1960『イタリア文学、13世紀の詩人たち』

望月紀子［もちづき・のりこ］
東京外国語大学フランス科卒業。イタリア文学。
著書『世界の文化 イタリア』（共著）新潮社１９９３　『こうすれば話せるイタリア語』朝日出版社１９９８　『ダーチャと日本の強制収容所』未来社２０１５
主な訳書にオリアーナ・ファラーチ『ひとりの男』講談社、１９８２　『イタリア抵抗運動の遺書』（共訳）冨山房、１９８２　『渋沢龍彦文学館ルネサンスの箱』（共訳）筑摩書房、１９９３　ダーチャ・マライーニ『メアリー・スチュアート』劇書房、１９９０　『シチーリアの雅歌』晶文社、１９９３　『帰郷、シチーリアへ』同、１９９５　『イゾリーナ』同、１９９７　『別れてきた恋人への手紙』同、１９９８　アンドレーア・ケルバーケル『小さな本の数奇な運命』同、２００４　オリヴィエーロ・ディリベルト『悪魔に魅入られた本の城』同、２００４　ナタリーア・ギンツブルグ『わたしたちのすべての昨日』未知谷、２０１４など。

イタリア女性文学史

二〇一五年十二月七日　初版発行

著者　望月紀子

発行者　小川康彦　発行所　五柳書院　〒一〇一―〇〇六四　東京都千代田区猿楽町一―五―一　電話〇三―三二九五―三二三六
振替〇〇一二〇―四―八七四七九　http://goryu-books.com　装丁　大石一雄　印刷　誠宏印刷　製本　越後堂製本

五柳叢書 102
落丁・乱丁本はお取替えいたします。